# 真水与火焰

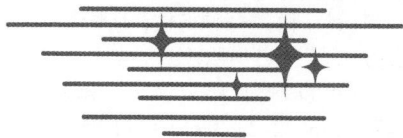

## 作家的流行音乐履历

百花文艺出版社/编

天津出版传媒集团

百花文艺出版社

## 图书在版编目（CIP）数据

真水与火焰：作家的流行音乐履历 / 百花文艺出版社编. -- 天津：百花文艺出版社, 2022.6
ISBN 978-7-5306-8306-4

Ⅰ. ①真… Ⅱ. ①百… Ⅲ. ①散文集–中国–当代
Ⅳ. ①I267

中国版本图书馆 CIP 数据核字(2022)第 079355 号

# 真水与火焰：作家的流行音乐履历
ZHENSHUI YU HUOYAN
ZUOJIA DE LIUXINGYINYUE LVLI

百花文艺出版社　编

出 版 人：薛印胜
责任编辑：孙　艳　装帧设计：丁莘苊
出版发行：百花文艺出版社
地址：天津市和平区西康路 35 号　邮编：300051
电话传真：+86-22-23332651（发行部）
　　　　　+86-22-23332656（总编室）
　　　　　+86-22-23332478（邮购部）
网址：http://www.baihuawenyi.com
印刷：天津新华印务有限公司
开本：880 毫米×1230 毫米　　1/32
字数：165 千字
印张：12.5
版次：2022 年 6 月第 1 版
印次：2022 年 6 月第 1 次印刷
定价：66.00 元

如有印装质量问题，请与天津新华印务有限公司联系调换
地址：天津东丽开发区五经路 23 号
电话：(022)58160306
邮编：300300

# 写在前面

"任时光匆匆流去我只在乎你，心甘情愿感染你的气息……"四十多年来，从发轫之初的润物无声到登峰造极时的浪潮席卷，华语流行音乐潜移默化地影响牵引着人们的心绪，深邃长久地改变了人们的认知。从演出工业到文化产业，流行音乐深刻而令人难以置信地改变了中国社会，也不断影响着中国的气质品格，全面参与了包含你我在内的中国人的精神塑造。

旨在全面描绘华语流行音乐的发展变迁，体现其无所不在的对大众文化的深远影响，揭橥音乐感染公众、陶铸认知的奇妙因缘，百花文艺出版社启动编纂了"华语流行音乐坊"系列丛书。

静静流淌在四十年岁月深处的一曲曲旋律，正如一泓泓清泉，真水无香，却以其清冽甘甜驱散经年的愚蒙狂热，浣洗蒙尘的耳目，丰饶贫瘠的精神荒原；而烈烈飘舞于亿万人心头的一阕阕辞章，则似一枝枝炬火，炽焰灼烫，却正可借之昌明幼弱的理性之光，廓清内心的冷暗，续长蓬勃的生命激情。以文学的方式书写流行音乐的发展，书写时代变迁与个体成长的历史，记录音乐与时代、生命的相互砥砺，或者正是当下一代音乐人与出版人的共同经验与文学使命。基于此，百花文艺出版社邀请长久以来给予我们持续支持关注的66位知名作家，依据华语流行乐坛四十余年间，并重社会意义与个人情怀的一首歌曲遣词成章，以歌曲发行的时间为序系篇，结集成这一函《真水与火焰——作家的流行音乐履历》，作为"华语流行音乐坊"系列丛书的前导与先声。

钩沉一段旋律在岁月中的流转，重温一首歌曲给予生命的震撼，那些曾经润养了我们的真水，那些曾经点燃我们的火焰，它们，被一再唱响，它们，从未走远。

百花文艺出版社

2022 年 6 月

# 目 录

风雨的街头

招牌能够挂多久

爱过的老歌

你能记得的有几首

············

（谭咏麟《像我这样的朋友》）

# 年少时的「爱情」

◎ 余耕

《千言万语》

演唱者：邓丽君

作词：尔英

作曲：左宏元

发行年代：1973 年 3 月

### 作者简介

余耕，中国作协会员。早年从事专业篮球训练，后转做记者，不惑之年开始职业写作。代表作《古鼎》《金枝玉叶》《我是夏始之》《我是余未来》等。曾两获百花文学奖。都市荒诞喜剧小说《如果没有明天》被改编成网剧及话剧，引发广泛反响。

相较于同龄人,我的流行音乐启蒙似乎要早两三年。当我的小伙伴们还在哼唱《泉水叮咚响》的时候,我便开始聆听《千言万语》了。

第一次听到那个甜美的嗓音,是一个冬天的清晨,我在被窝里瞬间醒透了:天哪!世间还有人用这样的声音唱歌……那一刻,我竟然眼眶湿润,我觉得我在刹那间拥有了爱情。那一年,我大概十一岁。

《千言万语》是从那台单声道"半头砖"录音机里播放出来的。"半头砖"是我父亲讲心理学课程录音用的,他每天把录音机带回家,早晨起床后就开始播放这首歌。而且,整盘磁带上只有这一首歌,一首歌唱完,便能听见父亲按下倒带键,磁带"哗哗哗"倒到头,便又是这首歌。我还听到父亲一边刷牙一边对母亲介绍,说这个唱歌的叫邓丽君,生于中国台湾,她的妈妈是我们山东人。

接下来,磁带上邓丽君的歌多了起来,不再只是循环《千言万语》。邓丽君的嗓音依旧那么甜美,可那些歌我却不甚喜欢。《路边的野花不要采》显得浮浪轻佻,不符合我少年时期的审美;《何日君再来》有一些浓厚的勾栏瓦肆气息,尤其不能容忍;《你怎么说》是与另外一个男人的约定,让我嫉妒且泛酸。听来听去,我还是钟情《千言万语》,这首歌让我如沐甘霖,觉得这是邓丽君对我一个人的倾诉和吟唱。


　不知道为了什么

　忧愁它围绕着我

　我每天都在祈祷

　快赶走爱的寂寞

　那天起　你对我说

永远地爱着我

千言和万语随浮云掠过

…………

　　这个女人怎么和我一样,每天有那么多忧愁缠绕着? 她每天都在祈祷我的到来,为她赶走爱的寂寞。这大概就是我从小想离开故乡的原因,因为远方有一个女人在等待,等待我为她解开忧愁缠绕。

　　像大多数初恋一样,甜蜜过后便是苦涩。我忘记了通过什么渠道,得知邓丽君的歌是"靡靡之音",是"黄色音乐",是"腐朽的资本主义生活的代表"。那个时候,我的心情非常复杂:每天早晨既盼着父亲放邓丽君的歌,又会觉得父亲有些问题,甚至还会在心里埋怨父亲有些不正经,他怎么可以在家里放这些"黄色歌曲"? 有一天早晨,父亲又在"半头砖"录音机里放邓丽君的歌,兴许是因为放的是《何日君再来》,我便壮着胆子嘟哝了一句,说邓丽君唱的都是"黄色歌曲"。

　　父亲闻言一愣,笑问我如何判断出邓丽君唱的是"黄色歌曲"。

　　我登时涨红了脸,感觉自己的耳朵都是热热的,憋了半天,我说唱那些爱人、心上人的歌就是"黄色歌曲"。

　　父亲说道:"《泉水叮咚响》里面也有'请你告诉我的心上人,不要想我想家乡'呀。"

　　我辩解说:"那个心上人是保卫边疆的解放军。"

　　父亲说:"美好的爱情会发生在任何人身上,不是只有解放军。"

　　父亲怎么也不会想到,这场谈话膨胀了一个少年的野心,更加坚定了我要去远方的决心。虽然是一场让我面红耳赤的辩论,可我内心是欢喜的,父亲说的没错,美好的爱情会发生在任何人身上。让父亲更加没有想到的是,美好爱情在他少年儿子的心里已经萌芽,他的儿子即将要去远方,去为心爱的女人赶走爱的寂寞。

十四岁那年的冬天,我真的离开了故乡,哼唱着《爸爸的草鞋》在青岛大港登上了开往上海的客轮。"草鞋是船,爸爸是帆,奶奶的叮咛载满舱,满怀少年时期的梦想,充满希望地起航、起航……"

三年前的那场"爱情"独角戏,在日复一日艰苦的篮球训练中,似乎成了过眼云烟。一是我的"情人"邓丽君是个有争议的人物,二是作为篮球运动员似乎应该喜欢阳刚男人的歌。年少时的爱情就是这么脆弱,它轻易地发生,又轻易地离去,挥一挥衣袖,不曾留下半点痕迹。也像大多数少年一样,我从未眷恋过故乡,一如我放下少年时期的爱情。接下来的十年时间,我从一个多愁善感的少年变成一个篮球野小子,跟着队友们学会了抽烟、喝酒和打架。

省体校门口有一个体育用品商店,店里有一个身材很好、黄色头发的女营业员,我们管她叫黄毛。一个周日的下午,我在体校门口慵懒地溜达,因为前一天晚上喝多了酒,差点把苦胆吐出来。突然有人在我身后拍了我一下,我回头一看是黄毛。

我问她:"干吗?"

黄毛说:"你的歌唱得不错!"

我很诧异:"你听过我唱歌?"

黄毛点点头,说:"昨晚篮球队喝酒喝醉了吧?你们回来的路上,你走在最后面,一个人唱得还挺动情的,哈哈哈!"

我问道:"我唱歌了?唱的什么?"

黄毛说:"唱的《千言万语》,好听!"

在那个时候,我迷恋篮球带给我的荣耀,无论得分还是球打得漂亮,都会有掌声和喝彩声,走在大街上也会有球迷投来热切的目光。直到在一次全国煤炭系统的关键篮球比赛中,由于对抗激烈,我的脚踝骨骨裂住进医院,才让我的狂野篮球生涯刹住车。住院那段时间无所事事,除了读书便是听音乐,队友们送来很多磁带,却没有一首歌可以打动我。直到有一天,一位朋友来医院看望我,问我需要什么。

我脱口而出,说:"你帮我买一盒邓丽君的磁带吧,要有《千言万语》那首歌的磁带。"

自此,我少年时的"爱情"失而复得。戴着耳机听邓丽君的歌读书成了习惯,我曾经戏言邓丽君是我的陪读。

结束我的篮球训练和比赛生涯后,在接下来的工作中,我经历过两次爱情,是现实中的爱情,全都无疾而终。第二任女友在分手时似乎心有不甘却又很无奈,她对我说:"你不懂爱,也害怕爱。"

随着爱情结束,我的人生陷入低谷。又是一个周日,被饿醒的我从单身宿舍楼走出来,进入一家经常去的面馆,要了一碗牛肉拉面。等面的时候,我翻看桌子上的一份旧报纸,突然,一个醒目的标题映入眼中:"邓丽君于昨日在泰国香消玉殒。"

我茫然地吃完牛肉面,不知其味,甚至忘了结账。从面馆出来,我走进隔壁一家音像店,买下了邓丽君的所有磁带和CD。因为跟老板熟识,我又赊账买了一个一直舍不得买的CD随身听。当熟悉的《千言万语》在耳机里响起的时候,就像我第一次聆听它的感觉一样,我的眼眶湿润了……直到这一刻我才明白,我少年时的"爱情"虽然虚幻,却在心中扎了根。

## 少年的挽歌与永远的乡愁

◎ 徐鲁

《外婆的澎湖湾》

演唱者：潘安邦

作词：叶佳修

作曲：叶佳修

发行年代：1979 年 9 月

### 作者简介

徐鲁，著名诗人、散文家、儿童文学作家，中国作协儿童文学委员会委员，第五、第六届湖北省作协副主席，冰心奖评委会副主席。曾获全国"五个一工程"图书奖、全国优秀儿童文学奖、屈原文艺奖、陈伯吹国际儿童文学奖等。已出版作品 180 余部。

一代人有一代人的精神底色,一代人有一代人的性格特征。生于20世纪60年代、在80年代初进入大学的这一代人,被统称为"60年代人"。在这一代人身上,有一种明显的所谓"60年代气质"。这种气质究竟是什么样子呢?要描述出来,似乎又不太容易描述清楚。简单说来就是:性格上带着几分天然的伤感与忧郁;朝气浩荡、壮志凌云的年华里,会情不自禁地为远大的抱负和献身的高尚而感动,骨子里崇尚理想主义、英雄主义,再加上一点浪漫主义;由寂寞的乡村进入陌生的城市,对逝去的童年含情脉脉,对现实总是保持距离,对自我倾情而对未来忧心;尝到过寂寞、孤独、艰辛甚至饥饿的滋味,因此心灵并不缺少坚硬的垫底的基石;喜欢在想象中经历艰难与辉煌,甚至也幻想着踏上为理想而受难的旅程,即便是"在烈火里烧三次,在沸水里煮三次,在血水里洗三次",也无怨无悔,并且期待着某一天,会有一双温柔而明亮的眼睛注视着自己,随时会为一声关切的问候或轻轻的叹息而泪水盈盈⋯⋯

所有这一切,源于这一代人大致相似的成长经历。比如,艰辛、寂寞和单调的童年与少年成长环境;饥饿的日子里,在暴风雨中的旷野上的呼喊与奔跑,风雨中的茅棚和金色草垛,庇护过他们瘦小的身体;乡村谷场上的露天电影,冬日里的呼啸风声,鲁迅的《从百草园到三味书屋》、高尔基的《海燕》、保尔和冬妮亚式的友谊与初恋⋯⋯激起过他们最初的幻想。刚刚长大后,在社会上还立足未稳,最现实的"人生哲学第一课"又摆在了面前:面对改革开放和市场经济的时代大潮,面对经济转轨、文化转型、价值观失衡的现实,几乎人人变得束手无策,被动,失语,逃离,内心与现实有了明显的疏离感,甚至喜欢逃往内心,过早地沉湎于回忆和开始怀旧。

对于这一代人的"精神底色"，倒是可以借用俄罗斯散文家康·帕乌斯托夫斯基《金蔷薇》里的一段话来描述："对生活，对我们周围一切的诗意的理解，是童年时代给予的最伟大的馈赠。如果一个人在悠长而严肃的岁月中，没有失去这个馈赠，那他就有可能是位诗人或作家……"

怀旧是必然的，只是没有想到，这一代人是这么早地开始怀旧了。不知从什么时候开始，旧书、旧信札、日记本、笔记簿、手稿，甚至一些不经意留下的小纸片、老照片，这些东西只要一看到，就会引起我对过去的回忆和感念。刘欢出过一张碟，名字就叫《生于60年代》；梦鸽也录过一张碟片，演唱的都是诞生于70年代的电影插曲和流行歌曲。这些歌曲竟然让我百听不厌。伴随这些歌而映现在脑海的，是样板戏、《新闻简报》纪录片、阿尔巴尼亚和朝鲜电影的画面，是关于贫穷而淳朴的乡村小学、谷场上的露天电影、各种题材的"小人书"的记忆，是寒冷冬夜里半军事化的长途拉练行军，是在乡村简易的戏台上为贫下中农表演节目的经历……

当然，时间再往后推移一点，占据我们这一代记忆的，是在80年代初期涌入大陆、来自台湾地区的校园歌曲，包括《走在乡间的小路上》《外婆的澎湖湾》《蜗牛与黄鹂鸟》《爸爸的草鞋》《龙的传人》《童年》《捉泥鳅》，等等。

也许是因为我自己的外婆家是在胶州湾的海边小渔村，我的童年的小脚印，有一部分也永远地留在了海边的沙滩上，所以在诸多台湾校园歌曲中，我对《外婆的澎湖湾》更觉亲切，感情尤深。

晚风轻拂澎湖湾

白浪逐沙滩

没有椰林缀斜阳

只是一片海蓝蓝

坐在门前的矮墙上

一遍遍怀想

也是黄昏的沙滩上

有着脚印两对半

那是外婆拄着杖

将我手轻轻挽

踩着薄暮走向余晖

暖暖的澎湖湾

一个脚印是笑语一串

消磨许多时光

直到夜色吞没我俩

在回家的路上

澎湖湾　澎湖湾　外婆的澎湖湾

有我许多的童年幻想

阳光　沙滩　海浪　仙人掌

还有一位老船长

这首歌的曲调柔婉抒情,歌词也全是形象和细节的白描。童年日常生活中的点滴记忆,不再仅仅具有个人色彩,而成为一种带有普遍意义和永恒价值的追忆与咏唱,足以唤醒每个人的心灵共鸣,勾起自己对童年时光的怀想与留恋。

我的许多童年时光,也是坐在外婆门前的石头矮墙,走在赶小海的沙滩上,或是挽着拄着杖的外婆的手臂,踩着薄暮走在夕阳映照的小渔村的。所以这首歌也唱出了我对外婆深切的感恩之情,歌中也有我温暖的怀想与永远的乡愁。

从音乐的角度看,三段音乐,第一、二段从中低音区缓缓进入,曲调舒缓平稳,第三段的升高和跳进,使歌曲产生了动感,形象地刻画了一老一少相挽相携,漫步在夕阳下的海滩上,留下了两串清晰的脚印的情景,也抒发了对怡怡亲情的无限依恋之情。

一提到台湾校园歌曲,人们自然会想到李建复、侯德健、叶佳修、罗大佑……我认识的一位英年早逝的台湾小说家李潼,本名赖西安,也曾是70年代台湾校园歌曲创作的主力之一,他的《月琴》《散场电影》等,至今仍被人传唱和怀念。我在最初接触台湾校园歌曲的时候,几乎对叶佳修的每一首歌都情有独钟,《外婆的澎湖湾》《走在乡间的小路上》《爸爸的草鞋》等,词曲都出自叶佳修之手。《走在乡间的小路上》的原唱是齐豫,后由潘安邦、刘文正等翻唱并传播开来;《外婆的澎湖湾》这首歌曲是叶佳修根据潘安邦童年时在家乡澎湖与自己的外婆真实的亲情故事创作,也是叶佳修第一次为潘安邦填词作曲、量身定做,并由潘安邦原唱。1979年潘安邦凭借这首歌获得年度"台湾最佳新人奖",这首歌同时也成为叶佳修和潘安邦两个人的代表作。

潘安邦,祖籍浙江省温州市瓯海区,1961 年 9 月 10 日出生于台湾澎湖县马公市金龙头眷村,出道后素有"台湾民谣王"之称。20 世纪 80 年代,是潘安邦演艺生涯最活跃的时期。1989 年央视春晚上,他首次赴大陆演唱《外婆的澎湖湾》《跟着感觉走》,温婉而深情,迅疾赢得无数大陆粉丝的拥戴。我也是他的粉丝之一。后来看到一部拍摄于他的"外婆的澎湖湾"那个小渔村的电视片,知道了他与外婆祖孙情深的故事,对这个总喜欢戴着太阳帽的"大男孩"就更有好感。

据说,1979 年,叶佳修在海山唱片公司的安排下,第一次见到潘安邦,知道了潘安邦童年在澎湖与外婆的故事,瞬间感动得不能自已,仅用时 10 分钟就为潘安邦创作出了这首歌,不愧是音乐才子。潘安邦拿到歌的当天,用公用电话从台北打长途给在澎湖的外婆,在电话里给年迈的外婆哼唱了这首歌。他唱完后,电话那头没有任何声音。潘安邦能感觉到,外婆在啜泣、流泪。这首歌是潘安邦在用真情演唱自己的故事,表达对挚爱的外婆的无限感激和怀念,所以,抵达听众心中的这首歌,就更有温度,更具感染力,也更容易唤醒和慰藉与潘安邦同龄的、"生于 60 年代"的一代人心底的乡愁。

可惜的是,天妒英才。"60 年代人"似乎都与伴随着 90 年代和新世纪而来的那个越来越喧嚣的、物欲横流的世界格格不入,所以,从 1993 年起,潘安邦竟出人意料地选择退出了演艺界,到美国经商发展,并在那里结婚生子。2013 年 2 月 3 日,一代"台湾民谣王"潘安邦因肾癌不幸早逝,享年 52 岁。与我认识的那位台湾校园民谣的创作主将之一李潼先生一样,都终于 52 岁的英年。

潘安邦去世后,家人将他的骨灰撒到了台湾澎湖海湾,永伴着亲爱的外婆,永眠于外婆的澎湖湾。如今,凭借着一首家喻户晓的《外婆的澎湖湾》,澎湖湾已成为当地最热门的旅游景点之一,澎湖地方政府多年前特意在有着阳光、沙滩、海浪的美丽海滩,建造了澎湖湾主题公园;前来这里观光旅游的人们,不仅能看到外婆门前的矮墙,还能看见潘安邦搀着外婆走在夕阳里的塑像。

以《外婆的澎湖湾》《走在乡间的小路上》《童年》等为代表的一批台湾校园歌曲,在 20 世纪 80 年代初期进入大陆后,一时间风靡中学和大学校园。这些歌曲有的来自台湾地区歌手的原唱,更多的是大陆青年歌手如成方圆、王洁实、谢莉斯等人的翻唱。这些歌曲或明丽或柔婉,或带着淡淡的伤感,或抒发美丽的乡愁,带着清新的田园诗和民谣风格的歌词,甚至也影响到了当时不少文学青年,特别是青年诗歌作者的创作风格。

我早期的诗歌创作,就深受台湾校园歌曲的濡染。80 年代初期,正是我创作起步的日子。毋庸讳言,我在这个时期创作和出版的数百首校园诗歌,都带着台湾校园歌曲的那种情调。再夸张一点说,教会我怎样"抒情"的,除了普希金、艾青、何其芳几位抒情诗人,还有台湾校园歌曲。

我的第一部诗集《歌青青·草青青》,1989 年由中国少年儿童出版社出版时,就特意在封面上标注了"中学校园诗"五个字。当时在我心目中,我所追求的就是台湾校园民谣的风格,我要抒写的是一代人的少年挽歌,也是这代人心中永远的乡愁。1990 年,我的第二部诗集《我们这个年纪的梦》在湖北出版,也仍然不脱校园民谣的风格。直到

1996 年第三部诗集《世界很小又很大》在福建出版时，才总算走出了台湾校园歌曲的那种略带忧伤的情调，进入了一个新的抒情世界。

我很庆幸自己经过了这么多岁月的颠簸和淘洗，不但没有失去童年时代的"伟大的馈赠"——对生活、对我们周围一切的诗意的理解，相反，我倒越来越觉得它们的宝贵与伟大。或许正是它们，教会了我如何去面对现实和热爱生活，如何在一种妥协中，与世界达成"和解"。这也许是每个人的"时代症"，也是我们这一代人所不得不承受的"生命之轻"。

美国作家约翰·厄普代克前几年发出过这样的慨叹："在我此生中，我的感官见证了一个这样的世界：分量日益轻薄，滋味越发寡淡，华而不实，浮而不定，人们习惯用膨胀得离谱的货币来交换伪劣得寒碜的物质……"是这样的。也正因为我们置身在这样的现实之中，才更显得昨天的那些激情、誓语和梦想的崇高与珍贵。

今天，我是发自心底地怀念和感激那一段既贫困又坚实的岁月。那些浪漫的激情和誓语，虽然是那么短暂地出现在我的少年时代的某一时刻，但它们却潜移默化地影响着我，直到今日。它们是我坚强的意志的奠基石，是我渴望为理想献身的信念的源头，是我有时候不得不遁于内心而守护住自己的秘密的精神支柱，也是我今生今世在这个浩大、纷纭和凛冽的世界上继续奋斗和生存下去的全部资本与最后的退路。

怀旧，当然不是一种"奢侈病"，而是一种心灵需求，一种情感上的安妥与释放。对于无法适应日新月异的生活潮流、生活节奏、价值观念、人际关系的一代人来说，想起过去单纯、真诚的少年时代、青春时光，人与人之间容易相处，不免就会怀旧。怀旧也是对过去的一种感恩。在我们每个人的记忆里,都有过许多小小的、明亮的瓜灯和小橘灯,给过我们温暖、光明和幻想。少年酒神与美丽乡愁,往往也会成为成年后的热情、信心和力量的源泉。所谓"最好的时光",其实就是那种永不回返的"幸福感",有时候,并不是因为它有多么美好而让我们眷念不休,而是倒过来,正因为它带给我们永恒的失落,于是我们只能用"怀念"来召唤它,它也因此变得更加美好,更加让人难以忘怀。有怀念,才有感恩的心,才能更加热爱。

# 宛在水中央

◎ 黛安

《在水一方》

演唱者：邓丽君

作词：琼瑶

作曲：林家庆

发行年代：1980 年 2 月

## 作者简介

黛安，中国作协会员，现供职于泰山学院。作品见于《十月》《天涯》《散文》等刊物，多篇散文被收入年度选本。曾获冰心散文奖、山东省泰山文艺奖文学创作奖等奖项。已出版散文集《青青子衿》《月光下的萝卜灯》《稻草人与蝴蝶》等。

有一首歌听不得，尤其独自一人时。歌词还在，旋律还在，可是，时光，以及时光里的人，哪里去了呢？

2017年冬，同学给我打电话说："大勇快不行了你知道吧？"我愣住了。过了几秒钟才说："不，不会吧？前几个月联系他还挺好的，我还以为他快好了。"

已经11月底。我报考了北师大作家研究生班，还有二十多天就考试。离开学校多年，我心里没底，每天除了给学生上课、睡觉，其余的时间都用来复习了，炒着菜都在听西方文艺复兴运动的音频。但我顾不上了。我必须拿出一小段时间，很快打听到他家住址，驱车而去。路过一家店，当天开业，鼓风机吹起来的彩虹门里传出熟悉的旋律，我惊觉，是《在水一方》。

教室在三楼。我是文科。一下课，隔壁理科班的几个男生就在我班门口的走廊上说笑。我在教室里，每次抬头，都会撞上一个男生的目光。一开始，我以为他在看我的同桌，直到有一天他们在我面前起哄喊"大勇，大勇"，我的心才怦怦乱跳起来。我常穿一条黑色连衣裙，人也黑，不久，我就成了他们口中的"小黑"。走在楼下，只听三楼有人小声丢下来一句："小黑——！"其他人一阵笑。我慌乱得走不成路。

中秋节到了，高三放半天假。中午，最后一节课下课铃声一响，早就按捺不住的我们收拾起书包冲出教室。我穿过校园向宿舍走去，踢里踏拉的，身边都是急匆匆的脚步。秋日的天空辽阔高远，像我们的理想，好像在眼前，又好像遥不可即。

身后传来悠扬的口哨声。我听着，不禁在心里跟着哼唱：我愿逆流而上,依偎在他身旁,无奈前有险滩,道路又远又长……

一起走的同桌笑着碰碰我。我忸怩地碰她一下,想回头,忍住了。

口哨声始终在我身后,不远不近。直到我拐进宿舍。

吃完饭推出自行车回家,他和几个男生正站在学校大门口。看见我,不知谁说了句什么,大家起哄笑起来。我低着头走出去很远,才一骗腿上了自行车。我骑着欢快的小骏马,边骑边哼歌。《在水一方》的旋律,伴了我整整一路。

目光的找寻与交织多起来,终于有了那样的夜晚。晚自习后,我们偷偷溜出去。学校周边是麦地,冷风在空旷的田野间飘荡。星月下,我们长长的影子如一挂帘子,遮蔽着一片又一片冬麦。我们打赌。输了的他背着我,我搂紧他。我把热气哈在他的脖子里。我小声笑。

元旦时,学校举行唱歌比赛。高一、高二坐满了操场,我们高三仍在教室里埋头学习。快到我时,我被人叫出去,站在台上,伴奏响起:

绿草苍苍

白雾茫茫

有位佳人

在水一方

…………

他在教室里,耳朵犹如陶罐收集着我的歌声与气息。那晚我们在麦地里跨年。他湿热的唇贴在我耳梢喃喃地说:"小黑,你唱得真好。"

春天的一场考试后,班主任找了班里所有人谈话,或批评,或鼓励，唯独没找我。他的脸铁青，见了我脖子一梗，眼瞅都不瞅。早恋，是他不能容忍的。第一次，我感受到了被冷落的滋味。如今，多少年过去了，每当想起那次考试，我都会怅然若失，好像那是一只铁笼，我被永久关在了里面，怎么都出不来。

那之后不久，我冲进校长室，站在校长面前，为自己青春的爱辩白。校长是大勇的爸爸。而今，我早已记不起当时说了什么，更不知道哪里来的那股无畏的勇气。但我记得校长缓缓站起来时惊异的神情。我还记得，他刚要开口，我就转身离开了，长发在背后飘扬如旗帜。

如两人约定好的，我们同时考取了山东师范大学。我学中文，他学计算机。我们住在了学校唯一一幢男女混合楼里，他在三楼，我在六楼。身着情侣装，一起吃饭，一起散步，一起自习，一起看电影——大学里的每一天，都如金子般闪闪发光。有时，我们会不约而同地哼唱起那首曲子……

　　我愿顺流而下

　　找寻她的方向

　　却见依稀仿佛

　　她在水的中央

我唱"他"，他唱"她"，一高一低，一细一粗，如两条藤绞缠在一起。

农村与城镇。他父母的观念是横在我们之间的鸿沟。假期里，他被软禁在家。思念让人寝食难安。一天下午，我骑自行车去了当年读书的高中，他家在学校的家属楼里。我久久站在离校门口不远的一棵树下。黄昏来了，夜来了，暴雨来了，他没来。我不得不骑车回家。闪电将我照亮，又将我藏匿。如今想起，那十几里地不是路，是一条河——一会儿逆流而上，一会儿顺流而下。

后来我问他："你是木头吗？竟然关得住。"

他一下把我拉进怀，脸埋在我的长发里，不回答。

毕业后，我们都进校当了老师。他在县城，我在县城边的山村。

那时没有手机，我请假去了他的学校。我们面对面站在校门口，我只要他一句话。他嗫嚅着，始终没有说出来。

我掉头就走。

几年后我们各自结婚。他早，我晚。听说，他听说我要结婚，大醉。

再后来，日子如流水，生活的日常消释了曾经的不悦。我的电脑几乎每半年就要重装一次系统，我提到他面前，无论什么毛病，到了他手里，电脑都会好起来。然后我们吃饭、喝酒、聊天。系统装好，他问我："下歌吗？"我说："不。"他笑笑。打开电脑，熟悉的旋律中，中秋放假，我在前面走，他在后面一路吹着口哨。

一年又一年，陆陆续续听说了一些事。他有个姐姐，据说生意做得很大。他的钱被姐夫借走了，姐夫贷款他做保人，姐夫把钱全给了理财的，理财的跑了，他的工资被冻结了，他的房子被银行抵押了。姐夫把钱追回来一部分，自己全攥着，不肯给他……那时候，他的双胞胎儿子即将考高中。

他的身体出现异样，先是脸看起来像覆了一层薄薄的金粉，连身上也黄得可疑时，胆管只能切除。

他很平静。大约两年的时间里，我们见过两次，他看起来都还好。

我那时正好出了本散文集，他还笑着问我要签名本。他开车来我学校，我把书拿出来，我们站在校门外的树荫里说话。他走时，车门关上的那一刻，我听见里面在唱：

我愿逆流而上

依偎在她身旁

…………

最后一次打电话是初夏，万物丰美。听声音，无端觉得他就要好起来了。

开门的是他妻子，几年的煎熬，头发白了大半。父母也在。我轻声说出我的名字，他们"哦"一声，记起了那个儿子曾深爱过的女人。

他母亲指给我他的卧室，我进去，她关上了门。

我掉深渊里了。我不认识他了。

床上躺着的，是一个黄纸糊的小假人。

"你怎么来了？我给他们说，不要告诉你。"他有气无力地说。一滴泪凝在眼角，迟迟没有滑下来。

我轻轻抓起他的一只手，贴在自己脸上，干枯，冰凉。我努力保持平静。"会好的。好好吃药，会好的。谁都会生病，会好的……"我反反复复说着。除此，我不知道还能说什么。

他婴孩般点头，有一瞬，眼里充满了光，亮了一下。

一个写作者，会那么多精彩的句子，此刻却没有一句是有用的。在即将逝去的生命面前，语言，先一步成了灰烬。

"好好治疗，等着我，一考完我就来看你。"大约半个小时后，我把他的手放进被子，最后抚了下他的脸，走出卧室，关上门。

转身的瞬间，已是泪流满面。

他的母亲抱住我，隐忍地呜咽着。"怎么会这样？这孩子，从未做过坏事。"她喃喃地说。

我不知道说什么，只是抱着她低低地哭。

上了车，我大哭。我知道，青春里最美的一段时光，要谢幕了。


几天后，我还没去考试他就走了。我一身黑衣，怀抱一大束白菊参加他的葬礼。我们读大学时他同宿舍的几个人也都从各地赶来了。曾经，我频繁出入他的宿舍，我们是熟识的。哀乐里，人们排着队，几个人一组，站一排，一鞠躬，再鞠躬，三鞠躬，向他的遗体告别。到了我，独自一人，手捧白菊，走向前，放在他身边，退后几步，跪下，双手撑地，俯下身去，深深叩首。大勇，好好安息。我在心里说。

泪水奔涌中，眼前的一切都退去了，没有疾病，没有遗体，没有葬礼，仲秋辽阔的蓝天下，走在人群里的他，望着我的背影，献宝一样，吹着他的口哨：


　　我愿逆流而上

　　依偎在她身旁

　　无奈前有险滩

　　道路又远又长

　　…………

# 恰似她的温柔

◎ 瑛子

《恰似你的温柔》

演唱者：邓丽君

作词：梁弘志

作曲：梁弘志

发行年代：1980 年 2 月

**作者简介**

瑛子，中国作协会员。出版长篇小说14部，代表作《重返爱情》《爱了散了》《宝贝战争》等，《婚刺》《我的博士女友》分获第十五届、第十八届百花文学奖。中篇作品《最后一根稻草》获山东文学奖。作品屡被《小说选刊》《小说月报》等选载。

　　如果海风有颜色，我想一定是蓝色的。

　　《恰似你的温柔》，听邓丽君唱这首歌，可以感知海风的颜色和动感。在娓娓道来的倾诉与怀念里，蓝色的海风在海面上轻轻吹拂，如轻纱，如薄雾，如身裹蓝羽的舞蹈演员，灵动翩跹，娉娉婷婷，在碧波荡漾里踏浪起舞。我曾在清晨、午后、黄昏、深夜，雨丝飘飞的窗前、阳光明媚的林荫小径，不同的时辰、地点及天气状态里，无数次倾听这首歌，海风的颜色和动感，在我的听觉里会随之发生奇妙的变化，浅蓝色、深蓝色、蔚蓝色、孔雀蓝、宝石蓝……有时像少女的裙裾在风中轻盈飘摆，有时像一尾鱼游弋于茫茫深海中，这便是邓丽君歌声的魅力。让作为听者的我，看到歌外之画，听到音外之音。

　　这首歌的词曲作者是台湾知名音乐人梁弘志先生，创作于 20 世纪 70 年代末，那时梁先生尚在高中就读，有没有情感经历不得而知，其音乐天赋与过人的才华，由此可见一斑。歌曲抒写了有情人在分手多年之后，其中一方不能忘怀往日美好，忆起分手的那一刻，情不自禁地感怀恋情、追忆昔日恋人时的感触与心情。邓丽君并非这首歌的首唱，首唱者有两种说法，其一是潘安邦，其二是蔡琴，二位都是广受喜爱的歌手，但这首歌传遍大江南北被广为传唱，是因为邓丽君的演唱。

　　我也喜欢蔡琴，曾数次倾听蔡琴的版本。蔡琴的歌声低沉婉转，有一种历经岁月揉搓被时光反复打磨过的沧桑感，那是另一种韵味与风情。相较起来，单就这首歌，我更喜欢邓丽君的抒唱。邓丽君吐字清晰，音色空灵，又富有磁性。如何形容她那得天独厚、独一无二的嗓音呢？我曾琢磨过很久，但无论想到什么样的词汇，都觉得不足以精准描述邓丽君的声音；什么样的词语在她的音色面前，都显逊色。邓丽君的声音，如大山深处的山泉流水清幽透亮，如空谷兰香沁人心脾，如丝绸柔滑闪亮，更多时候，在同一首歌里，可以感受到她的声音犹如澄澈纯净的流泉里调和了蜂蜜与牛奶，氤氲着花香与果香，流泻在时空里，如美丽的缎带在一尘不染的空气中优雅飘摇。邓丽君的嗓音是大自然的造化，甜而不腻，柔而不弱，媚而不妖，岁月流逝可以摧枯拉朽，让多少人与事面目全非，却无法磨损邓丽君的歌声。

《恰似你的温柔》这首怀念已逝恋情的歌，经邓丽君之口，每一个字吐气如兰，每一处转折如珠玉滚动，舒畅柔润。邓丽君不仅音色迷人，歌唱技法纯熟，而最打动我的，是她歌唱过程中全身心投注于歌曲的感情。

> 某年某月的某一天
> 就像一张破碎的脸
> …………
> 让它淡淡地来
> 让它好好地去
> 到如今年复一年
> 我不能停止怀念
> 怀念你　怀念从前
> 但愿那海风再起
> 只为那浪花的手
> 恰似你的温柔

在优美的旋律中，我们可以清晰感受曾经相爱的人因为某种无力改变的原因不得不分手，一年年过去，时间抹去了悲泣与伤感，心情早已平复，只剩下美好的回忆与怀念，以及丝丝缕缕淡淡的怅惘；同时感受到每一句倾诉，每一寸怀念，每一个音符，都饱蘸情思，被情感浸透，虽然是淡淡地表达，但那一种深情，那一种柔情，那一种千折百回，那一种百转柔肠，随着旋律层层递进，有一种透穿心脏的力量，不断地碰触、抚摸倾听者内心最柔软的地方，让人无法抗拒，无法不沉醉其中。

听邓丽君的歌，就像读功底深厚的作家的书，读者可以通过叙述手法看到字外之字，书外之书；或者欣赏一幅画功了得的画作，你能从色彩运用与着墨深浅感知到画家喷薄的生命力、激情、热情、深情、柔情，以及深远的意境。邓丽君的歌声不仅能够将听者快速带入歌曲表达的情境与意境，更可以让人感受弦外之音，代入故事外的故事。这首怀念恋人的歌，每当开篇的萨克斯伴奏悠扬地响起，我的思绪和情感就会瞬间回到 20 世纪 90 年代，它会打开记忆的闸门，让我回忆青春，想起诸多与情爱无关的事情。

1993 年参加工作后，我倾尽半年积蓄，终于拥有了一台属于自己的"爱华"牌随身听。那时候买一瓶洗发水，我会因为一两块钱的差价在两个品牌之间犹豫不决，而买邓丽君的歌带，从来只买正版，即使倾囊而出，眼睛也不眨。记得有一个冬天，为买邓丽君的歌带，身体纤细如豆芽的我，骑着半旧的自行车，顶着凛冽的北风，从城西到城东，饿着肚子穿越大半个洛阳城。在那个物质匮乏的年代，一盒盒如获至宝的磁带，不仅是我的精神大餐，也成为我最初的音乐启蒙。

记得每天工作结束后，拖着疲惫的身体回到宿舍，冲过澡懒懒地倒在床上，把随身听抱在怀里，随着咔嗒一声播放键被摁下，邓丽君甜美灵动的歌声如月华倾泻，如温柔之手抚过内心，那一刻，工作的劳累、满身心的疲倦，都会被轻轻地涤荡一空。整个 20 世纪 90 年代，邓丽君的歌声陪伴着我。彷徨的时候，失意的时候，低谷的时候，因为她的陪伴，生活里永远有那么一抹亮色，让我感受温柔与明媚。

即便斯人已逝，即便后浪推前浪，邓丽君极具辨识度的嗓音，却从未黯然。于千千万万声音之中，即使时隔多少年已经不再倾听，但只要这个声音出现，就像多年不见的老友，仅凭听觉与嗅觉也能立即把她认出来。多少年来，涌现过多少邓丽君的模仿者，有的人开头几句乍一听十分神似，继续听下去，就似是而非了。个别天赋极高的模仿者能够模仿得惟妙惟肖，但仔细品味，仍唱不出邓丽君那原汁原味原色的韵味。那些模仿者，可以无限接近，但从未超越。

《恰似你的温柔》，四十多年来，有多少人借此歌怀念曾经的美好恋情，有多少人被邓丽君的深情与柔情打动、温暖、抚慰过……我深信，生于 20 世纪 60 年代和 70 年代的人，每个人心中都有一个邓丽君。

# 夏日傍晚的秋千与蝴蝶

◎ 尹学芸

《童年》

演唱者：罗大佑

作词：罗大佑

作曲：罗大佑

发行年代：1982 年 4 月

作者简介

尹学芸，中国作协会员，天津市作家协会主席。从 20 世纪 80 年代末至今已发表文学作品 200 余万字。曾获鲁迅文学奖、百花文学奖等奖项。出版有长篇小说《岁月风尘》《菜根谣》、小说集《士别十年》《我的叔叔李海》《天堂向左》《分驴计》等。

过了很多年，我才知道那个"公鸭嗓"的歌者是谁。但很多年前那个夏天的傍晚不知道。

空气中散发着一股溽热和黏稠，大太阳从墙垛旁臭椿树的枝杈间射过来，还是有一股蛮横的力量。我在屋檐下的菜墩上剁猪草，头发湿淋淋地都贴在了头皮上。母亲抱着一只草筐从我身后走过，嘴里说："你就不会挪阴凉底下去？"我用力剁了两下刀，回说刚才这里也是阴凉，是太阳自己走过来了。母亲不听我分辩，抱草筐去了后院。后院养了三只羊。

三角木头的支撑架下，几只母鸡捡食落在地上的菜叶子，啄一下，抻长脖子叫一声。那时的鸡都很蠢，不会因为我每天喂它们就认识我。沙哑的声音先于天蓝色牛仔裤和双喇叭录音机荡进了院子，小弟初中毕业后，就成了眼下这个样子：身上穿着牛仔裤手里提着录音机东游西逛。牛仔裤是服装厂做残了的出口产品，便宜处理给了工人。那是我做缝纫女工的成果。我不满足于这样的成果，托人花280元买了双喇叭录音机，我想学德语。会英语的人太多了，学校都教英语。我自觉要学一个新鲜的语种，也好与众不同。年轻的心总是异想天开。可我买的学德语的磁带还没到，小弟进了一次城，录音机就派上了用场。那嘶嘶的声音起初并没有引起我的注意，我听出那磁带有细微的摩擦声，像年老的人艰难地喘息。可有两句歌词闯进耳膜：

操场边的秋千上

只有蝴蝶停在上面

黑板上老师的粉笔

还在拼命叽叽喳喳写个不停

…………

　　这一下就勾引和打动了我。很难说具体是什么，但就是有一种勾引和打动，让人瞬间变得惶惑和忧郁。我停下了手里的活计，怔怔的。小弟总提着我的双喇叭录音机去显摆，他们有时在河堤上学迪斯科，录音机就挂在树杈上，和着成百上千只蝉鸣。他没心没肺的样子让我觉得他根本听不懂那歌，尤其是他嘴里还哼着，让我有些心疼。只是，很难说清楚我心疼的是什么。录音机，抑或那支曲子，或远去的踪影皆无的童年，或所有一去不复返的岁月……小弟一张稚气的小脸，总让我不好意思说什么。

　　我一耳朵一耳朵借光听了很多支歌，但没有哪首是完整的。小弟像蜜蜂一样很难在我面前停留，总像小偷一样一晃而过。我听过一个粗野的嗓子叫张帝，唱《苏联打飞机》，里面有骂人的话："苏联苏联他妈的你是什么东西。"还有男女对唱，讨论《新鞋子旧鞋子》："新鞋子还没有缝好以前，先别急忙着把旧鞋子脱。"还有"流里流气"的"带着你的嫁妆，带着你的妹妹，赶着那马车来"，以及一听就是"靡靡之音"的《美酒加咖啡》。这样的歌有什么意思呢，透过这样的只言片语我确实听不出意思来。所以，那两只喇叭流出来的歌从没打动我。可秋千架不一样，蝴蝶不一样，叽叽喳喳作响的粉笔不一样，它们离我那样近却又那样远，那样亲切却又那样隔膜，忽而就让人灵魂出窍，有点不知今夕何夕。我丢下菜刀追进了屋，小弟心虚地在我进屋之前摁下了暂停键，关闭了两只喇叭。他靠墙柜站着，两条蓝腿显眼地编着十字花。录音机站在镜框下的缝纫机上，两只喇叭像两只大眼一眨不眨地看着我，像犯了错一样缄默地藏起了那些歌者。我靠门框上站了会儿，没说啥。忽然不知说啥，也不想说啥。旋律似乎还在屋里盘旋，像无数只蝴蝶在振翅。我想问小弟那是首什么歌，可又觉得索然，问不出口——那种萧索的感觉时至今日也记得。我呆了片刻，又出去剁猪草了。

鼓楼往西是条商业街，据县志记载，这里承载着这座城市所有的商业和金融业务。这座叫"蓟"的城，以草为名。很多年后被我在小说中用"埙城"替代，埙这种乐器成为虚拟的城市坐标。独乐寺的西跨院是文化馆，对面就是报刊亭。我每个月都会跑一次，参加这里的文学沙龙，然后从报刊亭买最少十本杂志。记得清晰的有《清明》《青年作家》《芒种》《鸭绿江》等。喇叭喧嚣地对着街道嘶鸣，与对面录像厅里的拳击声相混淆，让半条街都是躁的。有一天，我忽然听到了熟悉的旋律，又是那个"公鸭嗓"，带着饱满的热情用声音灌满了狭窄的天空。

总是要等到睡觉前

才知道功课只做了一点点

总是要等到考试以后

才知道该念的书都没有念

…………

这也能够唱出来！歌词还可以这样写！关键是，这也能感人！我定住了，身上起了冷痱子。这分明有点像神谕，让人有启封之思。我开始靠着槐树站着，后来在马路牙子上坐下了，头上是巨大的槐树支起的伞盖,眼前的人流车流以及对面录像厅里的嘈杂都在一瞬间被过滤掉了,人进入了一种澄澈的状态。很多曲目循环播放,我就等那首歌。等着那只蝴蝶落在秋千上,等着老师手里那支叽叽喳喳的粉笔。我在路边坐成了一座雕塑而不自知,后来有人问我:"喊你都听不到,你在那等谁?是不是那个大背头?"

很难说那首《童年》带给了我什么,那是我人生晦暗的日子。当然,你要说为赋新词强说愁也可以,我是那个年龄。

多年以后,我才知道那首歌并不完整。刚传到大陆的时候,歌词只有四段,第五段被砍掉了,可能源于青春期早恋。

　　隔壁班的那个女孩

　　怎么还没经过我的窗前

　　嘴里的零食

　　手里的漫画

　　心里初恋的童年

就像什么珍宝失而复得一样,我听见心里"咚"地发出了一声响。

有那么一段,我总是有意无意留心他的消息。出专辑,开演唱会,或在哪里参加歌友会。那样多的港台歌手,我发现,只有他和他的歌对胃口。有些人一首成名曲能唱一辈子,作为"流行音乐教父"的罗大佑,随便拎出一首,都能让歌手成名。

《童年》先有曲后有词,曲子是他大二放假时去台南看女友,在回程的火车上冒出来的旋律。而歌词酝酿了整整五年。余光中说,中国乐坛有两位像列侬一样伟大的诗人，一位是崔健，另一位就是罗大佑。1975年，正在学医的罗大佑给余光中的诗《乡愁四韵》谱了曲。那一年，他21岁。后来有媒体问余光中："罗大佑给《乡愁四韵》谱曲经过你的同意了吗？"余光中说："没有。但他谱得很好，我很赞同。"

后来，罗大佑写了一首歌叫《鹿港小镇》：

> 台北不是我的家
> 我的家乡没有霓虹灯
> 鹿港的街道
> 鹿港的渔村
> 妈祖庙里烧香的人们
> …………

这让我知道他当年为什么要选择《乡愁四韵》了，也就知道他的歌为什么对我的胃口了。

# 有多少光阴的故事

◎ 陈武

《光阴的故事》

演唱者：罗大佑

作词：罗大佑

作曲：罗大佑

发行年代：1982年4月

作者简介

　　陈武，当代作家，中国作协会员。在《人民文学》《中国作家》《钟山》《十月》《花城》《小说选刊》《小说月报》等杂志发表小说数百万字。曾获紫金山文学奖、山东文学奖、《雨花》文学奖。代表作《连滚带爬》《中介》等。

早在 2007 年第 12 期《作家》上，我发表长篇小说《植物园的恋情》时，就引用罗大佑的《光阴的故事》里的一句歌词作为这部小说的引言："流水它带走光阴的故事改变了我们，就在那多愁善感而初次回忆的青春。"后来北岳文艺出版社出版单行本，这句歌词同样被引用在扉页上。由于歌词的内容所具备的深意，这部小说就被赋予了非同寻常的情感色彩和叙事基调。而小说结尾的一段话，和那句引用的歌词，更是形成了时间、空间和心理上的多重呼应：

> 我的植物园的故事就这样结束了。可我心里的植物园依然存在。随着时间的推移、青春的流逝，植物园越来越是我的依恋之地。如果把生活比作一条河流，植物园就是河流的源头。我人生之路的第一步，就是从植物园开始的。我的许多经验、生活、感悟，都可从植物园那段短暂的生活里找到源头，看到影子。每每想起植物园，意念中走进植物园，就有种抑制不住的流泪的冲动，单纯、无知、轻狂、忧伤，还有年少的梦想和无序的爱情，像一阵烟，一缕风，一湾流水，游弋在漫漫时光中，枯藤老树昏鸦，水洼边散落的野花……如同发黄的黑白老照片，记录着生命中欢乐的青春、忧郁的回忆、光阴的故事……

《光阴的故事》是罗大佑传唱不衰的多首歌之一，我最初听到是在20 世纪 80 年代。那时候，只要有时间，我就趴在简陋的写字桌上读书或写小说。我哥哥当时在供销社工作，带回来一个手提式录放机，在他翻录的许多盒磁带里，就有几首罗大佑的歌。我原先是反感哥哥听歌的，因为噪声会影响我的构思和写作。但是有一天，他把录放机遗忘在家里了，我正好写累了，便拿过来听，就听到了《光阴的故事》。我初听这首歌的时候并未上心，没觉得有多么好。当时以为，港台歌曲都应该是邓丽君那样的"靡靡之音"，突然出来一个"破锣嗓子"，还体会不到其中的妙境。

被《光阴的故事》的情感表达所感动，经历了一个循序渐进的过程。那是在几年后的90年代初，一个外地来连云港的诗人开了一家酒吧，我们会到他的酒吧消费，偶尔也蹭吃蹭喝，他倒乐得我们去。他不仅是诗人，还喜欢唱歌，作词、作曲无所不能。他有一把吉他，平时就挂在吧台侧面墙上的价目牌边。不知为什么，当时我们的感觉是，那把吉他，静静地挂在那里，很适合酒吧的氛围，这才像酒吧的样子，也给酒吧增添了无限的魅力。他一个人在酒吧时，会修改词曲，自弹自唱。当有好朋友去了，他会给我们来一曲，并讲解歌曲的风格、流派和唱法，特别是告诉我们如何去欣赏一首歌。

我在中篇小说《上青海》里，写到古影子怂恿杨洋唱歌时，她选了《乡村路带我回家》(Take Me Home, Country Road)，文中对杨洋的歌唱有这样的描写："她一开口，就惊艳到我了。她的英语发音是那么的好，节律、气息和情绪的把控更是恰到好处，都是约翰·丹佛的调调，我仿佛看到大片的田野、阳光，风光奇丽的山谷、乡村，仿佛感受到通向故乡的小路和掠过的轻风，感到那份自由和无忧无虑，感到那发自内心的怀念、向往和抒情。"这首歌是他的"教科书"，可以毫不夸张地说，我最初的那点音乐知识，就是在他的启发下开始萌芽的。

大约是在一个阴郁的雨天吧，酒吧里只有我们两人时，他给我讲了他的故事,讲了他离开故乡的原因,讲了他的初恋,还有遗落的情感和纠结的过往,然后,他拿起吉他,弹唱了《光阴的故事》,那近在耳畔的旋律,那情深意切的演唱,以及对遥远往事的追忆,还有他眼里的闪闪泪光,深深地感动了我,也唱进了我的心中。我用他教我的欣赏方法,体会到了旋律和歌词所表达的意义,自己的一些少年梦想、青春往事、旧日情怀和懵懂爱情全部涌上心头,那些曾经的美丽和岁月的斑痕,真的能化成一阵云烟而消逝吗?

从此我爱上了这首歌,并学会了这首歌。在很多场合,我毫不掩饰对这首歌的喜欢和迷恋,如果有机会泡歌厅,我也会大着胆子选唱这首歌。我知道我五音不全,还是左嗓子。但我也知道这首歌会让很多人感同身受,会让许多人产生共鸣。

在不多的几次选唱中,还真的唱哭了一个人,那是在 20 世纪末一家文学杂志举办的文学笔会上。一天晚上喝完酒后,几个气味相投的文友去了歌厅。可能是酒精作用,大家都争着唱,个个都是麦霸。而我不胜酒力,躲在角落里睡着了。临散时,有人把我摇醒,众人起哄让我也唱一首作为“压轴”,我便选了这首《光阴的故事》。当旋律响起时,歌厅里突然安静了,我认真地唱了起来,虽然荒腔走板,但情感和身心的投入是真切的。一个比我大几岁的作家一边看着屏幕上的歌词,一边轻轻地跟着哼唱,唱着唱着,我看到他眼睛红了。歌声结束时,他流泪了。他一边鼓掌一边过来跟我拥抱,还泣不成声地欲说还休。我知道,这首歌触动了他情感深处的某根神经。

罗大佑的歌确实有这样的魔力,论嗓音,他算不上天赋出众,但他能够把旋律、配器和歌词甚至是舞台效果恰如其分地融成一个完整而共情的调性,来触动听者心中或封尘已久的记忆,或欲罢不能的怀想,或刻骨铭心的情感,让你不由得走进自己的人生世界里,跟着他的旋律游历、回溯、淘洗一番,进而在内心深处震荡起旧日的情怀并产生无尽的追忆和思念。

更让人感怀的是,罗大佑的几首著名的歌在情感上是相互牵绊的。如果说《童年》每每唱起,总有一种凭吊的感觉,那么唱《穿过你的黑发的我的手》时,我们长大了,我们有了情感之路,我们手足无措、战战兢兢,搞不懂沧海怎么会变成桑田。带着这样的心境,我们走进了《滚滚红尘》。时光漫漫,人生倥偬,我们又心归何处?经意与不经意间,又错过了多少牵手的机缘?一回首便是冰冷彻骨的夜风,一展望又是凭空无聊的寂寞,只剩下蜿蜒的岁岁时光还在流淌。好在我们迎来了《恋曲1990》。"或许明日太阳西下倦鸟已归时,你将已经踏上旧时的归途。"世界太大了,来不及等我们去读懂,就匆匆数年,我们必须带着满腔的乡愁踏上征程,谁知那竟是无法转头的漂泊,迎接我们的,岂止是蓝蓝的白云天和轰隆隆的雷雨声,还有难得再次寻觅相知的伴侣……

我们尽可以如此联想《大地的孩子》《爱的箴言》《你的样子》等,当然还有《东方之珠》。虽然"海风吹过了五千年",这些歌的情感居然都相通,都在诉说着"光阴的故事"。难道不是吗?罗大佑记录和演绎的,不仅是对过往岁月的追忆,还是对我们未知人生的展望。

2020年1月,我在《小说月报·原创版》发表的短篇小说《恋恋的时光》里,男女主人公的人生之路和情感之路,就是致敬《光阴的故事》,同时也是《光阴的故事》的翻版。特别是小说中有一段唱歌的情节这样描写:"老阳深情地唱着,所有人都保持音乐响起时的姿势,托腮的、歪头的、耸肩的、一只手支着下巴的，端着茶杯做喝水状的，像雕塑一样，生怕动一下，产生一点点动静——哪怕是细微的风，也会惊扰这好听的歌。是的，真是太好听了。我不止一次地听老阳唱歌，唱别人的歌，唱自己的歌，应该说，这一次，或这一首，最让我动情。不仅是因为我写的词，实在是音乐、声调和他的全情投入触动了我心底最柔弱的部分。我禁不住泪盈眼眶了。我看到小猫也眼含泪水，鼻翼在微微抽搐。有一个女诗人，竟然两手掩面，饮泣起来。大家都沉浸在对遥远往事的回忆中，仿佛回到旧日的时光里，那骚动的青春、无序的情感、不可名状的忧伤，还有街头酷酷的哼唱，全部蜂拥而至。"

是的，我们这一辈人，在罗大佑的歌声中慢慢长大，情感也在罗大佑歌声营造的世界里慢慢酝酿、慢慢成熟，在默默行走、渐渐老去的路上，我们唱着罗大佑的歌，回忆着我们一生的四季轮回和万花筒般的斑驳岁月，在光阴的故事里，继续经历着经历。

依稀往梦似曾见

◎ 朱山坡

《铁血丹心》

演唱者：罗文　甄妮

作词：邓伟雄

作曲：顾嘉辉

发行年代：1983年1月

作者简介

　　朱山坡，现供职于广西民族大学文学影视创作中心。曾获郁达夫小说奖、林斤澜短篇小说奖、广西文艺创作铜鼓奖等奖项。出版有长篇小说《懦夫传》《马强壮精神自传》《风暴预警期》，小说集《灵魂课》《十三个父亲》《蛋镇电影院》等。

我的家乡在粤桂边上，是一个偏僻的山村，到镇上还有十几公里的路程。小时候，小学老师都是用粤语上课，因而我们对普通话十分陌生，也不敢贸然说普通话。20世纪80年代初，改革开放的春风扑面而来，不仅给我们带来了普通话，也给我们送来了音乐。我最先接触音乐的途径是大喇叭广播。

从学校到我家门口的路上，隔两里地便有一个广播喇叭，每天晚上都能听到中央人民广播电台的节目，还有县广播电台的粤语播音。节目中间能听到不少音乐，比如《在希望的田野上》《乌苏里船歌》《康定情歌》《赶圩归来啊哩哩》等。这些音乐像空气一样塞满我们的耳朵，但广播一停便随风飘散，仿佛跟我们没有关系。而且，我们羞于唱歌，怕别人笑，当然，也不懂唱，因为连歌词也不知道，更找不着调。幸好露天电影也给我们送来了音乐。但我们只专注于电影里的故事和人物，无暇顾及它的插曲。关键是，电影只放映一次，根本来不及记住插曲的调。直到小学五年级暑假，村里突然有了一台电视机，给我们送来了一首《铁血丹心》。

跟我之前见过的12英寸小黑白电视机不同，它21英寸，屏幕很大，后面出来的部分也很可观，而且不是纯黑白电视机——主人在电视机屏幕前加了一块变色玻璃，便有点像彩色电视机了。电视机的室外天线用一根木条插在装满水泥的铁桶里，在只有一层楼的楼顶上竖起，坚固得风吹不动。由于当时电力严重不足，晚上几乎没有电到达我们村，即便有，电量也不够，头顶上的30瓦钨丝灯泡发出微弱暗淡的光，我们不得不加点煤油灯。这点电量是放不了电视的，因此晚上无法打开的电视机增加了我们的寂寞。令人欣慰的是，白天的电是够的,完全可以打开电视机。然而,一般来说,白天的电视节目很无聊,都不如晚上的好看。况且,电视机几乎只能清晰地收到一个电视台的信号,那就是离我们比较近的广东珠江电视台,其他电视台偶尔能收看,但信号不稳定,屏幕上全是雪花,还时断时续。即使能清晰地收看,我们也不怎么爱看,因为那些台的节目说的是普通话,而珠江台说的是粤语,即使原是普通话的电视剧或电影也被转为粤语配音。

令我们意想不到的是,那个暑假开始,每天下午2点,珠江电视台两集连播《射雕英雄传》。每到这个时间,散落在村头村尾或正在田里、山上干活的孩子们,包括部分大人便从四面八方赶回来,在主题歌《铁血丹心》响起时云集在电视机前。电视机的主人把声音开到最大,而且还弄来一个扩音器,几里地外都能听到《铁血丹心》。这首歌简直是我们的集结号,激动人心,令人热血沸腾。那些奔跑而至的人喘着粗气,浑身散发着汗臭,挤在地坪里,踮起脚尖,抻长脖子,朝着电视机的方向看去。一曲唱罢才到的,都会遭到我们鄙视的眼光。

与这首歌相伴的画面浓缩了全剧的精华,尤其是黄蓉、郭靖、华筝的镜头让我们百看不腻。而且,它的歌词每一字都唱得那么清晰,那么吸引我们。有人默写下来,有人背诵下来,互相对照着,直到一字不差,然后传递着,抄在笔记本上,贴在书桌上,有不少同学写在手掌上……那时候,我们在心里默默地哼唱着,我们爱上黄蓉、华筝,幻想有一天能成为郭靖,娶上黄蓉。大漠孤烟,雪霜扑面,射雕引弓塞外奔驰——这首歌,唱出了家国情怀和英雄气概,而且让人愁肠百结。从那个暑假开始,我们终于敢张开嘴唱歌:

女：依稀往梦似曾见

　　心内波澜现

男：抛开世事断愁怨

合：相伴到天边

…………

很长一段时间，村头村尾，山间野地，都传来《铁血丹心》的歌声。有的唱得字正腔圆，声情并茂；有的唱得五音不全，贻笑大方。《铁血丹心》风靡之势犹如烈火燎原。在学校里，有的班上课前经常集体唱一回《铁血丹心》。我们班上有一个男同学，觉得自己长得像少年郭靖，唱《铁血丹心》时竟然经常泪流满面，搞得我们哭笑不得。

有一次，他在作文里写，要到北方的大漠去"逐草四方"，"射雕引弓塞外奔驰"，引得我们哄堂大笑。然而，过了几天，他失踪了，我们在他课桌的抽屉里发现了一纸条："我出发了，再见！"把班主任吓得半死。幸好，班主任和他的父亲在陆川火车站拦住了他的去路。他回到教室，我们不再讥笑他，因为他是认真的。我的心里何尝没有像他这样的冲动？只是我没有他的果敢而已。讥笑他，实际上是在嘲笑自己。

此后不久，邓丽君、香港"四大天王"等人的歌曲像风一样填满乡村的每一个角落，丰富了我们，感染了我们，改变了我们，唱歌成了我们日常生活的一部分。但在新歌层出不穷，歌迷对偶像朝三暮四的时代，《铁血丹心》在他们当中慢慢隐退，最后"泯然众歌矣"。然而，我确信，《铁血丹心》早已经在他们的记忆里打下了深深的烙印，哪能抹得去？只是被他们珍藏着，舍不得轻易翻出来而已。

  是的,时隔那么多年,尽管我听过的歌多如牛毛,喜欢的歌也不胜枚举,《铁血丹心》依然是我的最爱。当年,它打开了少年的心扉,为我树立起诗与远方的理想,埋下了追求爱情的种子。它已经融入我的血液,每当响起时,依然像吹响了集结号,昔日的情景历历在目,依稀往梦似曾见,心内波澜现,虽不能往,心向往之。

# 一山还比一山高

◎ 超侠

《世间始终你好》

演唱者：罗文　甄妮

作词：黄霑

作曲：顾嘉辉

发行年代：1983年1月

### 作者简介

超侠，科幻作家，编剧，诗人，中国作协会员，中国科普作协理事。曾获动漫"金猴奖"、长征文艺奖、全国优秀科普作品奖、全球华语科幻星云奖、中国青年诗人奖。央视故事大会科幻演讲嘉宾。代表作"少年冒险侠系列""超侠小特工系列"等。

男：问世间是否此山最高

或者另有高处比天高

女：在世间自有山比此山更高

但爱心找不到比你好

当熟悉的旋律再次响起时，我已潜然泪下。那天是 2018 年 10 月 30 日，当我在北京师范大学的课堂上看到手机里金庸逝世的消息时，一下课就抱住了我的同学杨遥和舒辉波，我的涕泪打湿了他们的胸襟。我感觉失去了一位亲人，一个偶像，一个生命中最重要的人。晚上，在宿舍，听着金庸武侠剧的歌曲，看着金庸先生的小说，我想起了自己走过的岁月，我的文学之路。

是的，武侠影视剧、武侠小说，是一个少年梦想起航的地方，只有热爱，才会去追求，才能无所畏惧，踏过荆棘与泥泞，翻越一座又一座山峰，走向遥远的目的地。

1989 年，我小学四年级的暑假，家乡德宏的电视台开始播放 1983 年版的《射雕英雄传》。后来根据查证，该剧引进内地的时间是 1985 年，我们那整整滞后了四年，但我依然清晰地记得那些最美好的日子。我们每天先去游泳，回来后就开始看动画片《变形金刚》，之后便是《恐龙特急克塞号》，看完后，恰好能接上《射雕英雄传》，这是科幻与武侠的完美对接。

随着"依稀往梦似曾见，心内波澜现"的音乐响起，黄日华饰演的郭靖和翁美玲饰演的黄蓉一出场，家家户户都守在电视机前，那是一个个激动人心、快乐非凡的夜晚，我们看得如痴如醉。在此之前，没有哪一部剧能像《射雕英雄传》这样，既气势恢宏，又幽默有趣；既天马行空，又尊重历史；既惊险悬疑，又情真意切。连平时不让我看武侠剧的爸爸妈妈，都忍不住跟着天天追，三四岁的妹妹也能看得明白，整天叫着"蓉儿""靖哥哥"什么的。我和小伙伴们可有得玩了，我们先后学会了"降龙十八掌""双手互搏"等武功，我还画了练功的秘籍。至今我都会背诵《九阴真经》的开头："天之道，损有余而补不足……"

由于这部剧太过火爆，每天晚上，街上无人，电影院的电影票都卖不出去。于是有关部门下发了命令，要将后面的剧集在三天之内全部播完，电视台不高兴，观众却"因祸得福"——我们每天等个两三集，急都急死了，这回总算可以一天看个六七集过瘾了。《射雕英雄传》分为"铁血丹心""东邪西毒""华山论剑"三部分，第三部一开始便是蓉儿和老顽童在街上打打闹闹，我至今都记得很清楚，蓉儿叫老顽童来追她，靖哥哥看得很无奈。蓉儿之美、之俏，令我们魂牵梦萦，这样可爱的女孩，谁不喜欢？同学们都买了很多她的贴纸。那时消息闭塞，其实我们看到她的时候，她早已逝世了。当我知道这个消息时，震惊得不知所措，仿若失恋般伤心不已。

随着最后一集《世间始终你好》唱罢，《射雕英雄传》全剧终了，我们还久久回味其中。妈妈从图书馆给我借来了《射雕英雄传》的小说，是在一本杂志上连载的那种，妈妈在灯下缝补衣服，我在灯下看小说，我看得入迷，看了一本又一本。我耳边时常响起："问世间是否此山最高？或者另有高处比天高……论武功俗世中不知边个高，或者绝招同途异路……一山还比一山高。"电视剧掀起了一场练武热。这是继我六岁看了李连杰的《少林寺》后，又一波小伙伴们练武的高潮。这回,我们练的是内功。我们根据金庸小说里详细的练习内力的秘籍和《九阴真经》,再加上自己的摸索,渐渐感应到体内暗流涌动,每天上课就全神贯注地将内力运于双手之上,对付前排的同学,他们便时常感应到我们的内力勃发,后背热烘烘的。

为了研究武学秘籍,我又看了《四大名捕会京师》《楚留香》《萍踪侠影录》等武侠小说,遗憾的是其中的武功体系和金庸不是一路,我却从此爱上了武侠小说。在那个精神匮乏的年代,能找到几本武侠小说已经很了不起了。就这样,我爱上了阅读,除了很多武侠作品,还看过卡尔维诺的《意大利童话集》和郑渊洁的《童话大王》,又喜欢上叶永烈的科幻小说,文学的种子在心中萌芽。

终于,我和同学梁元、杨勇写起了武侠小说。本来我们想以梁元设计的人物为主角一直写下去,我又设定了另外一个武林高手,将他写的高手打死了。而轮到杨勇写的时候,他又设计了一个高手把我写的高手打死了,武林一片混乱。这时,我想起了外星飞碟,想起了变形金刚,想起了克赛,于是设定了一个天外来客,拥有天下无敌的武功"激光",而且百毒不侵。当它靠着外星先进的高科技武功在地球的武林中横行无忌,秒杀一众武林高手时,我总会想起那"一山还比一山高"的旋律。这首由罗文、甄妮演唱的歌曲,至今仍是我在 KTV 里的必唱曲目。

遵循着这样的思路,我在初、高中时期陆续创作了一些"科幻×武侠"的作品,发表在《科幻大王》上,加之发表在《中学科技》上的一些小发明,为我换来了不菲的稿费,可以买许多磁带、漫画书和武侠、科幻小说。在高考前最忙、最焦虑的那段日子,我开始写长篇科幻小说《笑侠奇缘》。这是一部讲述校园生活,拥有无厘头爆笑风格,融合了穿越、科幻、星际大战、宋朝历史等元素的武侠作品,主角借助麦克风和武林高手比狮子吼,飙车对战武林高手的轻功,用电击和武林高手对掌……不会武功的他,终成武林盟主……

那时我最喜欢看周星驰、成龙、李连杰的电影,喜欢看《科幻世界》,特别是王晋康老师的作品,还看了阿西莫夫、阿瑟·克拉克的科幻小说以及金庸、古龙的武侠小说。那时我还不懂通俗文学和严肃文学,但我隐隐约约觉得自己要走上这条路。于是我循着文学的气息不断创作与投稿——先是去了昆明读书,大学时出版了一些科幻武侠童话;我成天背着稿纸,有空就写《笑侠奇缘》,这部作品后来被带到了北京,我也找到了工作,一个人踏上了"北漂"之旅。我时常听的歌曲就是《世间始终你好》,虽然这是一首情歌,但那句"一山还比一山高"总能激起我昂扬的斗志,激励我努力攀登。

2016年2月上映的周星驰的电影《美人鱼》,用莫文蔚和郑少秋合唱的《世间始终你好》作为插曲,歌中"呼""哈"的声音更增加其高昂、积极之感,而周星驰的日渐苍老也不由得让人感慨时光匆匆。电影的热映让这首歌再度在年轻人中传唱,重新焕发了青春。

经典永远不会过时,因为它是时间的刻度。雕刻在人生里,生长在艺术上。

我像一个举步维艰的攀登者,始终乐观、积极地向自己的目标迈进,哪怕缓慢,哪怕迟钝,依旧保持前进的动力。这首歌始终在我心中鼓舞着我,始终在我身后推动着我,始终在我前方引领着我。我们的世界之外,还有更大的世界;我们的宇宙之外,还有更大的宇宙,向前,向外,永无止境。我向一个个文坛前辈学习,从最初的科幻童话到科幻推理,再到后来的少年科幻冒险以及科幻剧本、科幻散文、史诗科幻、科幻诗歌等,不断地在歌声中打磨我的文字,希冀用文字调动读者的视觉和感觉系统,从纯粹的娱乐到引人深思,再到形式和内容的合一,一步一个脚印。

文学之路,也是人生之路。"问世间是否此山最高?或者另有高处比天高?"

一山还比一山高。

# 曾激荡我心的那首歌

◎ 次仁罗布

《我的中国心》

演唱者：张明敏

作词：黄霑

作曲：王福龄

发行年代：1983 年 6 月

## 作者简介

次仁罗布，中国作协全委会委员，西藏作协常务副主席，《西藏文学》主编，中宣部文化名家暨"四个一批人才"。曾获鲁迅文学奖。著有小说《杀手》《界》《阿米日嘎》《放生羊》《神授》《八廓街》等。作品被译为英、法、西班牙等多种语言。

那时候我还在读大学，我们的娱乐生活就是每周去西藏大学礼堂看放映的电影，一场我都没有落过。由于西藏大学跟电影公司紧挨着，每次都能弄到最新的片子，一场电影只需几角钱。那时候电视是特别紧俏的东西，有电视机的家庭很少，即使有也是黑白的。后来流行上面贴个塑料薄膜，电视有点色彩了。由于我家就在八廓街里，一般上完课我都要回家去，因为母亲省吃俭用买了一台黑白电视机，晚上可以看香港拍的电视连续剧。

记得 1984 年年初，西藏电视台正在播放《大侠霍元甲》，每到晚上 8 点钟，邻居们都会跑到家里来，在狭小的房子里挤坐在凳子上看完一集，然后余兴未消地抱着木凳子离开，想象着下一集的精彩。

这一年的春节联欢晚会如期而至，印象当中那天正好是藏历年的十二月二十九日，是家家吃面疙瘩、放鞭炮驱鬼的日子，为了赶上看春节联欢晚会，天刚擦黑我们就已经吃完面疙瘩，并把剩下的全部倒在一个破陶器里，点燃麦秆，燃放鞭炮，一路送到八廓街东头的三岔路口。又在麦秆火把和鞭炮的轰鸣中逃回家，静静地等待春节联欢晚会的开始。

当张明敏脖子上系着围巾，一身中山装出现在屏幕上，我就为他别样的打扮感到新奇。他开口唱《我的中国心》一下把我给迷倒了，这样的声音、这样的旋律、这样的歌词，一下触到了我内心的某根弦，第二天一直说的就是张明敏和他的歌。之前，我听过很多台湾、香港歌星的歌，也很喜欢，但绝没有达到如此的痴狂，如此的亢奋。一个亲戚还把《大侠霍元甲》的主题曲硬说成是张明敏演唱的，我刚开始还当成了真，后来再重播时才看清是徐小明演唱的。藏历新年第一天，八廓街里卖磁带的商贩开始兜售音质很差的翻录磁带，《我的中国心》响彻整个八廓街。一首歌能这样红火，让整个拉萨沸腾实属难得，哼唱几句《我的中国心》成了最时尚的标志。那年的春节和藏历新年，拉萨人就是唱着《我的中国心》度过的。

春节之后没有多久，正版的张明敏歌带就在市场上发售了，同时还有便宜的翻版歌带。我囊中羞涩，只能买几块钱的翻版歌带。这盘歌带不断在录音机里播放，我手里拿着质量很差的复印歌词，跟着哼唱：

> 河山只在我梦萦
>
> 祖国已多年未亲近
>
> 可是不管怎样也改变不了
>
> 我的中国心
>
> ⋯⋯⋯⋯⋯

这些歌词当时对我的内心世界确有触动，但没有现在这样深刻。随着时间的流逝，这些歌词越发地触动心灵，越听越好听，越激发出对祖国的爱和身为炎黄子孙的自豪感。后来，我按照当时流行的方式，将歌词抄写在一个笔记本上，把张明敏的照片贴在一旁。他的热度持续了一年多。

那个年代获取信息没有现在这样便捷、准确，我四处打探张明敏的消息，只知道他是一名工人，并不是专业的歌唱演员，在一次歌唱比赛中斩获殊荣。知道这些，我更对张明敏佩服得五体投地。半年多后，听到一则张明敏被暗杀的消息，信以为真的我很是悲伤，想着如果他没有参加春晚,也不至于会有这样的结果,着实为他惋惜。

第二年的春晚也是我们一家人挤坐在电视机前一起看的,再没有像《我的中国心》一样让人惊艳的演唱。不久,得知张明敏被杀是个谣传,我一下释然了。那几年里,华语歌坛,虽然有张行、程琳、张蔷等人,但我更喜欢港台歌星。

1987年的春晚,费翔着实把全国观众撩拨得如痴如狂,《冬天里的一把火》和《故乡的云》席卷大江南北。那时,我被分配到昌都下辖的县中学工作,假期途经成都时,街头巷尾响彻"归来吧,归来哟,浪迹天涯的游子……"的歌声,让人情不自禁地掏出钱来买盒正版磁带。回到山城昌都,在杂曲和娘曲两条河畔也回荡着费翔的歌。许多女孩甚至把费翔当成了梦中情人。

随着年龄的增长,我更加喜欢张明敏的《我的中国心》,惊讶于这首歌的词曲作者是怎样做到让作品如此的感人肺腑、情真意切,又如此的慷慨激昂,朗朗上口。多年后我才记住了词作者黄霑先生和曲作者王福龄先生,正是他们横溢的才华,赋予了这首歌极强的生命力,每每听到都让人心潮澎湃,心里如有一股暖流在奔涌。

这首歌已经在我的心里唱响了三十多年,可它依然是那样的清新、鲜活、真挚,犹如一壶年代久远的醇香美酒,时间越久越芳香甘甜。后来在电视里再次看到张明敏时,岁月的痕迹已经很明显,听到他再次唱起《我的中国心》,那种感动依然强烈,跟初听时一样。

如今,我们的祖国已经实现了从站起来、富起来到强起来的伟大飞跃,21世纪必将是中国人的世纪。在这样重要的历史时刻,再听《我的中国心》让人热泪盈眶,心潮澎湃。

流在心里的血

澎湃着中华的声音

就算身在他乡也改变不了

我的中国心

　　幸运的是，我这一生一直跟祖国的命运紧密相连，她的点滴变化我都曾亲身经历，《我的中国心》始终是我心中最爱的那首歌。

**Monica**

演唱者：张国荣

作词：黎彼得

作曲：吉川晃司

发行年代：1984 年 7 月

美梦永远藏于心底

◎ 蒋林

作者简介

　　蒋林，中国作协会员，巴金文学院、成都文学院签约作家。作品散见于《四川文学》《青年作家》《文学港》《飞天》等刊物。已出版《熊猫王：荒野的守望》《熊猫王》《熊猫明历险记》《最好的告别》《巢》《绝望收藏室》《隐蔽的脸》等著作。

20 世纪 80 年代末期,在中国内陆的一个小镇,一名中学生停留在一家简陋的音像店门口,摇头晃脑。他听不懂粤语歌词,但脚步却被强劲的旋律拽住了,并向路人忘情地展示他不是舞姿的舞姿。直到一曲完毕,他才意犹未尽地离开。

那首歌的名字叫 Monica,那个中学生其实就是我。

Monica 是那个年代我所知道的张国荣为数不多的歌曲。尽管那个时候我还没有谈恋爱,更不懂得初恋的甜蜜与失恋的苦涩,但这丝毫不影响我对 Monica 的喜爱,大概是因为它的旋律太过吸引耳朵。后来,当我渐渐长大,找出粤语歌词对照着听时,对这首歌的爱更是无以复加。

> 当光阴已渐逝
> 方知它珍贵
> 你已有依归
> 负了你错爱
> 此美梦永远藏于心底
> …………

后来,每当我再次听到张国荣高唱 Monica 时,脑海里都会浮现出一个错失爱情的人的沮丧形象。同时,我总会不由自主地想起周星驰在《大话西游》里的经典台词:"曾经有一份真诚的爱情摆在我面前,我没有去珍惜,直到失去了才后悔莫及。人生最大的痛苦莫过于此,如果上天再给我一次机会,我会对那个女孩说:'我爱你!'如果非要在这份爱前加上一个期限,我希望是一万年!"

不懂爱,往往是恋爱中的人的弊病。

Monica 是拉丁文,具有多层意思。其一指参谋、指导和顾问;其二指风趣优雅的女子,金发碧眼,是美女的代名词。那么,在张国荣的歌中,Monica 是什么意思呢?答案也有很多。有人说是张国荣的第一把吉他,也有人说 Monica 在张国荣心目中就是一直对他疼爱有加的六姐。这样的问题,很难有标准答案。又或许,在不同的时期,有不同的答案。Monica 的作词人黎彼得在接受访问时说,Monica 是他的初恋情人,这首歌是为了纪念她而写。

无论怎样,Monica 都代表着美好,代表着感念,代表着浓浓的爱意。我们都有属于自己的 Monica,无论她属于过去还是现在。

1984 年成为张国荣生命中美好的一年,专辑 Monica 的发行助力他事业腾飞。从 Monica 起,张国荣开始了劲歌热舞的表演。

Monica 的曲作者是日本音乐家吉川晃司,这个原本可以代表日本水球队参加奥运会的运动员,最终却选择了做一名歌手并且相当成功。1984 年 2 月 1 日,他以一首 Monica 走上了漫长的音乐生涯,并凭借此曲收获八项大奖。同年,音乐嗅觉敏锐的张国荣便进行了成功的翻唱。

作为一首舞曲,Monica 节奏明快,旋律激扬,张国荣充满青春激情的演绎更是让这首歌大放异彩。当我们放开嗓子、摇摆着身体高唱 Monica 时,总能感觉阳光充盈着全世界。这是一首属于青春的歌,也是一首属于春天的歌。万物生长的芳香,让人神清气爽。很多人说,是张国荣第一次把舞曲唱至大雅之堂。从 Monica 对张国荣个人以及整个香港流行乐坛的重要性来看所言非虚。

Monica 歌咏的是爱的醒悟和爱的忏悔。一个女人对一个男人不顾一切地爱恋,将全部的青春和真诚付给了他,并改变了他的生命:"你以往爱我爱我不顾一切,将一生青春牺牲给我光辉。"可是,那个浪荡子却不懂得珍惜,把她的爱无情地付诸流水。当初,他是那样自负与不解风情,以为她的柔情蜜意全是虚情假意,置之不理恣意挥霍。

他伤害了她;她离开了他。

分手改变了这个男人,使他重新认识了曾经的女人以及那段可贵的爱情。此刻,他才明白她的美好,才明白恋爱的真谛。只是,覆水难收,错过了的情缘再也无法寻回,那颗受伤的心灵已经找到了新的归宿。他知道错了,心中充满了愧疚。可是,他能做的,只有祈求她的原谅,请她不要计较;他能做的,只有将柔情美梦永远地藏于心底。

失去的永远是最好的。张国荣高唱:"谁能代替你地位?"

一段再炽热的爱恋,也抵不过一次伤心的失恋让人刻骨铭心。在追寻爱情的道路上,失恋是一堂爱的教育课。当深爱你的人变成教你如何去爱的人,这一段爱情注定是悲剧。

我觉得在 Monica 中,Monica 可谓一语双关,既有指导、顾问的意思,也代表着所爱的人。它既指那个美丽的女子,也教导我们如何去珍惜爱情和爱人。

听 Monica,总是让人想起初恋,想起那些青涩的时光。那时候,我们都不懂爱和珍惜,只有淡淡的情愫和淡淡的忧伤。多年以后,当我们在滚滚红尘中经历了太多感情的沉浮,才发现当年那张红彤彤的脸蛋和羞涩的目光,是我们永远无法抹去的记忆,是谁都无法替代的。

想重新找回那样美好的感觉吗? 时间是一把锋利的剑, 果断地斩断了我们的回头路。你心仪的那个人, 早已有了归宿。我们能做的, 也只有让她永远藏于回忆中。

有的柔情让人永远不懂, 有的柔情让人永远愧疚。爱情, 就是这样神秘莫测。

Monica 发行当年便获得香港电台"十大中文金曲"和 TVB"十大劲歌金曲"的金曲奖。从此, 更多人记住了张国荣浑厚的嗓音、性感的舞姿和潇洒的台风。这首歌也是香港歌坛具有里程碑意义的作品, 十五年之后, 又在"十大中文金曲"颁奖礼上获得"20 世纪百年十大金曲奖"。就算再过十五年、二十五年、三十五年抑或是更长的时间再进行一次金曲评选, Monica 依然会是热门中的热门。

Monica 为我打开了通往张国荣世界的大门, 让我成了一位"荣迷"。我几乎听了他所有的歌, 看了他所有的电影。每当我陷入困顿与迷惘时, 我都会听听他的音乐, 看看他的电影; 每当我写作卡壳时, 我也会听听他的音乐, 看看他的电影。了解越多, 我越发认识到, 张国荣已经超越了歌手和演员的定位, 而是一位名副其实的艺术家和生活家。他对艺术与生活的态度, 令人敬仰。

大概是 2005 年, 我在成都找到了"荣迷"组织。当时, 大家要拍一段纪念视频, 我差点成为男主角, 与剧中的女朋友一起在成都追寻张国荣的足迹。但终究因为担心无法胜任角色, 我放弃了。2013 年, 我出版了个人唯一一部音乐随笔《不一样的烟火: 张国荣音乐传奇》, 用自己最喜欢的方式, 表达对张国荣的缅怀与纪念。那年 3 月底, 在前往香港纪念张国荣逝世十周年前夕, 我在成都举办了新书分享会。因为这本书，我又结识了更多"荣迷"。

虽然 *Monica* 的歌词充满了失恋的情绪，但是，在激扬的旋律中，我们听不出丝毫的忧伤与失望。张国荣用声音传递给我们的，是对过去的感恩和对未来的向往。我们不能让一段失恋毁掉了对爱情的期盼——这是一种领悟，也是学习爱的能力。任何一段爱恋都能让我们成长，既然曾经的感情已无法找回，那么，让我们好好地守护现在所拥有的缘分吧。否则，我们既辜负了曾经的 *Monica*，也亏负了眼前的 *Monica*。

每年 4 月 1 日和 9 月 12 日，我们"荣迷"都会聚在一起，听歌、看演出、看电影。我们都成了朋友，一起追忆张国荣，一起感受当下生活的美好。从这个角度讲，张国荣是"荣迷"的 *Monica*。我们中见过他的人不多，错失了很多美好的岁月，但无论他离开了多久，那份感动都永远珍藏于心底。喜欢张国荣的人，彼此互为对方的 *Monica*，无论现实多么骨感，人与人之间的温暖都永远珍藏于心底。

# 我是一匹来自北方的狼

◎ 王怀宇

《狼》

演唱者：齐秦

作词：齐秦

作曲：齐秦

发行年代：1985 年 5 月

## 作者简介

王怀宇，作品见于《小说月报》《小说选刊》《新华文摘》《中国作家》等刊物。曾获梁斌小说奖、田汉戏剧奖、长白山文艺奖等奖项。著有长篇小说《漂过都市》《心藏黑白》《血色草原》等 5 部，中短篇小说《公鸡大红》《群众艺术》等。

查干淖尔大草原浩荡无边,夏天,一野碧绿;冬天,满目苍白。秋日的草原更加迷人,草原风吹着齐腰深的小叶章草,黄绿交错的滚滚草浪里裹挟着草原狼的传说。风声狼吼,不舍昼夜。草原深处的塔头滩上,苇草丛生,湿地成片,就更加显得广袤而神秘了。

我永远都无法抹去草原留在童年记忆里的深刻烙印,大风起处,前一拨草浪翻滚而过,下一拨又奔涌而至。这总能让我联想到马群的脊背、牛群的脊背、羊群的脊背,甚至是狼群的脊背……最后这些脊背奔涌成血味十足的红色肉浪,翻滚的草浪中时隐时现的塔头墩子就像一群群黑色妖灵,在辽阔的草原上纵横驰骋……

"狼来了!"几乎贯穿了我整个童年时代。草原上玩耍的孩子们经常会因为一时的枯燥无聊而搞起恶作剧,任何一个孩子都可以在风平浪静、随随便便的一个时间节点上来上那么一嗓子。孩子们从不追究是谁喊的,第一反应就是飞快地向前狂奔。在一大群草原孩子喊着"狼来了"的自残游戏中,机灵点的孩子会在话音未落之时就蹿出去数米之远。然后,所有的孩子就会煞有介事地、竭尽全力地奔跑起来……跑在前边的孩子常常会边跑边喊:"狼就在你身后呢!"跑在后边的孩子就会不断地回头张望,越发相信身后有狼,个别胆小的孩子有时还会发出"哇哇"哭音……

一路喊着"狼来了",我好像也把自己喊出了些许狼性。我不仅不怕狼了,反倒越来越喜欢上"狼"这个称谓。1985 年,我好像提前听到了那首歌,好像是一路哼唱着齐秦那首《狼》来到东北师范大学中文系上学的。后来,校园和长春的街巷果然成了"狼驰的旷野",校园广播里也呼啸上"凄厉的北风",街边音像店里则掀起了"漫漫的黄沙"。歌中那匹北方的狼就像是从我的故乡草原沐风栉雨而来，一路掠过风沙，带着北方草原的粗犷、深情和隐忍，惴惴不安地依偎在我身旁。求学期间，我心里就一直哼唱着《狼》，基本不分白天与黑夜地奔忙着。每每想到毕业，想到未来，想到如何在城市扎根，而城市和草原却有着截然不同的生存法则，我就难免迷茫和困惑；每每唱到最后一句"只为那传说中美丽的草原"，我的心情就会一次比一次复杂。作为那段迷茫和困惑的见证，是我大学期间创作的小说《无奈年华》和《青春错觉》。

查干淖尔大草原是我出生的地方，也是歌中那匹狼的天堂。每往城市走近一步，都意味着我在逃离那个天堂，意味着我在与北方的狼南辕北辙。这让我经常有一种跟自己挥手告别的感觉……

大学毕业后，我还是决定留在城市。结婚、生子、还房贷，一边干好本职工作，一边业余从事文学创作。我每天都过得忙忙碌碌，跟城市也越来越盘根错节，密不可分。故乡草原越来越遥远，远成了拉嘎老古庙里的一段皈依颂文，一阵草原大风的隐约耳语。但故乡草原越来越温暖，越来越圣洁。这很难解释，这类似于苏轼那种"不思量，自难忘"的感情……正是在只能遥望故乡草原的那些时光里，我写下了《漂过都市》和《心藏黑白》等长篇小说。那是我从故乡到异乡的心迹，是我从草原的古朴到城市的繁华所经历的一大段茫然。陪伴我完成这些作品的，有无声的时间，有蒙蒙的天际，也有斗室的微光，更有一直萦绕我内心深处的旋律——我是一匹来自北方的狼……

或许是心中有草原狼的情结，我喜欢所有和狼有关的歌曲，包括谭咏麟的《披着羊皮的狼》和汤潮的《狼爱上羊》。可我最喜欢的还是

《狼》，对我来说，它无可替代。

多年以后，当我哼着《狼》再次回到故乡草原时，视野里的草原就像换成了另外一块草原。当草原隔着岁月再次朝我扑面而来，我感受到的却是带着几分痛楚的叩击和战栗——草又低矮又稀疏，少见飞禽走兽，狼就更成了传说……别说是风吹草低见牛羊了，就算是风不吹、草不低，站在远处就能看见草丛里的老鼠在踉跄行走。来到近处，地上的蒿草连鞋面都盖不住了。

草原退化了，河流萎缩了，狼群消亡了……不知为何，我突然间就像失去了根，丢掉了魂，巨大的落差让我无所适从。在我童年的记忆中，查干淖尔大草原不是这样平庸啊？它一向雄风凛凛，辽阔壮美。每个传说，都让人热血沸腾——

草原人奉"猎狼不使刀枪""捕鱼不用渔网"为至尊。草原一直是角力厮杀的战场，一直是繁衍彪悍的地方。不论来自哪个民族的人群，都一概为这里既有的勇猛之伍所洗礼、所同化，让不屈之魂渗入每个生命的血液和骨髓深处，然后形成一种约定俗成的生存氛围——所有雄性必须首先告别任何形式的懦弱才有资格在这里生存，世世代代的草原人一直抖擞着这股与众不同的雄风。

草原上也从来不缺少筋肉与利齿的残酷较量。草原狼群昼夜用绿色的眼睛威慑着草原人及属于草原人的一切可供充饥的肉身。在草原狼群的包围下，平凡的草原人有了轰轰烈烈的事业。为了使事业更像事业，后来又有了草原冬猎队及其狩猎规则。于是，有了强者和弱者，有了英雄和狗熊……

还有那些飘着黏糊糊的长发、光着红彤彤的膀子、手提"掏捞棒子"从草原上拍马喊过的猎手，那些马匹身上散发出的那股子浓烈的汗腥味和尿臊味，那些猎手略带残酷的傲慢喊声，包括他们经常夹带着的劲道脏口。虽然狼群始终残酷无情地审判着人群，虽然人群的浴血竞争直接导致我们王氏家族沦为底层弱民，但我还是无限崇敬曾让我苦难压抑、让我撕心裂肺的塔头滩和滔滔不绝的霍林河。那里虽苦难，但很真实；那里虽残酷，但很公平。

在人们的常规印象中，草原通常应该是嫩绿色和墨绿色的，或者有时是土黄色的，顶多也就是灰褐色的，但在我根深蒂固的童年记忆中，不仅仅是塔头滩，就连整个草原都是红色的。无论春夏秋冬，大草原一直都是红色的，并且永远都是红色的，宛如一头巨大无比的红发魔兽。

村头拉嘎老古庙里供奉的不是神仙鬼怪，也不是帝王将相。草原人把每年猎到的最凶最猛的狼皮悬挂在老古庙里。草原人认为征服草原狼要靠三种东西。他们没有说出的那三种东西就是勇气、力量和智慧，实际上，狼皮就是勇气、力量和智慧的象征，每张狼皮都蕴含着草原人惊魂动魄的故事……

而我眼前的家乡草原正呈现着无边的荒凉，大风硬是把那熟悉的旋律送至耳畔：我是一匹来自北方的狼……只为那传说中美丽的草原……

过去漫长的岁月里，是不是草原狼群已变成了一种凝重的历史符号，早已渗入每个塔头滩人的骨髓？草原人是不是已无法接受也无法想象没有草原狼的生活？我的心情更加复杂。因为对草原有着深厚的感情，我总是试图寻回童年记忆中的那块美丽的草原。不仅是因为我对童年印象中的草原有着难以割舍的情感，更是因为我对现实中渐渐远去的草原的一种焦虑和痛心。

重逢并没有带给我欣喜，相反，却是物是人非和若有所失。那苍凉的歌声搅动着我所有关于草原的记忆，不仅如此，它还沉郁地质问我，传说中那美丽的草原在哪里？继而缓缓地催促我，快动笔吧，快把心中最雄浑壮阔的草原还给那匹徘徊不定的草原狼吧！

在动笔写长篇小说《血色草原》之前，我已经写过以故乡草原为背景、以草原狼为元素的短篇小说《狼群早已溃散》，那是我的作品首次被《小说月报》选载。之后又创作过同类题材的中篇小说《家族之疫》。可我心头盘踞的草原狼还是迟迟不肯退去，我耳边的那首《狼》还是经常于午夜时分响起。

直到两年前，我终于完成了长篇小说《血色草原》。这么多年走过来，经历过城市的再塑与浸染，回望故乡草原，我看到的已经不仅仅是草浪和传说，不仅仅是草原汉子骁勇猎狼的洪荒故事，更有人群与狼群同生共存的命运哲学、淳厚丰富的人生况味、凝重深沉的历史轮回和复杂多变的生命关系。我好像终于完成了与草原狼长达半个世纪的心灵对视和灵魂对话，在《血色草原》厚厚的书稿面前，关于"那传说中美丽的草原"，我和那匹来自北方的狼终于可以心照不宣地深情对望了。有那么一瞬，我好像还看到了北方狼的笑容。

犹记得自己写下第一行字时的心情——"想在这里生存，你得习惯各种疼痛。"那一刻，过去和现在迎面相逢，从前的我和此刻的我站在时光的两端，那首《狼》被抽走了歌词，只剩下旋律，和风中的月光一起，覆盖在我的书桌上……

# 故乡那朵云

◎ 陈宏伟

《故乡的云》

演唱者：费翔

作词：小轩

作曲：谭健常

发行年代：1986 年 1 月

**作者简介**

陈宏伟，1977 年生，河南光山人，2000年开始写作，中国作协会员。出版长篇小说《陆地行舟》《河畔》，小说集《如影随形》《一次相聚》《面膜》等。曾获万松浦文学奖、杜甫文学奖、河南省文学艺术优秀成果奖。现为河南省文学院专业作家。

春节回故乡,高速公路上妻子和女儿在车内昏昏入睡,为了抵消独自驾车的困意,我喜欢跟随车载 CD 播放的经典老歌哼唱。唱着唱着女儿醒来,惊异不已,她想不到像我这样五音不全的人,竟然每一首老歌都会唱,并且记得那些她完全陌生的歌词。她知道我并不太关注歌坛,对当下的新歌也所知甚少。她难以理解我经历了什么,会对老歌与新歌的认知如此割裂。我告诉她,我经历过歌唱的年代。

20 世纪 80 年代末期,我的家乡豫南农村出现外出务工浪潮。一个年轻人在南方找到工作,就回来鼓动村子里的同龄人:"走啊,到外面的世界去。"那时我八岁左右,记事如刀刻的年纪,不知道外面的世界究竟多么精彩,以至于凡是出去过的年轻人,老家再也无法蹲下去了。他们春节前潜回村子,除了聚赌几场,就是和同龄人窃窃私语,浑身荡漾着激动的情绪,短短待几天,就急吼吼地去县城买南下的火车票。

那年春节我邻村的表姐阿云初中毕业,也要出去打工,她来跟我们村的年轻人会合。村子里的老人坐在屋前晒太阳,孩子们玩跳房子的游戏,我跟表兄阿毛站在村口的水井旁,看着表姐夹在一群背着硕大背包的年轻人当中,沿着田间弯曲的小路,慢慢消失在田野的尽头,我心里忽然悲伤万分。那天暮色四袭的时候,有个退伍青年在村口大声歌唱:"归来吧,归来哟,浪迹天涯的游子……"有个挂着拐杖的老婆婆在黑暗中问道:"你不怕鬼吗?为什么让鬼来抱你?"退伍青年哈哈大笑,等明白过来连我们这样的小孩也觉得好笑,老婆婆将"归来吧"听成了"鬼来抱",老辈人怕黑,更怕鬼。

我和村里的孩子开始学唱那首旋律动人心弦的《故乡的云》。这首歌的原唱是文章,后被费翔唱红。我们村只有两台电视机,却时时可以在荧屏上看到他绚丽的舞姿,还有飘逸的长发,浑身都闪耀着光芒。体味一首歌,并不需要实际的人生经历,而是需要感同身受的心灵共鸣。我们都不是游子,都还只是孩子,却仿佛完全能体会《故乡的云》所表达的游子的心绪。甚至这是一种逆向的理解,我们困守大别山脚下的乡村,连县城在哪都不知道,但我们知道什么是游子。老婆婆的误解激起了我们更大的乐趣,将"归来吧,归来哟……"唱得更欢。在老婆婆疑惑的神情中,我们一次次在夜晚的村口冲着远处的黑暗大声歌唱:"鬼来抱,鬼来哟……"

我刚学会骑自行车,还跨不过车梁,掏腿侧骑,就开始自告奋勇骑车去镇上的邮电局帮大人取信。邮递员每个月才会骑着绿色邮政自行车来村里送一次信,我们都等不及。我家没有人在外面,我想取的其实是表姐阿云的来信。

　　　天边飘过故乡的云

　　　它不停地向我召唤

　　　当身边的微风轻轻吹起

　　　有个声音在对我呼唤

歌声仿佛可以建立与表姐的联系,慰藉和保护心底那种难言的情感。在邮电局,我几乎不用看收信人的名字,只看落款地址就知道是阿云的来信——她在珠海市香洲区前山镇的一家电子厂。只要看到"前山镇"三个字,我心里就一激灵,多半是表姐。

信取回来,舅舅在屋檐下磕磕绊绊地阅读,时不时被一个字卡住,说那个字有涂改,不好辨认。我猜想那应该是一个词,紧接着说出后面一个字。舅舅连声叫好,说我这孩子聪明,不看信都能猜出字来。我心想,这其实很容易。然而舅舅读着读着就没了声,表情阴郁,把信纸揉作皱巴巴的一团。后来我知道出了变故:表姐经人说媒,在村子里订有一桩婚事,她现在不情愿了。大人们非常恼火,因为表姐说不出具体的理由,这无疑是很大的麻烦。在农村退亲可不是件容易的事,往往会搞得剑拔弩张,吵架干仗。我们都认为表姐在外面肯定谈了男朋友,而外面的人,在我们看来好坏实在难以分辨。舅舅和舅母先吵起来,说不该让云妮子去南方。

是云彩都会飘远的,表姐就像一朵云,我和阿毛都意识到她可能离我们越来越远。由于和家里人争执不下,那年春节她没回家,我对她的想念无以复加。阿毛也闷闷不乐,我猜想他和我是同样的心情。我们一起唱《故乡的云》,他唱一句,我接一句,我们这样交叉合唱着,在村子里游荡,排遣寂寞伤心的情绪。

一个夏日的夜晚,接到别人捎来的口信,说阿云路过镇邮电局旁的国道,马上还要搭车走,没空回家,想见我们一下。我将消息告知阿毛,舅舅不在家,舅母顿时痛哭。时间紧迫,来不及多想,我俩匆匆骑车往国道上飞驰。夜空没有月亮,只有星星在闪烁,还好路面是灰白色,我们没有唱歌,心事重重,路上跌了好几跤。很明显,阿毛对表姐过家门而不入的做法极为愤怒。我理解他,但我觉得不能对着阿云表姐发泄,不然可能连这样见她的机会也没有了。

既出乎意料,又在意料之中,表姐站在国道边,身旁还有一个男青年,看上去比村里定亲的青年成熟一些,他俩脚下有两只皮包。我们猜这是表姐的男朋友,但没办法当面确认。表姐笑吟吟地说:"你俩都长高了。"她看上去比在村里时肤色白了一些,耳朵上戴着两只耳坠,夜色下微微闪光。阿毛一直沉着脸,表姐像是觉察到我们的不悦,她说要跟那个朋友去邻县办事,过几天就回来。阿毛问:"你确定?"表姐说:"是的,最多五天。"我和阿毛不知道说什么好,我们原本就不善于表达,所有的离别与依恋之情都说不出口,眼看着表姐和那个男青年搭乘过路的班车远去。阿毛忽然从后腰处掏出一把狭长的尖刀,冲我晃了晃说:"如果我姐不是说过几天回来,我就捅那个男的一刀!"听得我浑身一颤,背后冷飕飕地冒凉气。

经过好几年雷鸣电闪般的争斗,倔强的表姐最终回转了心意,同意和定亲的同村青年完婚。据说是因为外祖父的一句话,他已经八十岁高龄,在村子里德高望重。他说如果云妮子远嫁到外地,他死的时候也不闭眼睛,会将眼睛睁得大大的!舅舅和舅母劝说阿云的千言万语,都抵不过外祖父这一句话。这句话听起来并无实质性的胁迫,我甚至觉得像一个老人使性子似的玩笑。然而身处那段生活之中,外祖父的话却像是浸泡着长辈人生生不息的血与泪,有种放弃即是抵抗的难言悲欢,如村子里传承下来的不可违背的古老箴言,表姐能听懂它,并且意会和笃信它。表姐的最终决定,不像是恋爱中的人的选择,而是天道自然的选择。

世事浮沉,白云苍狗。阿云表姐跟我母亲很亲,母亲时常告诉我关于她的消息。表姐一家成了城里人,卸下祖辈的沉重与艰辛,日子越过越轻盈、美好。重要的是,表姐夫很爱她。我难以想象如果她当初固执己见会如何。世事不能假设和复盘,或许我们每个人都有被生活矫正的时刻, 就像我开车也是对车子行进方向的一次次校准, 而哼唱《故乡的云》,则是回望一个歌唱的年代,检阅变幻的人生。这一切,女儿怎么能明白?

梦想是颗幸福的子弹

◎ 张鸿

《再回首》

演唱者：苏芮

作词：陈乐融

作曲：卢冠廷

发行年代：1988年6月

作者简介

张鸿，作家，出版策划人。已出版散文集《指尖上的复调》《香巴拉的背影》《没错，我是一个女巫》《每张面孔都是一部经书》，人物传记《高剑父》，文学评论集《编辑手记》，编著散文评论集《大地上的标记——中国实力散文五十家》等。

很多事情需要重新打量、不断打量,比如生命、爱情,比如事业、功绩,比如人生的意义,比如身边的爱人,比如大海,比如高原。

每次乘坐高铁,我愿意坐在窗边,看着飞速而去的河流、树木,以及远处的群山。时光就这样紧随而去,像一颗离膛的子弹,但思绪自由飘浮。每一次的旅程,相同的状态,不同的思索。岁月不居,时节如流,我早已过了刻意抓住什么的年纪。

几十年来,遇到一些让人感慨的人和事时,在感恩或者腹诽的同时,我会深深呼出一口气,悄悄地唱一句"再回首,云遮断归途",它成了我舒解气郁的一种很好的方式,内里的感情丰富,说明过程也有过艰辛,好在,不再回头,这一切过去了,前途仍然充满梦想。就这样,到了现在。

是的,文字、音乐等艺术作品会让人将过去、现在、将来贯通一体,赋予无尽的寓意。我常常会想起 20 世纪 80 年代后期听到的一批歌曲,它们对我的影响极大,且都是有力量的好作品,尤其苏芮的《再回首》让我深感触动。第一次听到,苏芮浑厚的嗓音、轻松自如的唱法以及歌曲的动感节奏,让我特别振奋,从此,我迷上了苏芮。这首歌里所蕴含的温情哲学和人文关怀如今听来依然绵绵醇厚。

三十多年前的苏芮是那么完美,一开口就余音绕梁。她是一个发光体,而她与歌迷之间的距离,远到即使用想象都无法衡量。苏芮给人的感觉是不断变化着的,有时是因为她自己的变化,有时则是因为听者的变化,此时再听,仿佛是时间回溯,感慨万千。

还真是很怀念 80 年代到 90 年代初的歌坛啊。1986 年年底,我离开家到了部队,在一座大山里服役。那时的我,是从一个被保护得很好的环境到了一个全新的空间，就如被从一个富氧的池塘扔到了干旱的沙漠，懵懂，对世事无知得很，不擅长待人处事，于是，就有了许多大大小小的教训。青春期嘛，感觉很受伤害，于是，我有意无意地与周边保持距离。环境的清冷与青春期的孤寂，我几乎所有的时间都用音乐与阅读填充。让战友们羡慕的是我有一个随身听，天天揣着、拿着，耳机塞在耳朵里，买了好几盒卡带，不断地反复地听，并随着音乐摇摆，谁也不借。罗大佑、郑智化、苏芮、张雨生、姜育恒、齐秦……接踵而至的是崔健、唐朝、黑豹、超载……多少无可替代的名字，那时候的歌坛还是充满了人文气质的。

在陈乐融的词作里，可以看到，那时台湾乐坛罗大佑式的文人音乐还在驻守，但一种更为民间、更为世俗化的音乐或是人生态度已开始兴起，有意替代那种历史的积淀与沉思。"才知道平平淡淡从从容容才是真"正是对 80 年代末 90 年代初台湾年轻一代的生活最精练的浓缩。而当时，正是人们开始厌倦那些教条主义的仁义道德的起始时期，像这样带着一些疲惫和落寞而唱出的人性之声不仅让人的神经轻松，更像是初春的暖风一样让人惬意与迷醉，当时正渴望复苏的我正是在这首歌曲里仰面而倒的一个。因为我喜欢那种节奏的余韵被风吹得扬起的感觉、琴键触压下激出的串串音符，苏芮似乎不经意地缓缓诉说人生道理，音乐轻轻弹跳附和。试想，一个自视清高的十七岁女孩，遇到一个崇拜的、喜欢的人，轻轻说着人生的道理，仿佛让迷茫中的我找到了前行的方向，那我被它灌醉就理所当然了。时空、音乐，让慢慢长大的我明白，在这个世界上，不是所有合理的美好的事物，都能按照自己的愿望存在，但仍然要仰望星空。如今重听苏芮的专辑,想起过往,还是多少有点激动。孤立不会让人变得脆弱,反而使人的精神更强大。

再回首恍然如梦

再回首我心依旧

只有那无尽的长路伴着我

喜欢苏芮有力量的声音,让我走出黑暗,虽然跌跌撞撞,屡屡付出代价,可这有什么呢? 生活从来都不容易,但那些"不容易"充斥于心,就挤走了"容易",日子好坏都在我们一念之间,有时忘记不是为了宽恕别人,而真的是为了解脱自己。生活永远都是当下这一刻,无论有多少不开心的事,请都放在昨天。其实,不必再回首,不必执着于已经发生的事情,不需要为离开的人伤神,更不用为你看不上的人费神。

当年的战友们都已经年过半百,生活有如意、有不如意,都是各自的生活,别人无法左右。我们一起走过了青春期,而后我们分散各处,如今进入更年期,我从不慨叹过往,只展望美好。

我曾经认真地研究过丰子恺老先生的文字和艺术作品,他曾经说过:"人间的事,只要生机不灭,即使重遭天灾人祸,暂被阻抑,终有抬头的日子。"从读到的那一天起,这句话就成了我的人生格言。

一朵花的凋零,不会使整个春天荒芜,但它曾美化过春天。小小的我们,在大自然中虽然渺小,但也曾经给这世界留下了一些什么。那些美好的梦想,不论实现与否,都曾经让我们幸福过。一方面,抽离自我,我们再回首,伤痛与迷惑不再,泪眼不再,但我记住了你的祝福,它们在寒夜温暖过我;另一方面,回归自我,我心依旧,平平淡淡、从从容容,我走我的路。

其实,就开头的话想想对立面,人生不打量也没有问题。"跟着感觉走,紧抓住梦的手,脚步越来越轻越来越快活",何尝不是一种美好的生活方式? 如果说梦想是一颗幸福的子弹,那就让它飞着……

# 从喧闹到沉默

◎ 林森

《沉默是金》

演唱者：张国荣　许冠杰

作词：许冠杰

作曲：张国荣

发行年代：1988 年 6 月

## 作者简介

林森，《天涯》杂志主编。曾获茅盾文学新人奖、人民文学奖、百花文学奖等奖项。著有小说集《小镇》《捧一个冰椰子度过漫长夏日》，长篇小说《关关雎鸠》《暖若春风》《岛》，诗集《海岛的忧郁》《月落星归》，随笔集《乡野之神》等。

一个纸箱摆放在房间的角落,热带的阳光透过玻璃窗,房间内的每一件东西都无所遁形。纸箱已经被遗忘有些时间了,瘦小的少年开始翻看这个纸箱里的东西,有一些杂志,有几本武侠小说,有一些不知道写着什么的纸片,还有几盒磁带。所有的东西都被灰尘覆盖,每拿起一件,就有万千灰尘掉落,在日光下被无限放大。这是少年的夏日,无边无际,小镇上那么封闭,少年渴望寻得一双眼睛,可以看到远处、更远处。那几本竖排的武侠小说,他后来看了;那些纸片他肯定也翻过,可已经在记忆中遗忘;那些磁带,抖掉灰尘,后来在录音机上听了——其中一张,是许冠杰的专辑,那些粤语歌他在哼唱中学会不少,《双星情歌》《浪子心声》《铁塔凌云》……许冠杰和张国荣合唱的《沉默是金》也在其中,磁带盒里附送的歌词上写得很清楚,作曲张国荣,作词许冠杰。当时,少年还并不懂得这两个人在香港流行音乐史上的位置,他只是被那略带古典意味、半懂不懂的歌词和曲调所吸引,沉迷其中。

——那少年当然就是我。

那时我刚读初中,所在的那间房,是我小姑姑的男朋友的住所——她男朋友,后来成了我的小姑丈。那间房在镇农业银行的五楼,也是顶楼,这是小镇最高的建筑了。小姑姑的男朋友是农业银行的职员,这间五楼的房间是他的宿舍;隔壁另一间房没住人,空着,相当于他一个人,住在这镇上的最高处。因为小姑姑跟他谈恋爱,我得以经常跑到他家里玩,从他几乎废弃的纸箱里,翻出了许冠杰被灰尘蒙住的深情。

2020 年 4 月 12 日,许冠杰在香港海港城天台举行网上直播演唱会。看到 72 岁却歌声依旧的他一首首唱出那些歌曲时,我有点眼圈泛红,在疫情所带来的震荡中,瞬间和少年的自己再相遇。

小姑姑的男朋友在那套两室两厅一厨一卫里,摆放了一台大电视和一台激光影碟机,还有一大沓光碟,播放出来,都是歌手的 MTV(音乐电视)。他还有一台录像机,可以租录像带回来,TVB 的武侠片,想看几集看几集。那时,VCD 尚未出现,录像机还是奢侈之物,只有镇上的茶馆买得起;夜里,茶馆主人在门前洒水降温后,把桌椅摆到户外,电视机开始播放录像带,吸引茶客。在那个电视台每晚只播放一集电视剧的年月,以这种一个晚上四五集的速度看剧,那快感无与伦比。我初中前的少年记忆里,租书店的昏暗光线里残破不堪的武侠小说、录像带里的武侠片以及响遍小镇的流行歌曲,是最坚挺的存在。

我的很多快乐,来自许冠杰的那盘磁带。那时,许冠杰已隐退,在封闭的小镇,并非可以轻易听到其歌声,而这盘磁带带给我的快乐,是秘密的,别人对他不了解,他就好像独属于我。起起伏伏的粤语哼唱里,有着少年的快乐与阵痛。后来想起,那是几乎只有夏天的年代,在很多个夜里,我都睡在农业银行的顶楼上,有时怕雾气重,还会拿把伞遮一下头脸。是的,现在再想起,《沉默是金》和那些关于小镇、关于少年的记忆混杂在一起,完全没办法分开。

夜风凛凛

独回望旧事前尘

是以往的我充满怒愤

…………

歌开场了。当时的我，是没办法理解歌里提到的人言可畏的，那时只当是情歌，缓缓深情的吟唱里，少年总是把自己的心事，把喜欢的女孩，把对远方的想象，把对世界的渴盼都寄托其中，可不管那些歌词写的是啥。唯一有些不明白的是，为什么对唱的是两个男人，而不是一男一女——也是到了一定年纪才慢慢明白，两个经历了诸多世事的男人，才会搭配得如此严丝合缝。

张国荣是极少自己写曲的吧，可在这首歌里，他把自己的音乐才华发挥得淋漓尽致；许冠杰词曲俱佳，他的词要么很多俚语俗句，要么古典雅致，《沉默是金》则完全是贴着张国荣的心来写的——后来才知道，张国荣和谭咏麟有过竞争激烈甚至惨烈的时候，各种流言蜚语止不住，身处旋涡中心的人，方能懂得沉默的金贵。这首歌对于张国荣，当然就有了以歌明志的意味。可我当时，哪懂这些，又哪需要懂这些，就在这两个声线差别极为巨大的歌手中，边听边自己跟自己赌，到底哪个人表现更好？

这哪里会有答案？这是少年跟自己赌气。

后来，张国荣迎风一跃，我的少年时代也永远过去了，再听到这首歌，已经是完全不一样的心境。年纪再大一些，当自己也因为各种各样的人与事，时不时身处流言的旋涡中心，这首歌就有了给自己鼓劲的意味。当年那盘磁带，早和少年时光一样痕迹全无；甚至，这个世界上已经淘汰磁带很久了；甚至，这个世界连 MP3 播放器也淘汰好多年了。而今，极少有人下载音乐了，所有的聆听，都在流媒体上，想听什么歌，就有什么歌……可太轻易了也就不再珍惜，近些年出现的新的歌手、新的演员我已不再认识，家里的电视机也没有接入电视信号，只偶尔给小朋友联网放一下动画片。但我有一部很老的播放器——微软的 ZUNE，我想只有极少数人知道这个产品是什么，我把很多歌拷到这台十多年前在网上买的二手机器里头。由于这款产品并没有正式在中国上市，连系统都没有汉化，所有的歌曲名和歌词都成了乱码。你不知道下一首播放什么，但无所谓，里头都是和自己记忆有关的老歌，播到哪一首，都犹如中奖。这个播放器，有时我还会拿出来充充电，戴上耳机，随手一点，听到《沉默是金》，我就不再切换：

…………

笑骂由人

洒脱地做人

少年人洒脱地做人

继续行洒脱地做人

# 「拷带」摊的邂逅

◎ 狄青

《忘了你,忘了我》

演唱者: 王杰

作词: 王文清

作曲: 王文清

发行年代: 1988年7月

作者简介

狄青,中国文艺评论家协会理事,中国作协会员,天津市文联委员,天津作协连续五届签约作家。发表小说、散文、文学评论400余万字,曾获《长江文艺》小说双年奖、《鸭绿江》文学奖最佳小说奖等创作奖励百余次,出版著作十余部。

20 世纪 80 年代中期,我尚属文学少年一枚。那时候文学热,连在媒体上刊登征婚启事都要刻意加上一句"本人爱好文学",如同当下的"有车有房",属于"标配"。可再热也还是热不过流行歌曲。由港台地区所"引进"的流行歌曲以其普适性强、传播力广迅速"开疆拓土",常见时髦青年手提收录机招摇过市,所"公放"歌曲从最初的邓丽君、刘文正,到后来的谭咏麟、张学友。卖磁带的柜台前与摊贩周围总是人头攒动,这显然与朝气蓬勃的 80 年代有关,那时的人们对精神生活的追求要比对物质生活的需求更为迫切,流行歌曲首先在视听方面满足了人们的某种迫切需要。

我十七岁时有了一台属于自己的单卡收录机,是别人替换下的二手货。那时讲究点的人都在玩双卡收录机,可以翻录磁带的那种。而我因为自己无法翻录,除了购买正版磁带外,就只能去某些小摊边"拷带"。如今五十岁左右的人,对"拷带"多不陌生,所"拷"歌曲一般皆为港台地区最新发行的专辑抑或单曲。王杰的专辑《一场游戏一场梦》以及紧随其后的单曲《忘了你,忘了我》便是如此与我"邂逅"的。

我承认才听到《忘了你,忘了我》前两句的时候,一下子就被"击中"了,尤其当时我刚刚开始恋爱,而王杰歌曲演绎的爱情则与众不同。那时候我已经有意识地搜罗一些"小众歌手"的磁带收藏,比如始终没有在大陆火起来的曹松章、曲佑良等人,喜欢他们的歌虽是最主要的,却也含了一点点炫耀的成分,就如同当下文学圈中人都在谈论雷蒙德·卡佛,谈论卡尔维诺,有人则一定要和你说你或许并不太了解的"小众"帕拉尼克,意思其实差不多。

当年那个我熟悉的"拷带"摊的摊主不仅极为健谈,还是流行歌曲的超级发烧友。我记得他对我说:"刚冒出来的王杰,李寿全的得意弟子,这首《忘了你,忘了我》在台湾流行金曲排行榜上连续七周拿到冠军。昨天才到的歌源,回去听去吧,错不了。"于是我一下子就喜欢上了王杰,喜欢上了这首《忘了你,忘了我》。这首歌并成为我之后几十年回放收听最多的一首,每每歌曲的前奏重新响起,我都会想到王杰曾经所演绎的那一个个撕心裂肺的爱情,想到——初恋。

而我喜欢王杰,确实和发现王杰的伯乐李寿全有关,说爱屋及乌也对。没错,就是台湾地区那个制作《龙的传人》和《搭错车》的教父级音乐人。当年,在香港和台湾追求音乐梦的王杰四处碰壁,1987年,王杰带着自己写的歌去滚石唱片自荐,被果断拒绝,最后经由朋友引荐,见到了飞碟唱片公司的制作人李寿全。李寿全当时是个"文学中年",他曾说过,他不搞流行音乐就去写小说。在他自己的经典专辑《8又二分之一》中,主打歌《8又二分之一》就是由著名作家吴念真作词,而《未来的未来》《加州的彩虹》的词作者则是当时刚刚闯入台湾文坛的青年作家张大春。

王杰与众不同的不只是他的嗓音和他的音乐创作天赋,还有他从内在气质到外在形象所自带的"男人味"。李寿全从王杰的歌声中听出了成熟男人所特有的沧桑感与底层人群不断打拼不断失败后的挫折感——他认定王杰的歌未必是靓男靓女之最爱,却一定能够一下子击中在生活中隐忍、在感情中受伤的普罗大众。李寿全留下了王杰,他把一大堆歌曲拿给王杰挑选,而这些歌曲都是别的当红歌星所不要的,却是李寿全心目中经典的歌,其中就包括著名词曲作家王文清所创作的《一场游戏一场梦》以及《忘了你,忘了我》。王杰后来对朋友说:"当年那些歌都是被人家挑选之后剩下的,都是王文清当时写的歌,我们公司的当红歌手黄大炜不唱,娃娃也不唱,李寿全从这中间找出了《一场游戏一场梦》《忘了你,忘了我》,之后重新编曲,才有了后来大家听到的歌曲。"

1987年12月,王杰推出首张个人专辑《一场游戏一场梦》,张曼玉出演《一场游戏一场梦》MV的女主角,这是张曼玉出道后首次出演MV女主角。专辑获得巨大成功后,飞碟唱片旋即推出单曲《忘了你,忘了我》和王杰的第二张专辑《忘了你忘了我》。主打歌《忘了你,忘了我》以及与歌手叶欢合唱的《你是我胸口永远的痛》随之成为华语歌曲的经典之作。《忘了你,忘了我》和《你是我胸口永远的痛》同时被导演王家卫看中,作为他的电影处女作《旺角卡门》的插曲。《旺角卡门》不仅是王家卫独立拍摄的第一部电影,同时也是刘德华、张曼玉、张学友三人的首次合作。影片中,刚刚出道不久的张曼玉那略带婴儿肥的脸上总是写满了无助,令人怜惜;当张曼玉在电影里目送被打伤的刘德华坐上公交车,而她在车下奋力奔跑追赶的时候,《忘了你,忘了我》的前奏陡然响起,王杰那粗粝中带有温情与柔软的歌声令人动容——

当你说要走

我不想挥手的时候

爱情终究是一场空

谁说我俩的过去尽在不言中

别忘了我曾拥有你

　　你也曾爱过我

　　…………

　　谁曾经提醒我

　　我的爱没有把握

　　就当我从来没有过

　　还是忘了你忘了我

　　单纯以歌词而论,《忘了你,忘了我》不能说是乏善可陈,但显然算不上文化性、文学性很强的那一类。在所谓的爱情歌曲里,也比较大众化。但这首歌的作曲和编曲都是超一流的,而王杰的演绎更是与众不同——他用一种痛苦而又无奈的演唱方式向人们诉说着自己的不幸、愤恨和失恋的悲楚。这种苦情只有经历过的人才更能够产生共鸣。

　　2018年年底,王杰推出专辑《我知道我只是一名过气的歌手》,所谓"过气"只是王杰的自嘲和谦虚,新专辑收录的十首歌曲的演唱、词曲创作他一个人包办,试问那些所谓没有过气的歌手几人有此实力?那些一辈子只能翻唱的,那些一辈子只会唱一两首歌的,那些连五线谱都不认得的,还好意思被人"封王称神"吗? 皆是天大的笑话,这无疑也是当今乐坛的悲哀之处。

　　因为喜欢20世纪80年代的文学,更喜欢20世纪80年代的流行歌曲,很多年后,我在一家报纸开设了一个专栏,专门谈20世纪80年代的一些流行歌曲和歌手。我写的第一个歌手就是王杰,谈的第一首歌就是《忘了你,忘了我》。那不仅是一代人对20世纪80年代共同的美好回忆，也是属于我个人的青春记忆。

20 世纪 80 年代的流行歌曲，不亚于 20 世纪 80 年代的中国文学，流行歌曲成为站在最前线、形塑未来的行动实践者之一。它示范了"音乐传达"这一文化讲述的技术高度，也为华语流行音乐注入了现实意识与文学的厚度。它让我至今都认为，"音乐人"也可以是"文化人""文学人"，一张专辑可以是一扇启蒙的窗户，一首歌可以引领一时一地的社会风潮，甚至能够启发、改变一代人的思考和行为方式。

而当下的流行歌曲，说实话，实在是太像我们当下的小说创作了。每年各种排行榜上的各式各样的所谓好小说多如牛毛，经常刚刚出版的文字就以经典谓之，感觉方方面面都是如此的等不及，浮躁得不得了。这常常令我想起当年的流行歌曲，有那么多"火"遍大街小巷的早已被时光所湮灭无踪，有那么多"火"到不得了的歌手早已不知所终。而唯有时光才是最终的裁判员，如今，打开抖音、快手以及很多网上音乐平台，你会发现，有那么多的人正在用新的音响、新的演唱方式重新演绎王杰的歌曲，而《忘了你，忘了我》依然还是那么多人的不二之选。

# 何处相逢

◎ 傅菲

《人生何处不相逢》

演唱者：陈慧娴

作词：简宁

作曲：罗大佑

发行年代：1988年10月

## 作者简介

傅菲，作家，乡村研究者。散文见于《人民文学》《中国作家》《散文》《散文海外版》等刊物。曾获百花文学奖。著有《屋顶上的河流》《星空肖像》《河边生起炊烟》《我们忧伤的身体》《木与刀》《风过溪野》等散文作品十余部。

2013 年元月 2 日,我在宁波。大雪已纷飞了一天一夜,城市成了童话世界,到处都是厚厚的积雪。下午雪霁。入夜,雪又纷纷扬扬。街上清寂,很少有人在行走。我就餐出来,和朋友在街头告别。我站在街角,看着朋友打着绛红色的伞,脚步蹒跚地远去,背影在逐渐缩小、隐没,被雪花匆匆笼罩。此时,酒店播放着《人生何处不相逢》,陈慧娴舒缓、低沉的歌声,随雪花一起落得我满身。旋律奢华、质朴、潺湲、伤感,如冬雪初融。我怔怔地听得恍惚,歌声戛然而止。我有些失魂落魄。我给朋友打了一个电话:"你等等我,我再送送你。"

我朝朋友家的楼下小跑而去。朋友站在楼道铁门内,正在锁门。我看着朋友,一时无言。我一只手握住了朋友的手,一只手拉着铁门,对朋友说:"不知什么时候,我们还会再见面。"朋友看着我,说:"我去安徽看你。雪这么大,你快回去吧。"

朋友上了楼,我还站在楼下。街灯昏黄,雪扑簌簌而下。雪片如一只只飞蛾扑向灯光般飞舞。我踏雪沿街游荡,头上、衣服上,落满了雪。转了两条街,我都没遇上行人。雪在飘,飘着落寞和凄清。回到酒店,我坐在大堂沙发上,看着门外盈盈白雪,在旋飞在狂舞。寒风一阵阵地灌入我衣领。酒店客人很少,落地音箱在循环播放《人生何处不相逢》(陈慧娴演唱)、《黄昏》(周传雄演唱)、《一场游戏一场梦》(王杰演唱)、《鬼迷心窍》(李宗盛演唱)、《当爱已成往事》(李宗盛、林忆莲合唱)。这几首歌,堪称经典永流传,我都很喜欢。

翌日 13 点 15 分,我坐火车回安庆。火车是绿皮火车,走得很慢,路绕得远,到了金华,已黄昏。卧铺车厢里的乘客大多入睡。火车哐当哐当响,车窗外潜着雪花。村舍向后慢慢退去,消失。大雪依然喷涌。在金华站，火车停靠时间较长，我下车抽烟。站台冷冷清清，阴阴沉沉。站台响起了熟悉的旋律：

> 随浪随风飘荡
>
> 随着一生里的浪
>
> 你我在重叠那一刹
>
> 顷刻各在一方
>
> 缘分随风飘荡
>
> 缘尽此生也守望
>
> 你我在凝望那一刹
>
> 心中有泪飘降
>
> 纵是告别也交出真心意
>
> 默默承受际遇
>
> 某月某日也许再可跟你
>
> 共聚重拾往事
>
> 无奈重遇那天存在永远
>
> 他方的晚空更是遥远
>
> …………

　　火车和站台一般播放的歌曲是《祝你一路顺风》《回家》，我不知道站台为什么播放这首歌，有些出乎我意料，但一下子击中我内心。站台之外是黑乎乎的山野，被雪花微弱地映照。黑茫茫的冬夜，让我惘然。

回到只有我一个人的卧铺车厢，我有些亢奋，不饿也不困。火车继续向西行驶。雪花落在车窗玻璃上，被风夹裹着刮下来。雪花在变形，散开，刮走。玻璃上印有星星点点的雪点，"千疮百孔"。我惘然，是因为我对生命有了恍惚之感，忘记了火车从哪个站点始发，去往的终点在哪，途经哪些站点。这种感觉瞬间抓住了我，如一把钢叉，插进了我的心脏。火车像一条疲倦的河流，飘忽不定，行踪不明。

在火车上，我安坐了一夜，一夜无眠。我一直在想与生命有关的问题。我翻开笔记本，写下：

多少年后，你已经不在人世，假如我还活着，我要去你生活过的院子里，探寻你停留的影迹，在树下，在摇椅上，在衣柜前，在书架边，我会久久伫立，感受你当年的气息：空气里残留的咳嗽声，始终没有消费完的梦境，窗台上晾晒的旧皮鞋，阅读了一半的诗集，不再滴水的筷子，压在屋檐上的薄雪……我会把你吸过的尚未腐烂的烟头捡起来，把你的破围巾包起来，把你的蜂蜜罐存放起来。可能那时我已无法走路，只能坐在轮椅上，用你喝过的杯子喝水，用你的旧脸巾洗脸。我要在树下打盹，独自度过一个黄昏，等月亮慢慢升上来，从水井里爬到树梢，摇摇晃晃，那样，我可以看见一张脸，月亮一样圆润，葡萄一样多汁，那样，黑暗的旧时光会喷涌而来，像一列迎面而来的火车，带着呼啸、大地的痉挛、空气撕裂时发出的焦味、钢铁尖厉的磨牙声、一千里路的阴霾。

这段文字,用在我散文《脸》的开篇。在长达三个月的时间里,陈慧娴的歌声在我内心游荡,像个孤魂。我摆脱不了这个孤魂:何谓生命?何去何从?

从 20 世纪 90 年代初期,我就十分喜欢陈慧娴演唱的《人生何处不相逢》《千千阙歌》《飘雪》《红茶馆》等歌曲,尤其喜欢《人生何处不相逢》。这首歌由罗大佑编曲、简宁作词,主题是"分手的年代"。这个主题适合所有年代与成年人。只不过,中年人会有更多感怀,套用一句俗语:所有的离别都是下一次重逢的开始。

晏殊(991—1055)是北宋政治家、文学家,江西临川人,十四岁以神童入试,赐同进士出身,以词著于文坛,尤擅小令。临川衙府后,有一个花园,名"金柅园"。晏殊既是文坛领袖,政治地位又显赫,他为官十五年回乡省亲,老乡友在金柅园以乡情相待,推杯换盏,莺歌燕舞。晏殊信笔写下《金柅园》:

> 临川楼上柅园中
>
> 十五年前此会同
>
> 一曲清歌满樽酒
>
> 人生何处不相逢

那时他年轻,尚且不知"昨夜西风凋碧树,独上高楼,望尽天涯路"(晏殊《蝶恋花》)。人生哪有什么生别死离。

简宁取意"相逢",实写"别离",写一代人的别离(出走)。陈慧娴于 1988 年 10 月发行的专辑《秋色》,辑录《人生何处不相逢》。1989 年

8月底至9月初,她在香港红磡体育馆举行了六场"几时再见演唱会",并宣告暂别歌坛,去美国留学。我在1995年才看到这场演唱会的碟片,再也没有忘记这首《人生何处不相逢》。我正当丰茂之年,相信有别离就有相逢,相信别离只是人生的一个插曲,相信未来如愿可期。

我买了音乐碟,送给一个很爱音乐的异性朋友。我们每每相谈甚欢。但最终我们也如歌曲般,戛然而止。人生有很多东西,放弃是最好的选择。我们生活在同一个城市,终究再也没有见过面。也或许,我们从来就谈不上分别。人活一辈子,走着走着,就遇上岔路,走着走着,在岔路上不见了。

单身时,我住单位家属宿舍,140多平方米的房子里只有一张写字桌、一张床、一个书架、一张茶桌。书架上、床上、桌上堆满了书刊。书架留有一格,存放音乐碟。睡前看两小时书,边看书边听音乐。陈慧娴、张学友、罗大佑、童安格,是我听得最多的。《人生何处不相逢》陪我度过青春的夜晚,对我而言,这是我的青春圆舞曲。

但我没有思索过这首歌,或者说,我还没学会思索。人生的有些况味,需要到了相应的年龄,在某个特定的环境,被某一些东西,如一支歌、一首诗、一个眼神、一次落日等撩拨出来,弹奏起心弦。在宁波的雪夜会友,陈慧娴的歌声突然拉响了我内心的汽笛,令我沉浸在万分伤感的情境。

当火车在雪夜奔驰、停靠,陈慧娴的歌声再一次把我埋在生命之中的疼痛唤醒。我思考与生命有关的一切:疾病、死亡、告别与相逢、思念、孤独……我从未有过这么强烈的生命意识。我全身心地投入,去书写电光石火般的生命一瞬。

这就是我写作散文集《我们忧伤的身体》的缘起，如歌所唱：

随浪随风飘荡

随着一生里的浪

你我在重叠那一刹

顷刻各在一方

人活一生，在大多数时候，如何活，活成怎样，并不由自己。我年过四十之后，才渐渐明白歌词中的"随"字。随风随浪，如萍如蛾如尘。哪由得了自己做主呢？我因此有了一份从容淡定，没有了痴妄心。"重叠那一刹"，"各在一方"才是人生常态，有什么人什么事，不可以放下呢？人活着，不纠结就好。

人在何处相逢？说是相逢，不如说是偶遇。偶遇是生命至美的礼花。

《你的样子》

演唱者：罗大佑

作词：罗大佑

作曲：罗大佑

发行年代：1988 年 12 月

# 青春的样子

◎ 酒徒

作者简介

　　酒徒，网络作家，中国作协会员，被誉为"架空历史小说的开山鼻祖"。曾获网络文学双年奖、茅盾文学新人奖、梁羽生文学奖等奖项。代表作《明》《家园》（出版名为《隋乱》）、《烽烟尽处》等。多部作品获得出版并被改编为影视作品。

某天在杭州,酒后被几个朋友拉去唱歌。天生五音不全的我,捧着屏幕翻看良久,都没找到一首自己会唱的。直到眼前忽然出现一个熟悉的中年大哥的头像。

于是,顺手点开,选了一曲多年前的老歌。

屏幕上出现的画面色彩很复古,带着 20 世纪 80 年代广州地区特有的摩托车尾气颜色。

画面上的人物打扮更复古,男主角周润发穿着牛仔夹克,推着摩托车,女主角张艾嘉穿着宽松的蝙蝠衫。

于是,在古风和饶舌口水歌的余韵里,我借着七分酒意,对着屏幕唱了一曲《你的样子》。

歌声未落,我的辈分,就从一位同伴口中,从"酒徒兄",变成了"酒叔"。

据那位大学毕业没几年的同伴说,这首《你的样子》,年纪比她还大。

细想来,这话应该没错。

《你的样子》出自罗大佑的专辑《爱人同志》,于 1988 年发行。在差不多的时间段,也做了电影《阿郎的故事》的主题曲。

那个时代,周润发还是发哥,张艾嘉还是罗大佑的红颜知己。

那个时代,"同志"一词,还没有被引申,未被赋予其他含义。

那个时代,骑摩托车和骑自行车接女友,不会让对方感觉寒酸。

那个时代,喜欢坐在宝马车里哭胜过坐在自行车上笑的女生,也还稀缺得犹如凤毛麟角。

那个时代,内地比香港,歌曲的流行节奏要慢上半拍甚至一拍。而我，刚好在歌曲诞生的三年之后，进入了大学。

刚进大学的少年，看不懂隐藏于《阿郎的故事》背后的沉重与无奈，只会哼着《你的样子》，为赋新词强说愁。

刚进大学的少年，不懂得捕捉和把握那一闪即逝的爱情火花，只顾满足自己内心深处，被更多人关注的虚荣。

电影中，阿郎剪掉长发，踏上摩托车，试图重新走上赛场，却在摩托车爆炸的火光里，艰难地抬起头，将最后的目光，投向了自己曾经的恋人。

现实世界中，懵懂少年很快也被撞得满头是包，却看不到血流。

当我多少能听懂一些《你的样子》之时，已经二十五岁，不再是少年，大学时光也早已结束。

独自在北方的沙尘里，爬上火力发电厂的锅炉、风机、换热器，伴着机械的轰鸣声，偶尔再哼起这首《你的样子》，全然已经是另外一番味道。

　　我听到传来的谁的声音

　　像那梦里呜咽中的小河

　　我看到远去的谁的步伐

　　遮住告别时哀伤的眼神

　　不明白的是为何你情愿

　　让风尘刻画你的样子

　　就像早已忘情的世界

　　曾经拥有你的名字我的声音

罗大佑不愧当年的流行歌曲教父之名。整首歌,没一句关于爱情的告白,却将男女恋人之间的情伤,表达得淋漓尽致。

做电力工程师收入不高,却胜在安稳。手头有了余钱之后,我又买过罗大佑的很多专辑,并且全都是正版。

然而,却没有第二首歌像《你的样子》一般让我印象深刻;也没有第二首歌像《你的样子》一般让我品味出青春的无奈与孤独。

我买了《阿郎的故事》正版DVD,却没完整地看过一次。不是因为不再为故事感动,而是不忍看到故事的结局。

大抵是因为生活原本已经足够艰辛,闲暇之时,我只想放松,不愿给自己增添一丝悲伤。

做电力工程师要经常出差,虽然单位在北京,我在外地的时间,却远多于在单位。

即便如此匆忙,我依旧被幸运女神眷顾,结识了一个善良而懵懂的女孩。她年纪比我小,却比我更懂得把握和珍惜。

她是文科生,却不像我这个工科生一样喜欢伤春悲秋。

她喜欢看爱情故事,每次看电影,都被感动得泪眼婆娑。但是,从电影院出来,却不耽误她顶着一双发红的眼睛,满脸阳光地跟我去探讨,该到哪去满足口腹之需。

我们在一起聊《阿郎的故事》,她认为,故事里的男女主角,都不懂得把握现在。

我想,从某种程度上来说,她是正确的。

与其留给将来去遗憾,不如珍惜眼前的美好。

我们一起看了更多的爱情故事，有喜剧，也有悲剧，然后手挽手走入民政局，去领了结婚证。

我们在一起转眼已经将近二十年，有过误会，有过赌气，却很少有什么遗憾。

当不再年轻的我偶尔又随口唱起《你的样子》，眼前浮现的已经不是某个身影，某段未及绽放就已经凋零的恋情，而是有关青春的整体回忆。

回忆中，有别人，更多的，却是当年那个满脸自信，真正遇到事情又经常手足无措的自己。

歌词还是一样，心境与十八岁、二十五岁之时，却完全不同。

人生，总得学会转身，学会放下，才能够成长。

你的样子，在我的记忆中始终清晰，却早就不再是你的样子。

# 多年以后我心依旧

◎ 张鲁镭

《再回首》

演唱者：姜育恒

作词：陈乐融

作曲：卢冠廷

发行年代：1989年6月

作者简介

张鲁镭，中国作协会员，辽宁作协主席团委员。小说集《小日子》入选2008年"21世纪文学之星丛书"，曾获第五至第七届、第九届、第十届辽宁文学奖，第二届"禧福祥杯"《小说选刊》最受读者欢迎小说奖，第六届《中国作家》"剑门关"文学奖。

那个时候天很蓝,云彩像棉团儿一样浮在天边。那个时候树很绿,用手轻轻碰一下叶子,都能淌出绿汁来。那时候我们都很开心,虽然口袋里没有几毛钱。要钱干什么? 年轻就是最大的本钱。我们嘴里哼着歌,走起路来又蹦又跳。跳着跳着一张海报如约掉进眼里。

姜育恒要来了,姜育恒要来了,他要来沈阳五里河体育场开演唱会了! 多么激动人心的消息,当然我们四个人中,最激动的是我。我太喜欢姜育恒了,柔柔的伤感,淡淡的凄凉,声音还有那么一点点嘶哑。虽然不是太帅,但就喜欢他那股子忧郁劲儿。

我攒点钱就买他一盘磁带,攒点钱就买他一盘磁带。这个忧郁的情歌王子,哪里是在唱歌? 分明是从心底吟诵一首首诗。


再回首

云遮断归途

再回首荆棘密布

今夜不会再有难舍的旧梦

曾经与你共有的梦

今后要向谁诉说

…………


虽然还不知道与谁共梦,但歌声已经把我带入那个孤独、失意、凄美的境地。

我大声宣布,我要去看姜育恒,我要去沈阳五里河体育场看演唱会。一个男生提出个很尖锐的问题:"你有钱吗?"他指着海报下方,那里标注票价五十元。这可不是小数，其金额相当于普通工人月工资的三分之一。我说想想办法，大家各筹各的钱，到时候一起去。两个男生同时打了退堂鼓，一个说只喜欢罗大佑，一个说要是小虎队他就去，一百块钱也去。我看见一旁的闺密正犹豫，就上去拉住她的手："他们不去拉倒，我俩去。"

筹到五十块钱并不难，因为我箱底还存着三十多块的压岁钱。连找奶奶姥姥赞助，再找舅舅小姨帮忙，最后还超出二十多块。闺密还差十块钱，说表姐开了工资才能借给她，我说万一票抢光了怎么办？见不到忧郁王子多遗憾，干脆我借给她。

那天我们起了个大早，坐上绿皮火车直奔沈阳。忘了介绍，我住的城市与沈阳还有一段距离，乘大客车要一个半小时，票价一块六，乘绿皮火车要一个小时，票价更便宜。绿皮火车早晚各一趟，大客车多一些。

买票的人不少，还有人维持秩序。排到了才知道，票价分好几个档次，有八十的有一百的还有一百二的，五十是最末档！只要能进体育场我们就很满足了。

拿到票时，我心里一阵沸腾，那张一寸多宽两寸多长的天蓝色演唱会门票此时就攥在我手里，通过它就能见到心心念念的偶像姜育恒。为了防止折痕，我把票夹在事先准备好的一本书里。

　　曾经以为我的家

　　是一张张的票根

　　撕开后展开旅程

投入另外一个陌生

············

等待的日子又焦虑又美好,我躺在床上拿着演唱会门票,听姜育恒的带子,《再回首》《驿动的心》《梅花三弄》……每一句都像雨点一样滋润着我。就要见到姜育恒了,我心里忽然有点慌,为了穿哪件衣服和闺密颇费思量。她说穿运动服,上下车都方便,我觉得还是穿裙子,好容易看一次演出,穿运动服显得太不隆重。我们谁也说服不了谁,最后决定自己顾自己。

我把所有裙子都试了一遍(其实一共也没几条),感觉没一件配得上五里河体育场,确切地说是配得上姜育恒。邻居姐姐前几天穿了一条带银丝线的连衣裙,我去跟她借,说准备去公园照相。可惜那裙子太肥,穿起来像打糖锣的。我叹口气,有点伤心,告诉她其实我是去参加姜育恒的演出会,就想穿漂亮点!

邻居姐姐会做衣服,让我把家里的裙子都拿来看看。她用剪刀这条剪剪,那条裁裁,然后在缝纫机上跑几圈,变魔术般就把三条裙子变成一条,好看,裙子四周还有飘带(她把那条短裙剪成条条,然后缝到长裙上)。大概过了四五年,这样的款式才流行在街上。

在我绞尽脑汁置办行装时,闺密也没闲着,她收集到很多关于姜育恒的个人资料。姜育恒出生在韩国,祖籍山东。小时候家道清苦,中学时做过餐厅服务生,卖过鞋油,20多岁时父母早逝,被迫去日本谋生,直到1984年才在光美唱片公司发行专辑,后来跳槽到飞碟唱片。最火的《驿动的心》《跟往事干杯》《再回首》等都是在飞碟发行的……

我说知道这些顶什么用？闺密笑："万一要有现场问答呢！了解一下个人背景，看演唱会心里更踏实。"

当我们整装待发时，一个严峻的问题来了——演唱会是晚上六点半开始，九点结束，结束后已经没有返程的大客车和绿皮火车了。"你俩可以背上行李在体育场住一夜，天亮再回。"我弟说。因为演唱会没他份，这家伙就说风凉话。不过这确实是个问题。闺密说演唱会结束我俩直接去火车站票房子，那里不要钱还安全，第二天一早坐绿皮火车往回返。在票房子待一夜？我还没那个胆量。姜育恒怕是看不成了，我拿着姜育恒那盘磁带开始哭，一滴眼泪掉到他头发上，我用手擦干。

关键时刻我妈出手相助，她朋友的儿子在沈阳上大学，他有几个同学也住这边，周末常一起骑车回来，到时候让他们到体育场接我俩。在沈阳上学那人我认得，他会弹吉他。

体育场门前好热闹，有人拿着姜育恒的照片，还有人脸上、手背上画着"姜"字，还有人挤着买彩带，五块钱一条，说是现场往姜育恒身上飞彩带。我一狠心买了两条，一条紫的一条绿的。闺密买了一张姜育恒的照片。

现场气氛劲爆，尖叫声、口哨声不断，还有人冲到台上献花献彩带。我那两条彩带必然是省了。我的座位一回身就能看到场外卖汽水的，看姜育恒却只是一个闪着光的亮点，甚至连歌也听不太真，倒是外面卖汽水的叫卖声声入耳。闺密对旁边的人说："知道不？姜育恒他爸爱赌博，他妈妈带着仨孩子艰难度日。十八岁那年他妈妈去世了……"

回去的路上，我坐在自行车后座上，望着满天星斗，忽然就开始迷茫，开始疑惑，开始伤感。有眼泪落到脸颊上，我听见了自己心碎的声音。说起来我也没啥好伤感的,可就是没来由地难过。闺密在一旁叮嘱:"回去你别说没看清姜育恒,就说还上去握手了。"

我把那两条没飞出去的彩带系在头上,它们被风吹得飘起来。

再回首　恍然如梦
再回首　我心依旧
只有那无尽的长路伴着我

前尘往事,五里河体育场早已不在,而那两条彩带一直在我的记忆里飘呀飘,一条绿色一条紫色……

不可使我更欣赏

◎ 黄咏梅

《千千阙歌》

演唱者：陈慧娴

作词：林振强

作曲：马饲野康二

发行年代：1989 年 7 月

作者简介

黄咏梅，供职于浙江省作家协会文学院。2002 年起在《花城》《钟山》《收获》《天涯》《人民文学》《大家》等刊物发表小说，作品多次被选刊选载。出版诗集《少女的憧憬》《寻找青鸟》，小说集《把梦想喂肥》《隐身登录》《少爷威威》等。

出生在白话区,母语是白话,自然就是听白话歌曲长大的。"白话"沿着西江一路流向东,流到广东就叫作"粤语"了。从有记忆开始,每逢新年,跟着父母去拜年,逗利是,踩着满地鞭炮屑,骑楼黑黢黢的木趟栊门洞里,必定会传出许冠杰那首香港贺岁歌:

财神到　财神到

好心得好报

财神话　财神话

揾钱依正路

财神到　财神到

好走快两步

得到佢睇起你

你有前途

再旧再陋的厅堂,都会被这明快的节奏照亮,再孤再寒的细民,都多少能感到些许振奋。据说 20 世纪 80 年代,在这首歌的鼓舞下,我们这里有很多人从鸳江码头出发,一路慢船,到香港找财神去了。等到"香港十大劲歌金曲"沿水路流行进我们这个小城来的时候,我正值青春期,心底里那些朦胧的、叛逆的、无名无分的种种情绪,从一首首金曲里找到笼统的应答。

我们家所在的老街口,有一栋私宅。它跟那个年代清一色的石米外墙单元楼不一样,红砖灰瓦,门前有几级阶梯,阶梯有扶手。四层小楼,每一层的阳台方向都不同,灯亮起来的时候,小楼就像上元节挂起的一盏宫灯。我每天放学都要在这栋宅子门口磨蹭很长时间，悄悄站在第二级阶梯，那里有一个位置刚好可以抬头看到厅堂里的电视机。

那家人仿佛不用上班，也不出门谋生，电视机从早放到晚，放录像带，都是香港 TVB 的节目。在举国上下一夜之间都哼起《上海滩》那首"浪奔，浪流，万里滔滔江水永不休"的时候，那台电视机已经在播梁朝伟的《倚天屠龙记》了。大人说，那家的香港亲戚很有钱，"湿湿碎"随便弹点钱来接济一下，那家就成为我们马王街的翘楚了。翘楚自然骄傲，但也不至于拒人千里，我在那家门口"磨蹭"时从未被驱赶过。

站在门口追连续剧是不太可能的，但香港《十大劲歌金曲颁奖典礼》断断续续看过不少。记得有一个黄昏，看到那屏幕上一团白光笼罩，辨不清楚是人还是布景，歌声缓缓响起：

徐徐回望

曾属于彼此的晚上

红红仍是你

赠我的心中艳阳

…………

录像带画质粗糙，一团模糊的白光移动来移动去，直到唱过了好些句，屏幕上才出现一个人像特写。我看到了那个戴着一顶巨大白色帽子的女生。她面容清秀，身型瘦小，一袭垂落地面的白色蓬蓬裙，亮晶晶，简直就是我理想中公主的形象。

那是我第一次见到陈慧娴，第一次听到《千千阙歌》，仿佛她站在那里婉转地替我诉说着心事。那团白光时时会在黄昏里向我招手。隔了半年,我在学校附近的水货店里买到《1989 年香港十大劲歌金曲颁奖典礼》的录音带,是那种翻录磁带,没有封面,没有歌词。歌曲节奏缓慢,陈慧娴吐字清晰,我在日记本里像写诗一样分行记录下了《千千阙歌》的整首歌词。那声长长的"哈",单独成行,仿佛一段不可告人的情感,一个不敢成文的秘密。

过了两年,录像机普及,我租到历年《十大劲歌金曲颁奖典礼》的录像带,一个年度一个年度看过去,才知道,1989 年,一首近藤真彦的日本歌被改编成了两首粤语歌,在当年的十大金曲里,梅艳芳的《夕阳之歌》排第一,陈慧娴的《千千阙歌》排第九,而重头戏金曲金奖,颁给了《夕阳之歌》。

如果不是在马士街翘楚家门口偶然先听到了《千千阙歌》,我是不是会更喜欢《夕阳之歌》?前者清丽婉转,临别絮语心存期待;后者沧桑低沉,千帆过尽领悟平淡。处于那个年龄的我,毫无疑问会选择公主般的演绎。三十多年过去,从录音带到 CD 再到电脑、手机,无论播放的方式怎么改变,我还是会听《千千阙歌》;无论是在小城简陋的卡拉 OK 厅,还是在大城市豪华的 KTV 包厢,《千千阙歌》都是我的必点歌曲。

画面中,那袭白光随着前奏出现,我会想起那个站在别人家门口的黄昏。

如流傻泪

祈望可体恤兼见谅

当某天

雨点轻敲你窗

当风声吹乱你构想

可否抽空想这张旧模样

…………

懵懂的十五岁,"你"是虚幻,是所有,是未来,是一切感情的称呼。不记得这首歌让我流过多少次"傻泪"。

信息发达之后,我才知道1989年香港流行乐坛有过一场著名的"千夕之争",实质上就是前浪后浪之争。这一争,使梅艳芳宣布从此不在香港拿奖,陈慧娴隐退歌坛远走他国,数年后归来已是"但见新人台上笑",错过了歌坛天后的位置。真应了那句歌词"流行是一首窝心的歌,突然间说过就过"。

2018年,在一档访谈节目中,陈慧娴跟对话者重提那场"千夕之争"。画面中,中年发福的陈慧娴大大咧咧地笑着说:"当年我就是一个小女孩,没拿奖,生气,到了现在这个年纪,我也会喜欢《夕阳之歌》。"她第一次公开唱《夕阳之歌》,致敬早已不在人世的梅艳芳,唱到那句"哪个看透我梦想是平淡",眉都不皱一下。人虽各有各路,但最终都会共赏一抹夕阳。

进入新世纪,我离开了白话区,生活在普通话的环境里,母语被挤在情感深窝,讲话和思考都用普通话。我也爱听时兴的歌,但歌单里总会存着一些粤语老歌,耳机里循环听到时,我总是感慨,这么好听的粤语歌为什么就式微了呢?粤语九声,比阴阳上去多出了几声,高高低低,崎崎岖岖,未成曲调先有情,实在是最能扫遍人心旮旯。

最近一次回乡过年,重返旧时老街,见那座红砖私宅夹在一排簇新的高楼之间,又小又旧。听人讲这个小楼几易其主,现在租给了一些外省来做小生意的散客。我悄悄踏上门前第二级阶梯,想探头去看那门里面,忽然从影影绰绰的厅堂里走出一个彪形大汉,骇得我急急转身逃离。回头远望那小楼,竟比近看时更为清晰更为熟悉。

时间一过再过,境遇一迁再迁,好在《千千阙歌》留在我的记忆里,与我共鸣多年,在任何场合、任何情景下响起,都会勾起阵阵唏嘘,无他,皆为过往跌落一地的碎屑,亮晶晶。

# 2009 年的寻人启事

◎ 赵晖

《像我这样的朋友》

演唱者：谭咏麟

作词：梁弘志

作曲：梁弘志

发行年代：1989 年 9 月

作者简介

赵晖，浙江省江山市江山传媒集团记者。小说《姑妈的子弹》发表于《人民文学》，小说《棋手》《内线》《叛徒》相继发表于《小说月报·原创版》。曾获《小说月报》百花奖、浙江省优秀文学作品奖等。

有这样一个故事，发生在十多年前一个平淡又炎热的下午。那天，故事的主人公突发奇想，独自驱车几百公里前往另外一座城市，为的是寻找当地报社刊登一则寻人启事。他要寻找的不是失散的亲人，更不是曾经的恋人，而是一位大学时期的同学。

故事讲到这里，你可能觉得稀松平常，所以我们继续：那次寻人启事见报后，经过一番辗转，两位同学终于得以联系上。他们互通电话，喜悦之情溢于言表，之后又常在 QQ 上联系，包括随后出现的微信。就这样，时间又过去了十多年。然而这十多年里，两人却始终没有碰面。他们都像一只懒惰的肥猫，继续在各自的城市里安之若素，关于去看望对方的想法，最终谁都没有成行。是的，联系上朋友好像并不是为了见面喝酒，只是为了知晓对方如今待在世界的哪个角落，至今是否依旧安好。

故事并非虚构。我就是故事的主人公。

2009 年夏天的那个午后，我记得自己是被一种莫名的力量所驱使，长途驱车去了一趟温州，为了寻找大学时期的同学阿亮。那一年并没有车载导航，我稀里糊涂上了高速，完全是跟随路标，前往一个从未涉足的城市。公路笔直而且漫长，烈日普照，我肯定是开着车上的空调，听着碟片机里的音乐。

阿亮是我大学时期非常要好的同学。我们同一个系同一个年级，却不是同班，因为我是专科，他是本科。在我毕业后两年，我们彼此还有联系——通过频繁地写信。但是等到阿亮毕业离开校园，我们失联了。20 世纪 90 年代初，手机还寥寥无几，许多年后，当我突然意识到失去阿亮的消息时，有段时间比较焦急。我想这事不能再这样持续下去,否则我内心会莫名的不安。

我跟阿亮在球场上认识,我们经常一起踢球,球网是锈迹斑斑的铁框,根本就没有网。他总是笑得很随意,脑袋和嘴角一歪,笑容只停留几秒。我想起有几次中饭过后,跟阿亮坐在宿舍楼附近的草地上,他毫不吝啬地分给我烟抽。阿亮抽烟的样子比较酷,捏着烟嘴呲的一声,然后两眼一眨,烟十之八九被他收纳进了肺里。

每当想起这些,我会看见属于90年代的一阵风,在那个夏天里迅速吹过。于是那场铅灰色的烟雾飘进我们眼里,而我们将近二十岁的眼神,就流露出一种迷惘或者是淡淡的忧伤。

2009年的那天下午,我在温州日报社总共待了半个小时。寻人启事是按字数收费的,我在一张布满方格子的稿纸上郑重地填写内容,又检查了很多遍,生怕会有信息遗漏。消息会在第二天见报,但是我在温州人生地不熟,当天就要赶回家,所以我知道,我将无缘见到那张印出来的报纸。

回家时已是傍晚。我依旧开着车上的音乐,反复播放其中一首歌——谭咏麟的《像我这样的朋友》。随着音乐响起,谭校长不够标准的普通话也同时响起,歌词很平实:

> 风雨的街头　招牌能够挂多久
>
> 爱过的老歌　你能记得的有几首
>
> 交过的朋友
>
> 在你生命中　知心的人有几个
>
> ⋯⋯⋯⋯⋯⋯

阿亮显然是我的知心朋友。那年我毕业,他让我把毕业留言本给他。留言本有着红色丝织的封面,里头每一页都用蓝色线条精心分隔出留言的空间。几天后阿亮将本子还给我,我发现他抄了一段完整的歌词:

风雨的街头　招牌能够挂多久
爱过的老歌　你能记得的有几首
交过的朋友
在你生命中　知心的人有几个
…………

行驶在 2009 年夏天的傍晚,一路上我看见了夕阳,也听见飘飞的音符。我并不知道刊登出的寻人启事是否会奏效,也想象不出如果阿亮见到这则启事,会是一种怎样的心绪。我想,他可能会在第一时间寻找一根烟抽。

就在我毕业离校的那个上午,阿亮送我到校门口。那天他帮我提着棕色人造革的皮箱,好像是穿了一条印有椰子树的沙滩裤,脚踩一双人字拖。沿着陈旧的老图书馆,他那双人字拖踢踏在夏天的水泥地上发出啪嗒啪嗒的声响,一路上我们无语,但都感觉到彼此的伤感。后来校车开过来,我提着皮箱以及七七八八的杂物上车。车门即将关上时,阿亮扶了扶宽大的近视眼镜,嘴角一歪,笑得不够完整,说记得写信。我转头,看见沉默的校车司机喝了一口水,将挡位挂到了一挡。

我的记忆十分清楚,那是 1991 年的 6 月底,阳光有一种稀里糊涂的颜色,像是一只焦煳的烤饼。

接下来的故事你们都知道了,那则寻人启事让我联系上了阿亮。而且一转眼,我去温州的那个下午已经过去十三年。生活有生活自己的方向,它可能也是个不苟言笑的校车司机,沉默着推挡换挡。

十三年里,我跟阿亮并没有碰面。但我知道他有个女儿,吉他弹得很好,常去看画展,还跟伊朗导演阿巴斯合过影。他们一家人喜欢喝咖啡,世界各地各种各样的咖啡。他们经常去的一家咖啡店,店名好像叫"明日晴"。

《像我这样的朋友》收录在谭咏麟 1989 年的同名专辑中。那张专辑全部是普通话歌曲,还包括《心门》《夜行列车》《沧桑的心》《七彩梦》等。我们之前在大学里,听的是七块九毛钱一盒的磁带。磁带封面的谭校长身穿一件卡其色风衣,里头配一件纯白的 T 恤。他肩挎一个背包,在那个年代的茫茫人群中蓦然回首,风稍微把他的头发吹起,让他的眼神显得有点忧郁。

都说那时候是港台乐坛"神仙打架"的年代。其实那个时代的大学,对我们这些少年来说,又何尝不是一个群魔狂舞的球场。我们有着郑智化"水手"一般的野生力量,挥霍着属于自己的青春,每一次都是挥汗如雨。

再过两年,我的女儿将大学毕业。我不知道他们会不会有毕业留言本,也不知道是否有同学会给她抄下一段属于他们这个年代的歌词。但是我知道,2009 年的那则寻人启事,对我来说平凡又温暖。我有理由相信,可能总有那么一天,我跟阿亮会在某个城市碰面。那时候我们或许坐在某个咖啡馆，或许已经戒烟。我们可能让老板插播一首歌曲，告诉他歌名叫《像我这样的朋友》。当谭咏麟的歌声响起，他好像不是在唱歌，而是在讲一段过往。

总之那首歌相对比较平淡，歌曲的结尾是这样的：

这世界啊越来越多的陷阱

越来越冷的感情

当你全部都失落

也从不退缩

越来越多的包袱

不能丢的是朋友

当你陷入绝望中

记得最后还有

像我这样的朋友

我的朋友

《无悔这一生》

演唱者：Beyond

作词：卢国宏

作曲：黄家驹

发行年代：1989年12月

# 无意话别 无悔遇见

◎ 韩梦泽

### 作者简介

韩梦泽，1974年生于天津，2000年起业余写作。出版图书9部，发表小说30余篇，撰写剧本、歌词若干，部分作品被转载、入选精品集，改编为影视剧。累积创作400万字，曾获《小说月报》百花奖。热爱摩旅骑行，走遍中国。现就职于河北大学图书馆。

1990 年初夏，记得应该是一个上午，我忽然听到有轻柔的敲门声，就像某个不确定门牌的小女生在试探。

我那时独自在家，正四仰八叉瘫在床上发呆，反应很是迟钝，猜测多半是哪个不知趣的推销员或者多事的居委会大妈。后来敲门声停止，我隐约听到一连串由近及远的脚步声，瞬间意识到了什么。

我推开窗子，朝楼下观望，然后用不太大的嗓门招呼："嘿——"

他立刻仰起头来，也用不大的声音回应："嘿！"随即露出笑容，阳光将他的脸照得苍白却生动。

他叫涛，白净壮实的一个男孩，那年我们同是十六岁，刚刚结束一场痛苦的中考。涛没有考上理想的高中，又不肯去差的学校。他对我说："他们都说我是差生又爱打架，应该很适合去烂的地方，其实我不想混，更不想随波逐流，打架也是不想叫人欺负，可就是没人懂我，包括我爸妈。"

我懂他。我和他既是邻居又是同班，以前天天一起上学放学，形影不离无话不谈，只是临近中考才拉开了距离，不知不觉就疏远了。我很尴尬，该怎么安慰这个老伙计？毕竟自己考上了重点高中，却冷落了朋友，显得特势利，只好询问他未来的打算。

涛说他也没想好该咋办，反正不去烂学校这是必须的，其他一概难说。我不敢看他的眼睛，最怕那种跌入深渊前求救的目光，不能无动于衷，却又无能为力。他安慰我说："老韩你别因为我的破事影响了心情啊！走，咱俩走走，好久没一起走了。"

我们穿过阳光明媚的花园，向教学楼走去。其实也不知道该去哪好，反正就是走走。和那个时代的很多城市大院一样，我们所在的高校家属区与教学区无缝连接,到处都是低矮古板的楼房,阳光肆无忌惮地投射在建筑物的间隙里,显得出奇明亮,于是他的脸总是忽明忽暗。

我们走进一间空旷的教室,他忽然说:"我给你唱首新学的歌吧,特好听,香港的。"我当然不会拒绝,毕竟我们俩以前也是这样,私下交流一些"特殊资源"。于是涛拿起一把笤帚充当吉他抱在怀里,轻声唱道:

> 阳光历次消散别去
>
> 无理冲击我心绪
>
> 前景没法打算怎么
>
> 谁会偷生远方里
>
> …………

三年后的一天,涛再次敲响了门,令我吃惊不已。"你怎么知道我们家搬到这了?"面对这个意义不大的问题,他笑呵呵地说:"走,咱俩出去走走吧,好久没一块聊聊了。"

我能明显地感受到他的变化,虽然那是个晚上却也显得阳光灿烂。他在路灯下仔细打量完我就欣慰地说:"你看,咱俩都长这么高啦!"

这三年,我自然是在读书中度过,刚结束一场艰苦的高考,他却经历了各种颠沛流离,用他的话说就是一言难尽。先是离家出走,不着边际地飘荡到南方,打各种工,受各种气,不过后来发生了转机。他帮助了一个流落车站的女孩,既是同龄又是同乡,还是同样离家出走的天涯沦落人,唯一不同的就是他比她江湖经验丰富,所以才能提供一点点援助。回来之后，他才知道未来岳父竟然小有资产，甚至愿意把一家小型 KTV 交给他打理，也算有个正业，目前一切向好，等两年就结婚成家。

这自然超出我的所有认知，不过还是替他高兴。在他的引诱和我的请求下，我们一起去看店面。涛有一辆崭新的摩托车，拉上我就去了，那是我第一次坐摩托车，也是第一次进 KTV，相当梦幻。

我俩合唱了那首《无悔这一生》，均感慨不已，眼泪汪汪。未来还很漫长，但幸福已近在眼前，是啊，两个小伙伴都长大了，一个考上了大学，另一个有了产业。

次年，得知他出了意外，车毁人亡。

2003 年夏天，一次酒会后我和几个朋友相约去 KTV 吼几嗓子，在出租车上听到了 Beyond 的歌。我问那个中年司机，怎么也会喜欢 Beyond 的歌，师傅说："不要以为只有你们年轻人才喜欢啊，像我这种四十来岁的人第一次在广播里听到就迷上了，赶紧去买了 CD，循环播放百听不厌。还有，今天是 6 月 30 日，是黄家驹离世十周年的纪念日啊，你们不知道吗？"

我瞬间觉得有点惭愧，只好转移话题说："您这音质还挺好的呢。"司机师傅不免感慨道："实话说吧，要不是黄家驹，要不是 Beyond，我这辈子都没买过正版的 CD，还花了好几千块升级了汽车音响和喇叭。像我这种跑车的人，这可真算是大投资了。"

我点头说："看来您还真是 Beyond 的歌迷，比我们追星还下本！"司机一笑，随手把音量调小了说："有的星不值得追，靠脸吃饭没才华，那就叫没生命力吧？可有的星你不追都不行啊！其实也不叫追星，应该叫欣赏才对。就像 Beyond 在《我是愤怒》里的那段间奏，两把吉他重叠反复，再加上贝斯忽然出现，轰击间让人感到特别的振奋、嚣张，透着绝望的力量，好像成吨的东西落下来又飞速翻滚！还有《灰色轨迹》当中的那段独奏更是经典中的经典，一把木吉他和一把节奏电吉他交相呼应，一问一答，说不清那是怎么创作出来的，总之是神作！还有《无尽空虚》，家驹一开头那两句独特的颤音真是绝了，最是深情啊……"

我吃惊地望着他说："老哥，你说得太好了！太专业了！我都开始崇拜你了！"

司机矜持地笑着解释："实话说，我以前听歌就是瞎听听，也没个方向，可自从迷上了 Beyond 就开始琢磨很多细节了，反复听，也试着学点音乐方面的知识，怕露怯不是？"

我知道他那是自谦，与其说怕露怯倒不如说真喜欢才对，一位歌手或一支乐队就能改变一个人，这恐怕就是音乐的力量了。在一个等红灯的路口，我忽然借着酒劲问："我也是 Beyond 的歌迷，想不到今天能碰上一位像您这样的资深老歌迷。老哥，要不要和我们一块去吼几嗓子啊？一块纪念黄家驹逝世十周年？"

坐在后排的几个哥们儿也纷纷说："对啊老哥！跟我们一起吧！我们请客！"

司机用力瞅了我一眼，双手握紧方向盘想了想说："算了吧，这可不是我的消费习惯，就算是你们请客那也不好，人到中年养家糊口还是第一位的。要不这样吧，咱们就在这车上一块唱吧，一直唱到你们到地方。"

音量再次放大，又是那首歌，我忍不住与他一起跟唱：

> 每次记忆哭笑
> 将心意再变改
> 一分一秒
> 无意对一切话别
> 无意却远走他方
> …………

下车前我不免有些遗憾地说："老哥啊，咱俩也算投缘，还想和你成为忘年交呢。"

他见我说得真挚，便拍拍我的肩膀说："老弟，咱们已经是忘年交啦！你别不信，很多年以后你一定还能记得今天，记得我。"

2013年初春，我在南方的一座海岛度假，夜市上闲逛之时忽然听到Beyond的歌，循声过去，蓦然看到一个熟悉的身影。他正站在一个冷饮摊后随音乐哼唱，用五颜六色的热带水果调制出冰激凌招徕顾客，脸上始终挂着生动的笑容。我差点失声叫出来，但理智告诉我那不可能，便试探着靠近，然后打招呼说："嘿。"

那个面容白皙的年轻人回应道："嘿！您好，您要点什么？"

我盲目地点了一杯喝的，仔细观察着他的一举一动，他们真的太像了！

他似乎察觉到了我的眼神，也用不带审视性的目光注视着我，几秒钟后把一杯饮料递到我手里,同时问:"您是哪里来的?"

"河北。"我说。

"河北?"他的目光瞬间变得遥远,随口问,"过来玩?"

我点点头。

我端着那杯饮料,边走边喝上一口,却品尝不出任何味道。走出好远,我回头张望,他还看着我。

后来我问妻子:"你知道一个人在少年时失去了伙伴,是一种什么感受吗?"她反问我:"你是不是又想起他来了?"我点点头。妻子想了想说:"会不会像是想起了一首老歌的那种感受?"

我苦笑地"嘿"了一声,佯装解脱地哼唱道:

没有泪光风里劲闯

重植根于小岛岸

如天可变风可转

不息自强

这方向


光阴荏苒,没留神自己也已迈入中年,转眼奔五,无可奈何,就像忽然生了场大病,郁闷一下还得接受这个事实。不过还好,我的生命不是很荒废,自从 2013 年起,我的写作能力忽然提升了,连续出版了三本书,很像那么回事。

细想来,时间节点似乎存在着某种奥义,正是我从海岛回来之后,一切才发生了改观。我深知有些事只有过了很长时间才能厘清脉络。

可即便如此,心里仍不免有些吃惊,生出冥冥中自有天意之感。

无论是未来得及享受幸福的涛,还是英年早逝的家驹,他们都是打动过我的人,每当回想起,或者偶然碰触到与之相关的事情,都会产生莫名的感动,让我明白他们还一直活在我的生命里。

无论是萍水相逢的出租车司机,还是遥远他乡的冷饮摊主,无论是中年人还是小伙子,乃至还有此后许许多多的遇见,我们会因为 Beyond 相识,进而惺惺相惜,念念不忘。

当初那个阳光下的少年走远了,而我又何尝不是?那个年轻的自己又去了哪里?唯有一个感受非常强烈——1990 年初夏的阳光明艳无比,透彻直接,让整个世界五彩斑斓,不带任何复古感。

拥有这感受,无悔这一生。

## 「以梦为马」 不负时光

◎ 刘汀

《追梦人》

演唱者：凤飞飞

作词：罗大佑

作曲：罗大佑

发行年代：1990 年 2 月

作者简介

　　刘汀，作家、诗人，《人民文学》杂志编辑。著有长篇小说《布克村信札》，散文集《浮生》《老家》《暖暖》，小说集《所有的风只向她们吹》《中国奇谭》，诗集《我为这人间操碎了心》等。曾获百花文学奖、十月文学奖、丁玲文学奖等奖项。

三十年前,雪夜,中国北部一个极冷的乡村。村庄曲折的道路和头顶的夜空都呈现出一种特殊的光色,两个灰黑的人影咯吱咯吱走在雪地上,像宣纸上的两团墨汁。在他们身后,一串若隐若现的脚印如省略号,藏着乡村夜晚的秘密。

那是一个老人与一个十岁的乡村少年。

雪和风都是冷的,村和夜都是静的,但是在这个乡村少年此刻的心里,却涌动着不知名的热烈的冲动。而他脑海中应和这一冲动的,则是一串旋律的尾音和余韵。若干年后,当少年长成青年甚至中年,他才明白这个夜晚和这段旋律的意义所在。

说起来真是吊诡,在此后的几十年中,他曾无数次听到、看到,甚至唱过这首歌的某些部分,但从未真正完整地记下它的歌词,也不晓得它的作者和演唱者的名字。在他的脑海中,只有雪夜的微光和旋律的波动。他并不关心这些,他只知道,那是刚刚看完的那部电视剧《雪山飞狐》的片尾曲:

> 让青春吹动了你的长发
>
> 让它牵引你的梦
>
> 不知不觉这城市的历史
>
> 已记取了你的笑容
>
> …………

我就是那个少年。

那时我只有十岁,从未走出方圆五十里的地方,也没有一头长发,更没有去过城市。但是我和其他人一样,有着作为人的最基本的渴望:对故事和想象的痴迷。

我成长在内蒙古北方的乡村里,四面环山,只有一条通往村外的土路。连电也是很晚才通上的,电视机就更是稀有之物。20 世纪 90 年代初,村子中少数有钱的人家都买回来一个盒子,能发出声音,还能播放画面。人们告诉我,那是 14 英寸的黑白电视机。买电视的人家需要去旁边的树林砍一棵小树,把它修成一根长且直的杆子;然后把用铝丝弯成的各种形状的天线固定在杆子的尖端,竖在屋檐下,屋里的黑白电视机才会收到节目信号。远方的故事,出现在我们眼前。

在电视出现之前,每一个黑夜我都是靠祖父给我讲民间故事度过的,我对那些神神鬼鬼、成精的兔子已经有了足够的认知,但是电视机来了,这些只有声音的故事便瞬间失去了吸引力。我已无法追溯自己第一次看见电视时是什么样的感觉,但我永远记得内心的那种饥渴:我时时刻刻想从 14 英寸的屏幕上看到不同于乡村的人和事。

我总是央求祖父带我去别人家看电视。为了满足我的渴望,祖父带着我游荡于村子里有电视的人家。我们总是算好时间,在牛羊进圈、人们刚好吃完晚饭——7 点钟左右,看似无意地走进别人的院子。透过窗户,我能看见屋里的柜子上一小块屏幕正在闪烁。他们已经打开了电视机。我的心怦怦乱跳,仿佛自己也接上了电。

在随意的闲聊中,我们坐到人家的土炕边上,看起了电视。《新闻联播》《天气预报》,然后就是电视剧了。我所能记得的当时看过的电视剧,最清晰的就是《雪山飞狐》了。电视里一片银白色,胡斐一身白衣,骑着白马驰骋于雪原,而屋子外面也是白雪皑皑。那时刻,虚构和现实共同享用了一种白。

一集结束，片尾曲的旋律响起，乡村的夜晚已经深黑如漆，主人拿起扫炕的笤帚，我们知道，人家要睡觉了。我们站起身，带着万般不舍离开。也是这个原因，我从没有听过整首片尾曲。所以，当我和祖父一起走在回家的路上时，我的脑海里仍然是那永远也不会结束的旋律。我想知道这首歌叫什么名字，后半段到底唱了什么。这是我少年时期最大的谜。

直到我上了大学，在新年晚会上，这个旋律再次响起。我终于知道它叫《追梦人》，是台湾音乐人罗大佑写的。算起来，最初遭遇它时，这首歌也才发行一年。它原是罗大佑为电影《天若有情》创作的主题曲的普通话版，名为《青春无悔》。一年后，台湾著名女作家三毛去世，为了纪念三毛，罗大佑把这首歌重新编曲，增加了四句纪念三毛的歌词，再次唱响。而它又恰好成了电视剧《雪山飞狐》的片尾曲，随着电视剧的播出唱响大街小巷。

对我来说，《追梦人》是少年生活的缩影。在闭塞的山村，在一个十岁少年的生活里，一种遥远的现代声音从天而降，它让我知道：世界如此之大，如此之丰富，也如此之遥远。而我像一只井里的青蛙，连头顶的一小片天空还没有看明白。正是从那个时刻起，我产生了走出山村的冲动。我不知道自己要去干什么、能干什么，只是觉得一定要到世界中去，仿佛这个村庄不属于世界。

青春时代，我们往往如辛弃疾词中所道"少年不识愁滋味，为赋新词强说愁"。确实没有经历过大起大落，很多愁绪，都是由细微小事生发而来，但那忧伤也是真忧伤，迷惘也是真迷惘。这种时候，总想找首恰当的歌来哼一哼,把情绪疏解一下:过于低沉的,容易愁上加愁;而那些欢快的,却是南辕北辙。《追梦人》就成了最合适的选择。青春的那股以梦为马的劲,它有;人生里千帆已过的感觉,它也有。所谓追梦人,自然是有梦的人,而这首歌所吟唱的,并不是梦中人,而是梦醒之后那个半清醒、半迷蒙的时刻。人生的底色,也不过如是。

后来,无论何时何地,只要一听见《追梦人》的旋律,我都会立刻如置身寒冷的雪夜中,仿佛仍在跟着祖父走向一个未知的故事。那个虚构的故事,能温暖我冰凉的心,让我拥有足够的热情,继续自己的路。

有些时候,我和祖父在村庄逶巡一圈,却没有找到一处可以看电视的地方。我站在关着的院门之外,能看见窗子里屏幕的闪烁,心里无比沮丧。我觉得在那一刻,我错失了生命里最渴望的某种东西。仿佛有一个特别美好的梦在我的枕边徘徊,但是我却时刻保持着清醒,无法进入,无法徜徉其中。那种东西我现在拥有了吗?我不知道。人到中年之后,忽然对许多以前不理解或者懵懵懂懂的人和事有了感触,也才明白少年时所感知到的莫名情绪,其实是对后来人生的预演。就像罗大佑后来专门为三毛添加的几句歌词:

让流浪的足迹在荒漠里

写下永久的回忆

飘去飘来的笔迹

是深藏的激情你的心语

前尘后世轮回中

谁在声音里徘徊

痴情笑我凡俗的人世

终难解的关怀


人生如逆旅，我亦是行人，只有经历过人世沧桑，才会从歌曲开头那青春一般的"梦"里，转入这四句"前尘后世轮回中"。现在，我已经过了"以梦为马"的年纪，再不敢奢谈"梦想"，但是年轻时那些因梦而不得留下的内心空缺，却永远都渴望着什么来填补。常常，答案只是一首熟悉的老歌。

人人都有一个无须列出名字的歌单吧，在不同的时刻、不同的心绪下，记忆的老唱片会自动播放，甚至都不用哼唱，只要你的心里仍然盘旋着这些旋律，这旅程就值得而且应该继续下去。

是的，海子早已用那句著名的诗为我们总结：


和所有以梦为马的诗人一样

我借此火得度一生的茫茫黑夜

《沧海一声笑》

演唱者：罗大佑　黄霑
　　　　徐克

作词：黄霑

作曲：黄霑

发行年代：1990 年 5 月

笑看苍生　天元永恒

◎ 羽南音

作者简介

　　羽南音，本名吴霜，科幻作家、编剧。曾获科幻轨迹奖提名、百花文学奖提名、全球华语科幻星云奖金奖。发表科幻小说 40 余万字，在英、美、日、德等国出版。著有个人科幻小说集《双生》《不眠之夜》《龙骨星船》，翻译作品集《思维的形状》。

　　几年前，我曾在苏州生活过一段时间。那是个很平静的小城，繁花遍地。春天来的时候，樱花甚至会把整条苏州河都染成密不透风的粉色。可能是日子太过安逸，有一天晚上读《史记》的时候，我萌生了一个有点刺激的想法，想要写一篇有关刺客的科幻小说。为了寻找灵感，我找了一些古风歌曲来听，印象比较深的就是《沧海一声笑》。

　　于是，每当夜幕降临，白天粉色的江南水乡如一张画皮褪下，我生命中另一个黑色的世界，徐徐展开。

　　银河系像一条大河，星潮翻涌；银河系最中心的位置，繁星最为密集；夜晚的星空，像是布满了无数轮交错重叠的月亮。那里有一颗生活安逸的天元星，由于没有压迫和争夺，天元星人不知"战争"为何物。有一天，异族入侵，措手不及的天元星人毫无反抗之力，被消灭了，只剩下一个叫"紫夫"的天元星人。他流亡到地球，到了中国春秋战国时期的"孤竹国"。在暴政和严寒之下，孤竹国的百姓流离失所、易子而食，贫民刺客为了反抗暴君，不惜孤身深入虎穴，甚至自毁身体，哪怕只有万分之一的希望，也甘愿以全部的生命热情献祭。紫夫从最初的旁观、鄙夷，到渐渐开始思考、改变，最终被这种精神所感染。

　　他终于明白，在任何一种文明的进化过程中，都不可丧失以弱抗强的信念、舍身为国的忠义，更不可沉溺于短暂的安全感与温柔乡，丧失了奋进与抵抗的精神，否则一朝世态变化，难免人为刀俎，我为鱼肉，天元星就是前车之鉴。在小说中，紫夫最终帮助孤竹国的刺客朋友，完成了刺杀暴君的任务。紫夫告别了地球，再次流亡于星河之间。

　　写作的过程中，我断断续续听着《沧海一声笑》。等到故事完成，我有些惊讶地发现，这故事的底色与精神内核，竟然和《沧海一声笑》颇为相似。

起初构思这个故事的时候,我在想,刺客精神的内核是什么?是否能够代表中华文化的某种特质,或者进一步说明某种社会文明特质甚至是宇宙公理?

中华文明拥有相当漫长的封建王朝历史。强权即压迫,而压迫激发了中国底层民众骨子里的血性与抗争精神。刺客精神包含了希望、警惕、力量和信念。

历史有如沧海。"沧海笑,滔滔两岸潮,浮沉随浪记今朝。"

文明的发展各不相同,刺客精神并不是在每个阶段都需要呈现出"显性"的状态;但这种精神和信念,在任何文明的任何阶段,或许都是不可或缺的,至少需要以"隐性"的状态存在。

因为小说需要从宇宙尺度说明这些问题,同时要和真实的历史环境进行一定的结合,加之刺客精神本身就需要由刺客这样的人物来表达,那么小说的人物塑造就变得极其重要。《天元》塑造了一系列人物,包括暴君、佞臣、厨师、刺客等,其中最特别也最具备《沧海一声笑》的精神特质的,可能就是紫夫了。

紫夫的成长环境十分富庶平静,他本人聪慧慵懒,喜欢华衣美服,游玩享乐,颇具游侠气质。在故乡被毁灭后,他心灵遭受重创,对生死、文明、孤独、生存等终极问题产生了进一步的思考。他从毫不反抗到最后出手惩治暴君的成长之路,恰恰源自他对刺客精神的理解与感悟。

紫夫在异乡完成的成长,是一种变相的成功,也在时刻提醒他曾经的失败——这是灵魂的抚慰,也是永远无法挽回的遗憾。

时光无垠，故乡永逝。对于一个自负、自恋、热血、悲情的人物来说，如此大起大落的命运轨迹，不知是幸运，还是残忍。

苍天笑

纷纷世上潮

谁负谁胜出天知晓

江山笑

烟雨遥

涛浪淘尽红尘俗事知多少

…………

在写紫夫的时候，我常常想到李煜。"雕栏玉砌应犹在，只是朱颜改。问君能有几多愁，恰似一江春水向东流。"在孤竹国无数个寒冷的深夜里，紫夫也曾凭栏眺望星海，寻找那永远回不去的故乡。

根据相对论，天元星虽已不在，但天元星的星光会在宇宙中永存，只要紫夫用时光飞船跳跃得足够远，就能一直看到故乡的星光。这也是他最后决定离开地球的一个很重要的原因。地球上朋友的挽留温暖过他的心，但曾经的伤痛太过沉重，善良的他有一种"幸存者内疚"，只有将孤独的灵魂抛在宇宙之中，将自己永恒放逐，他的内心才能得到片刻的安宁。

虽然内心清苦，紫夫表面却是个很爱笑的人——机敏地笑，嘲讽地笑，冷漠地笑，温情地笑，苦中作乐地笑……沧海一声笑，是人类面对命运悲剧的一种态度。笑，可以是豁达，也可以是苦涩。

在故事里，我曾特别提过一处，是他的"不笑"。孤竹国严寒，百姓缺乏食物，紫夫的朋友们免费给百姓发放。食物有限，却有一些衣食无忧却心怀不轨之徒排队蹭吃蹭喝。紫夫将手炉里的炭灰倒进了粥水里，果然，小人们都逃走了，只有极其饥饿的百姓才会连弄脏的粥水都不嫌弃，紫夫和朋友们也因此救了更多的人。在寒冷的长街，紫夫的脸上第一次退去了那种风流温婉、玩世不恭的笑意。

紫夫说："真正需要活命的人，不会在乎粥里有没有沙土；真正需要活命的人，当举起刀斧，哪怕玉石俱焚。"

那是他灵魂觉醒的一刻，也是极其痛苦的一刻。如果早一些明白什么是刺客精神，什么是反抗精神，天元星或可免遭不幸。而人生就是如此残忍，时间一去不返，无可回头。

时来天地皆同力，运去英雄不自由。

清风笑，竟惹寂寥。豪情还剩，一襟晚照。

这首歌的豁达和苍凉，或许就是人生的真相吧。


《沧海一声笑》的结尾，黄霑写道：


苍生笑

不再寂寥

豪情仍在痴痴笑笑


《天元》的结尾，孤竹国暴君死去，新君继位，十分清明。紫夫的一对刺客朋友死里逃生，结为夫妻。

在紫夫的帮助下，终究有人在地球上获得了短暂的尘世幸福。

# 不败的誓言

◎ 简平

## 《花瓣雨》

演唱者：童安格

作词：王中言

作曲：童安格

发行年代：1990 年 5 月

## 作者简介

简平，中国作协会员，中国文艺评论家协会会员，中国电影家协会会员，中国电视艺术家协会会员。现为上海市作家协会理事，上海市文艺评论家协会理事。供职于上海广播电视台，新闻记者，高级编辑，影视剧制片人。

1992 年，我像一头困兽般既勇猛又疲倦。那时，我在一家制药厂的厂校里做着教师，但我的心早已放飞得很远很远。我小时候就立志要做记者，而且还发了誓，一辈子都要努力去追求这个理想。确实，我一直没有放弃过，只是那时任何新闻单位的招聘必须是"商调"，不存在辞职这一说，因此即便你应聘成功，如果所在单位不放你走，你也束手无策。之前，我在房管所里干着木工、马路工、绿化工时已偷偷地去几家报社应聘过了，最终都因单位的阻拦而告失败。我只能"曲线救国"，好不容易从房管所调到了制药厂，只是偏偏却不再有新闻单位向社会公开招聘的消息了——因为恢复高考后的大学生已经开始走出校门。眼见年龄已逼近三十五岁，可我的梦想还在遥远的天际飘忽，甚至越来越没有希望，内心郁闷而疲惫。

那时候，厂校正为每个车间开展员工轮训。有一天，我给一车间的员工讲课，课间休息时，工友们起哄让一个小年轻唱歌，他连连摆手，说没有吉他找不到感觉。一车间是生产氯霉素原料的，我不知道那里有这么一位会吉他弹唱的青年工人。我向我的好友、厂中心试验室的化学分析工程师震宇打听了一下，不料他倒很熟悉，说这人叫小勇，他的父母与小勇的父母是朋友。我便鼓动他，让小勇给我们唱歌。于是，一天午后，震宇带着小勇来到厂校，小勇则带上了他的吉他，我们找到一间无人的教室，关上了门。

就这样，我听到了让我心颤不已的《花瓣雨》：

爱一个人可以爱多久

心痛到哪里才是尽头

花瓣雨

像我的情衷

誓言怎样说才不会错

…………


小勇唱得非常投入,他轻轻地拨动着一个个和弦,吉他特有的委婉将他的歌唱一句句地送到我的心坎。

我立刻买来了原唱盒带。这是 1990 年 5 月 24 日由宝丽金发行的童安格的专辑《花瓣雨》,共收入十一首歌曲,作为主打歌曲的《花瓣雨》位列第一首。这首歌由王中言填词,童安格作曲并演唱。比起小勇的翻唱,童安格音色飘逸,明亮而又忧伤。我一遍遍地听着,每听一遍总是怦然心动。我觉得这首歌仿佛就是为我写的,唱出了我当时的状态和那一刻的心情。一个人的理想可以坚守多久?无望而起的心痛何处才是尽头?人生的誓言要怎样说才不会错?这是诘问,更是一种态度。历经努力后依旧一筹莫展,理想变得愈加虚渺,这自然令人忧郁,可是,蕴藏着执着的花瓣雨的意象是如此美丽,如此灿烂,让人无法抗拒,跳脱忧伤的内心闪过片刻的光亮。

我决定哪怕根本不可能实现,也永不放弃我的理想,即使身陷谷底,依然仰望天空,终其一生都期待含着坚定誓言的花瓣雨落下来,纷纷扬扬,弥漫整个世界。

在《花瓣雨》的陪伴下,我继续奋力拼搏——这不是一句空话,是真真切切的勤勉:不停地四处寻觅各种机会,参加自学考试以提升自己的专业能力,同时开始新闻和文学写作。终于,1993 年 10 月,我如愿以偿地拿到了"调令",成了一家报社的正式记者。我是骑着自行车去办理调动手续的，一路上，仲秋的金阳透过树枝一片一片地洒下来，我分明感到这就是一场美轮美奂的花瓣雨，心里充满了喜悦。

我做记者期间，跑过很多条线，从工业到医疗，从教育到法律，最后跑的则是影视。一切犹如冥冥之中的安排，2000年4月，我去无锡影视城采访一个电视剧组，他们正在拍古装武打剧《少林七崁》，而童安格在剧中扮演一个少林武僧。只见童安格一身袈裟，剑眉浓髯，英气逼人，然而流逝的岁月也在他的脸上刻下了印痕。趁着拍摄间隙，我和童安格坐在小河边交谈起来。午后的阳光很是静谧，投下一道悬浮着细小尘粒的光柱，恍惚间，我想起八年前在《花瓣雨》盒带封套上第一次见到的童安格——他穿着蓝色的圆领衫，外面套着一件咖啡色休闲西装，两手都插在裤袋里，靠着一辆自行车站立，脸微微向上抬起，黑发浓密，略带卷曲，潇洒而内敛。我告诉童安格，他的《花瓣雨》曾经深深地打动过我，伴我走过一段追求梦想的路程。他听后说，那真是美好的记忆，可属于他的"花瓣雨"正在渐渐地落幕。

看着平静的河面，童安格不无惆怅地说，他这些天正在酝酿一首歌，想表达自己的某种心境。他吟诵了一遍歌词，怕我记不住，他拿过我的采访本在上面写了起来："那曾灿烂的焰火，我何尝不想再拥有。掌声像似一阵轻风，吹过幕布，仍在摇动。I remember，回忆在心头。"我问："起歌名了吗？"他想了想，在我的本子上又写了四个字"掌声如风"。好一阵，我们都没说话。后来，我开口说道，誓言一般的"花瓣雨"是开不败的，"掌声如风"永远不会消逝。童安格看了看我，接住话头说："看来应该一次次地回到'梦开始的地方'。"的确，对我而言，不管是雨是风，音乐已经是我生命的一部分。"这样说着，他的神色一点一点地明亮起来。

听说童安格在为《少林七崁》写主题歌和插曲，我向他探问此事。他回答道，那只是出于爱好写写而已，交给剧组后用不用就不管了。我说，如果写出来却没用，那还真挺可惜的。童安格笑着说，如果我是制片人就好了。"不过，"他看着我，很认真地说，"要是能在一部影视剧里留下一首歌，那可真是件有意思的事。"

我至今没有听到过童安格演唱的《掌声如风》，也没有听到过他为那部电视剧创作的歌曲，可我后来倒真的做了影视剧制片人。我一直记着童安格跟我说的话，所以每拍一部电影或者电视剧，我都会争取写一首歌，这确实是一件很有意思的事，让我得以留下一个属于我自己的纪念。

譬如，我在电影《男生贾里新传》中写了主题歌《再一次荡起双桨》。获得中国电影华表奖的《男生贾里新传》是一部儿童影片，在创作过程中，我重返童年，孩提时代的记忆在一帧帧的胶片里不断地再现。当然，我想起了那时许下的愿望和立下的誓言。如今，经过艰难的跋涉，梦想已然成为现实，这让我坚信，一个人除了有理想，还要有勇气、刚毅、坚韧不拔。童年是初始的萌发，是过程的开始，事实上，我们小时候都有过理想，后来之所以少有实现，我认为很大程度上是因为遗忘了童年，也就遗忘了誓言，遗忘了坚持，遗忘了等待壮观而辉煌的花瓣雨。

我写完歌词后，请唱作人胡彦斌作曲并演唱，还请了在 2008 年北京奥运会开幕式上亮嗓的小歌手杨沛宜来唱开始部分的引歌。在前往录音棚的路上,蓦然间,我再一次想起了许多年前在制药厂里邂逅的《花瓣雨》,禁不住热泪盈眶。

花瓣雨
就像你牵绊着我
失去了你
只会在风中坠落

是的,我始终在期待含着誓言的花瓣雨落下来,那不是坠落,而是牵绊,有这样的牵绊我才不会放弃,不会懈怠,不会失去可以高高放飞的理想和愿望。

# 追星

◎ 周华诚

《爱》

演唱者：小虎队

作词：陈大力　李子恒

作曲：陈大力

发行年代：1991年8月

作者简介

周华诚，作家，独立出版人，"父亲的水稻田"项目发起人。曾获草原文学奖等奖项。著有《春山慢》《寻花帖》《廿四声》《草木光阴》《草木滋味》《下田：写给城市的稻米书》等20余种与农耕、江南生活美学主题相关的书籍。

我的小学是在村庄里上的,后来便越走越远。1991 年,夏天还没有结束时我上了初中。学校在离家三四十公里的一个小镇上。虽然只是一个小镇,对于我来说,它已经是大地方了。小镇再远十几公里就是外省了,除了我们的县城,小镇是我去过的另一个遥远的地方。

暑假里,我临时抱佛脚学会了骑自行车,毕竟,学校够远的,如果步行的话,得好几个小时才能到。

我骑着父亲的永久牌二八大自行车去小镇上学。那所学校不错,用现在的话来说,是我们那里的重点中学。附近好几个乡镇的学生,必须成绩拔尖才有资格汇聚到这所稻田环绕的学校里念初中。除此之外,对 20 世纪 90 年代初,我并没有什么更深刻的印象。在浙江西南部的一个小县城,对于一群刚上初中的少年来说,生活几乎波澜不惊,无论村庄还是小镇,都显得格外宁静。

去小镇之前,我不知道什么叫"流行音乐"——我们村庄小学校里的老师既教数学、语文也教美术、音乐,他教我们唱过几首儿歌。上了初中,有一次音乐课,大学生音乐老师让大家轮流到讲台上唱一首歌,有位同学唱的是《两只老虎》。

为了提高我们的音乐素养,每隔一段时间,大学生音乐老师就会上一节"流行歌曲欣赏课",用他自己买的录音机让我们听歌,磁带当然也是他自己掏钱买的。我们听到了刘德华、郭富城,还有小虎队……

由于"听野"有限,刚开始听到那些歌曲的时候我们简直傻眼了,也说不上是不是好听。况且这样的机会不多,音乐课还常常被语文课、数学课挤占。音乐老师为此经常跟别的任课老师争吵,往往无功而返。有一次,经过激烈的争夺,音乐老师终于获得了胜利,把我们带到了音乐教室。

音乐教室位于一幢破败的"教学楼"里，其实就是一棵大樟树下两三间的平瓦房。磁带放进录音机时发出"咔嗒"一声响，音乐老师顿时回瞋作喜，他说这次听的是小虎队，希望大家能喜欢。

把你的心我的心串一串

串一株幸运草串一个同心圆

让所有期待未来的呼唤

趁青春做个伴

别让年轻越长大越孤单

把我的幸运草种在你的梦田

让地球随我们的同心圆

永远地不停转

…………

太好听了！班里的同学不禁欢呼起来。音乐老师赶紧用手势示意大家不要喧哗，并到走廊上观察了一下形势，才重新走进教室关好门。

"大家声音轻一点，不要让校长他们听到了，要不然以后就没有音乐课了。"大家安静下来，录音机的声音也被调小了。

"老师，能不能重新放一遍那首《爱》？"提出这个大胆要求的是班里的文娱委员，是教师子弟——她父亲是我们的班主任。

音乐老师欣然答应，他先是按下"暂停"键，然后便在"倒带"和"播放"键之间不停切换，当这首歌的前奏重新响起的时候，教室里鸦雀无声,大家全部凝神静气细细聆听。

> 想带你一起看大海说声我爱你
>
> 给你最亮的星星说声我想你
>
> 听听大海的誓言
>
> 看看执着的蓝天
>
> 让我们自由自在地恋爱
>
> …………

我们正处于懵懵懂懂的年纪,看到异性同学都不敢说话还会脸红,这种歌词简直叫人感到羞愧,"恋爱"这个字眼是我们平时无论如何都说不出口的。文娱委员却总是大大方方的,她比我们早熟,长得漂亮,生性活泼。

一遍结束,她恳请老师再放一次。

音乐老师一边倒带一边说:"这首歌是很好听,大家在这里听听就行了,出了教室门就不要到处传播了。"

那节课过得飞快,当音乐老师按下"停止"键说"下课"的时候,大家都依依不舍,久久不愿离开。

那之后,我们再没上过"流行音乐欣赏课"。音乐课照例常常被主科挤占,大樟树下的那间教室也渐渐变得陌生。而小虎队的歌曲,我只有路过小镇上的一家理发店时才可能听到,每一次我都会停下脚步把整首歌听完再继续前行。

初三那年的元旦文艺会演,我们班的文娱委员独唱了小虎队的

《爱》。我依稀记得她一边对着话筒唱歌，一边挥舞手臂做着各种舞蹈动作。舞台上的她光彩照人，悦耳的嗓音，洒脱的动作，加之公然唱出有关"恋爱"的歌词，简直叫人大感震撼。我们班全体同学都起立跟着打节拍，有的还一起哼唱起来。

这就是我关于小虎队的最初记忆。

后来，我去了省城读书。1995 年，我终于拥有了第一台"随身听"，我通过广播听到了刘德华、张学友、"魔岩三杰"、崔健、郑钧，听到了国外的迈克尔·杰克逊，但是不知为何，似乎很少听到小虎队了。小虎队，只属于我的初中年代。

直到为了写这篇文章搜索资料我才发现，小虎队在 1997 年便解散了。我又把那首《爱》搜出来听，还有耳熟能详的《蝴蝶飞呀》和《青苹果乐园》。感谢时代，现在想听什么歌随时可以在网络上找到。历经二十余载世事变迁，重听这些歌曲时我已不再激动，只剩惊讶——啊，原来当年的小虎队是这样的；原来当时他们的造型和服装是这样的；原来他们当时的手舞足蹈是手语……

出道于 20 世纪 80 年代的小虎队，是一代人的青春。2010 年的虎年央视春晚，小虎队时隔十三年再度合体，不复年轻的苏有朋、吴奇隆和陈志朋又一次比画着手语唱起这首《爱》，勾起了无数人的青春回忆。

据说，"追星"这个说法就是因小虎队产生的。小虎队当年从台北到高雄巡演，疯狂的粉丝骑着自行车一路狂追，齐喊他们的名字，火爆程度让媒体为之震惊，于是创造了"追星"一词。

　　距小虎队重聚春晚又过了一个生肖轮回,现在想想,上世纪90年代初的我们,在中国浙西南某个偏远的山野小镇,在一间稻田包围的破败的教室里,也算是追过星了。

# 人生负累　潇洒走一回

◎ 李知展

《潇洒走一回》

演唱者：叶蒨文

作词：陈乐融　王蕙玲

作曲：陈大力　陈秀男

发行年代：1991年10月

作者简介

李知展，1988年生，中国作协会员。在《小说月报·原创版》《中国作家》等刊物发表小说200余万字。曾获"紫金·人民文学之星"短篇佳作奖、广东有为杯小说奖。著有长篇小说《平乐坊的红月亮》、小说集《孤步岩的黄昏》《只为你暗夜起舞》等。

拾棉花是农活里少有的略具写意风格的活计。它不像夏粮抢收秋季抢种,都得心急火燎地出大力流大汗和日头风雨赛跑,棉花虽也怕风雨,可夏末初秋天气大多晴好。特别是到了傍晚,太阳像为持续了一整天的炎热感到不好意思似的,红着大脸,忽地异常温柔灿烂,夕阳的光线金水般漫灌流淌在天地间,触目红彤彤、脉脉温情。这个时候,吹着晚风,母亲就"率军出征"了,她率的"军"是父亲和我们兄弟,全家齐上阵,系着棉袋,在棉地里,一人一垄,拾棉花。

棉花如雪盛开,一春的心事经阳光曝晒,全都翻卷出来,只见母亲轻舒手臂,蜻蜓点水似的轻快地一捏,棉絮便源源不断聚到母亲手里。她拾得最快最好,一会儿腰间的棉袋就满了,站在地垄前,她遥遥领先,喊一声:"小展,倒棉花!"我便接过母亲的棉袋,倒进大袋子里。母亲系上空了的棉袋,继续拾取。整个过程里,有一分行云流水的美感。

当然,我们拾得就粗糙多了,常眉毛胡子一把抓,晒了一天的干棉叶触手即碎,叶子和棉花混在一起。母亲也不恼,平原辽阔,天地舒展,棉田如小规模的海,她是我们这艘家庭战舰上迎风破浪的船长,她心情好,允许我们小小地胡闹。

可我九岁那年的棉花,母亲却拾得况味复杂。

那年夏末,我们正在地里干活,远远地,被簇拥来一个女孩,仅从穿戴就可将她和灰头土脸的农人区分开来。待她到得近前,我才看清她笑盈盈白皙的脸,好看的眉毛轻轻挑动,问一声:"这是表哥吗?"父亲有点蒙,细问才知是他姨妈的女儿。这位姨奶嫁到相隔较远的市里,平常几无走动,可低的一方总对高高在上者怀有不切实际的热情，父亲曾带着土特产去过显贵的姨妈家几次。后来慢慢不去了，大约所遇皆冷。

望着从天而降的表妹，父亲笑逐颜开，攀谈起来，第一句话就埋下隐患："你看，表妹还这么年轻啊。"说着，扭头瞥了母亲一眼。母亲也就比她大了五六岁，可已被大小三个孩子缠着。新来的姑姑二十四五，娇小甜美，还像个大学生。

姑姑就在我家住下了，不说为何突然来这里。有时被问，她笑着看看你，说一句："我不能来走亲戚呀？"她那坦白快乐的表情，是裕如生活里才会有的天真晴明。她随我们下地，对各种庄稼都感到新奇。秋野花旺盛开着，棉花在枝头倒挂，红薯珠胎暗结，玉米珠穗斜挎……原野上，弥漫着成熟季节略带苦意的芳香，姑姑采着花，一路走来，满头野花，嘻嘻哈哈，出现在棉花地里。

可以想见母亲的惊讶——左右地里都是拾棉花的村人，觉得太出洋相了。

不怪她，她去过城里的棉纺厂，可没见过这样一片一片盛开的棉花，在这里，棉花是"活"的，呈现出丰收的动态景象；而在棉纺厂，棉花集中堆放，只是原料罢了。姑姑把拾棉花的围裙系在腰上，摘了一会儿，因为是初次尝试，带着新鲜的惊喜，把棉叶草枝也撸进去了。她嬉笑着，有些手舞足蹈了，引得隔壁地里杨老三家的两个儿子都抻着脖子往这边打呼哨。这就不好了。母亲黑着脸，埋头拾棉花。

到了地头，杨大杨二逗引着姑姑，去旁边地里，扒了花生和红薯，在沟里寻了树枝点火，烤红薯和玉米，还煨了豆子，一时间食物的焦香在平原上盘旋。我摘了很多秋野花，嬉笑着插满姑姑的头发。我们只管玩耍,顾不得母亲的脸色。

杨大杨二将食物讨好地奉到姑姑跟前,做着蹩脚的动作,争先恐后地逗着姑姑。吃完了,还起哄,让姑姑也表演个节目。姑姑拍拍手,站起来,长发披散,随着内心的韵律,身子在余晖里旋转,笑容金黄明亮,她说:"我给你们唱歌吧。"大大方方,她就唱了。

这画面我一直都记得,年轻的姑姑,美丽的姑姑,在布满坟包的棉花地里,在秋天明媚的阳光下,载歌载舞。这样的场景在 20 世纪 90 年代的乡村,电视上都很少见,可它就绽开在我眼前:

> 天地悠悠过客匆匆
>
> 潮起又潮落
>
> 恩恩怨怨生死白头
>
> 几人能看透
>
> 红尘呀滚滚痴痴呀情深
>
> 聚散终有时
>
> 留一半清醒留一半醉
>
> 至少梦里有你追随
>
> …………

她把上衣脱了,迎风而歌,此时夕阳如水,姑姑似乎是透明的,却又散发着光芒。我看呆了,感到一阵飘浮般的眩晕……她还在唱,叶蒨文、邓丽君、周慧敏、孟庭苇……她怎么会那么多歌,不羁的热烈的歌,婉转的细腻的歌,她在唱着。

　　那时候,豫东偏僻的农村里,外面发生的事情好像都与村庄无关,村民在封闭的环境里,虽落后而蒙昧,却也麻木和温暖。不出意外的话,我们也许将会重蹈父辈的活法,可是,姑姑的到来,使原来坚固的这些,都轻飘了。我们知道,除了这个地方之外,还有另外一个世界,并且,那个世界像姑姑一样,是美的。而美,是有破坏性的。

　　我远远地看见,母亲在棉田里也停住了手里的动作,脸上呆呆的,甚至有一些说不清的委屈和惶惑,盯着姑姑唱歌。

　　那个晚上,吃了饭,母亲在院子里,用一种说不上来的冷静或者说是冷漠的眼光打量着家里矮小破败的房子——小小的窗、浑浊的炊烟、脏兮兮的家禽、圈里嗷嗷叫的猪……狭隘、贫困、窘迫,看不到光亮日复一日单调灰暗的重复……然后,她看着头顶的天,黑魆魆的,那么苍茫、辽远。她的眼里有一种恍惚。

　　我们才知道姑姑是不满家里给她订下的婚约,对方是某系统前途光明的科员,可他矮、胖、长相和做人做事都一板一眼,无趣又呆板。姑姑有喜欢的人,可门户低,家里不同意。已经拖了两年多了,眼看她二十四五了,科员又要提拔了,家里不愿错失佳婿,由不得她胡闹,强定了婚期。婚礼越来越近,她跑了。

　　姨奶寻遍亲戚,才想起还有这么一门乡下远亲,她带着家人,浩浩荡荡地,要将姑姑"缉拿"回去。

　　姑姑临走的前几天,秋日高远,天空碧蓝,我们刨着花生,说笑着,间或剥一枚汁液饱满的鲜花生,嚼一嚼,一股香甜弥漫在唇齿间。呼啦啦飞过一群候鸟,抬头去看,直到那"人"字形的大雁最后变成一个黑点,再到消失不见,被鸟飞过的天空留下大片空白的湛蓝。姑姑看了很久,忍不住说:"云真高。"低下头,又说:"我要走了。"近乎自言自语,我还是听到了,瞬间难过了一下:"你去哪里,也像它们一样飞走吗?"她没回答,只望向云朵,天空的那些蓝色都倒映在她的眼中,像两汪蓝色的湖泊。我也学姑姑那样,眺望辽阔的远方……

姑姑走后,我在深秋的原野上遇见过一株野油菜花,菜叶巨大,支脉发达,呈大起大落纵横捭阖之态,是收获后萧索的土地上最后一个饱满悍气的笑容。骄傲狂野,却又法度凛然,不容侵犯,秋蝶亦不敢轻易接近其风情。时令已是白露,而它仍然逆着节气,浑身上下浸透了生命的意志,生长得完全不管不顾,花开勃勃,大气、从容,给茫茫原野平添最后一抹韧性的生机。我想,有的人就像这深秋辽阔而肆意的花朵,虽然偶有叛逆,到最后,还是抗不过命运和节气。

我长大后,离开家乡,在岭南漂泊、定居,听遍了叶蒨文的歌,也看了不少她出演的影视作品。《喋血双雄》里的叶蒨文,真好看,柔弱又倔强;《潇洒走一回》的旋律一起,我就想到姑姑。姑姑还是如期结了婚,听说夫妻俩常吵架,天性快乐的姑姑婚后很少笑了。可姑姑仍过得优越,谁又能说清楚盘根错节的对错呢?

姑姑的到来和离开,不过如一片涟漪,我们春种秋收四季忙碌的日子还要重复下去,父亲也不再显摆姨奶一家来"捉拿"姑姑时带的高档烟酒。我们都以为已忘了姑姑制造的这一段插曲,有天放学后,我去地里找母亲。父亲去建筑队做泥瓦工了,地里就母亲自己忙活。远远地,我听见母亲在罕见地哼着歌,断断续续地,竟然是姑姑唱过的那首《潇洒走一回》。

岁月不知人间多少的忧伤

何不潇洒走一回


哼到这里,母亲怔了一下,停下来,叹了口气,继续刚才的活计。

我躲在后面的庄稼稞里,那一刻,不知道为什么,就想哭一哭。

# 焚心以火的少年

◎ 月关

《焚心以火》

演唱者：叶蒨文

作词：黄霑

作曲：顾家辉　黄霑

发行年代：1991 年 10 月

## 作者简介

月关，网络作家，中国作协会员，辽宁作协副主席。2006 年至今已创作长篇小说3500 余万字，代表作《回到明朝当王爷》《青萍》《夜天子》《逍遥游》《锦衣夜行》《步步生莲》等。多部作品已出版实体书并被改编为影视剧、游戏、动漫等。

我喜欢的歌,多为影视歌曲。也许是因为那些歌都会有一个完整的故事在里边,而你回想起它的时候,更有种种画面挥之不去。

其实从小到大,我听过许多歌,也记住了许多歌,更喜欢了许多歌,当然,还是以影视金曲为主。

其中每每前奏一起,就叫我伫步凝神,回味无穷的好歌,有《沧海一声笑》《流光飞舞》《长路漫漫伴你闯》……

我不挑歌手,只认歌。而且我执着地相信,金曲银词。所以,我不执着地喜欢某一个歌手,也不专注于某一个歌手的歌。要曲子好听,我才喜欢。当然,绝佳的词以及最适合的演唱者,肯定是让这首歌完美的关键。

在我的青葱少年时代,给我留下最深刻记忆的,直到如今只要想起抑或听到,心中依旧回味无穷的那首歌,是张艺谋、巩俐版电影《古今大战秦俑情》的主题曲《焚心以火》。

这首歌既缠绵悱恻,荡气回肠,也如金戈铁马,恢宏厚重。

当它的前奏响起时,我的脑海中不禁浮现出那大气磅礴的秦皇陵前,蒙天放只马独剑的英姿,想起 1994 年版《三国演义》中关云长的扮演者陆树铭所扮演的秦始皇那睥睨天下的霸气形象。

焚身以火

让火烧了我

燃烧我心

颂唱真爱劲歌

…………

　　叶蒨文一开口，影片中韩冬儿与蒙天放三世情缘中感人的一幕幕，便再次跃然眼前。

　　第一世，宫女冬儿在宫中接雨水奏乐，蒙天放闻声舞剑，初缔情缘。二人初尝禁果，被以欺君之罪赐死。冬儿遭受活刑，临死前将她得到的长生不老药通过亲吻，度入蒙天放口中，蒙天放被糊泥制成兵马俑。

　　第二世，民国年间，冬儿转世的三流影星随着失事飞机撞进地宫，蒙天放睁开已闭了千年的眼睛。

　　第三世，长生不老的蒙天放成为兵马俑坑内的一名修补技工，他站在兵马俑间，蓦然回首，看到第三世轮回，化身游客的冬儿与其四目相对，一时痴然，宛如一尊兵马俑。

　　看到那里，我也痴然了。

　　在那个年代，看电影是不清场的，而且也不按票上的座位坐，随时买票，随时入场，可以循环观看。半路进场没看到前半段的人，就可以一直等着下一场，把前边看了，就像录像厅一样。

　　当然，看一遍就够了，很少有人会花时间反复地看。但是这部片子太吸引我了，我就一连看了两遍，走出电影院的时候，依旧心潮澎湃。

　　那时我刚刚参加工作，单位用的电脑是 BTOS 系统——现在已经淘汰了的一种操作系统。我曾利用那台电脑的文档软件，写过一篇长长的观影感想，不是上学时老师交代的任务，完全是心情难以平复的情况下自发的行为。

　　只是这种系统与现在通用的电脑系统不兼容，我也不懂更高明的转换方式,这篇文章终究是找不回来了,就如我逝去的青春。

那种情绪,离不开这首让我感动到想哭的音乐。我记得我在写那篇影评时,脑海中就不断回响着这首歌。等后来,我还专门利用电视上播放影视音乐集锦的机会,把它录了下来。

当时,我家没有这样的条件,是我看到预告,拜托一个同学在他家里录下来的,卡带上还有好多首影视音乐,都是我喜欢的,而《焚心以火》是我最喜欢并且反复去听的一首。

当时我还不知道它的词曲作者是谁,其实如果有心,自然查得到。

但是像这样附着在影视剧里的歌,我们通常不会去注意它的词曲作者是谁,包括编剧和导演,而是更直观地关注其中的演员。

直到很多年后,我才注意到,这首歌的曲作者是顾家辉,词作者是黄霑;我还发现,很多叫我喜欢、叫我动容的音乐,都是这两位天才联手创作的。

写到这里,我又情不自禁地打开音乐,找到了这首《焚心以火》。


人不顾身

让痴心去扑火

黄土地里

活我真挚爱的歌

…………


这是一首有画面的歌,有感情的歌,有回忆的歌。

这首歌里,有我憧憬的爱情,有我喜欢的人,联动着我少年时期无尽的回忆。

这首歌与它该配有的画面，都是那般唯美。

《焚心以火》获得了 1990 年度"十大劲歌金曲"第七首总选得奖歌曲，同时获得最佳作曲奖、最佳编曲奖以及那年的金曲金奖。

我不是想以此来证明这首歌的优秀。关于这部影片实则褒贬不一，有人说它深度不够，有人说在特效上显得粗制滥造。

但就影片的情节以及画面和特效来说，在我眼中，在我的记忆里，在那个年代的影片里，它是最优秀的。

《焚心以火》乃影片的点睛之笔，这首歌则被这部影片赋予了叫我终生难忘的情绪。

三十多年前的这首歌，只要响起它动人的旋律，我就感动不已。

《焚心以火》点燃了我心中的一团火，随着岁月的流逝，我已不复当初少年时代的激情澎湃，但这团火在我心中从未熄灭。

母女的心事

◎ 郁雨君

《红茶馆》

演唱者：陈慧娴

作词：周礼茂

作曲：M.Aoi K.Senke

发行年代：1992 年 3 月

作者简介

郁雨君，小读者心目中的辫子姐姐，儿童文学作家，中国作协会员。曾任《少女》杂志主编、《少年文艺》杂志副主编。创作都和成长相关，著有"辫子姐姐心灵花园"系列丛书等百余部作品，曾获陈伯吹儿童文学奖、大众喜爱的 50 种图书等奖项。

红——茶——馆,实在是三个很好的字碰在了一块,勾勒出了一个色泽流动、暗香酽酽的场景。三个有意味的字碰在了一起,就像三个好看的碗"叮叮当当"碰在一块,有形有色,相映成趣,情景交融。

情景交融会生出音乐来,真的有一首叫《红茶馆》的歌。很久以前,这首歌飘荡在城市的空气里,让暗藏心事的女孩向往着那个从未见过的抒情加美丽的地方——红茶馆。陈慧娴的嗓子酽酽得动听,清脆得耐人寻味,好像用指甲轻轻弹弹瓷杯里满杯的清茶,杯里的红微微荡漾,在茶的香气里,一点一点地化开去了。

> 爱意我眼内对你在呼唤
>
> 怎么竟不知道杯中吻铺满
>
> 似你这般
>
> 未领会心中爱恋
>
> 惩罚你来后半生保管
>
> …………

红茶馆里,一个有点黯然的女孩,面对暗暗欢喜的男孩,惴惴、柔柔地探问着,带着好像有点漫不经心的口气:"听说,你有朋友了?""没有!""怎么信呢?"……影影绰绰的背影里,茶叶暗香浮动,女孩亮晶晶的眼睛闪烁着,盛着满心满怀的期待,一不小心,就要溢出来了。她一小口一小口抿着茶,有点心不在焉,话头一点点地挑起了,一点点不露声色地进入。红茶馆是这样吻合的一个爱情场景,半明半暗,欲说还休。女孩俯下脖颈,浅浅喝一口由浓渐淡的茶,再抬头看他一眼,爱意却渐渐变浓,她不安着,害羞着,表面上又若无其事似的,真真微妙得有趣哩。

美丽恍惚的《红茶馆》,渗透了我十九岁的心怀,更向往的是红茶馆里,女孩终于拥有了一个豁然开朗的圆满结局。

唱歌的陈慧娴背着双肩包,东渡去了日本。红茶馆在歌声飘过以后真的降落到我们的城市里,一片片,好像秋天里的红叶子纷纷扬扬。

"茶馆"实在是个有点古旧的词,好比陈年佳酿,在很年轻的心里,变得有分量、有感觉,况且又是这样浓的色泽,红茶馆古旧得新鲜。

妈妈和女儿走过茶馆,脚在鞋里胀胀的,女儿说:"我们进去喝茶吧。"妈妈有些迟疑。"在家里喝茶和在红茶馆里喝茶不一样的呵。"女儿再推推妈妈的肩。妈妈别别扭扭坐了进去,看看桌子上的价目表,吓一跳。"在家里喝茶,不用花一分钱的,只要我把水烧开就行了。"妈妈说着,看看四周,人坐得满满的,男孩女孩们哈哈地笑,声音一波波地涌来,像茶壶里续不完的水。妈妈想:这是年轻人的茶馆呵。

妈妈想起小时候,被爷爷抱在膝盖上,坐在湖边的茶馆里,四方桌、长板凳磨得发亮。茶叶可以自己带,爷爷的茶壶要放上半壶的茶叶。她学爷爷的样子,凑在壶嘴上抿了一口,苦得她眼泪都冒出来了。幸好桌上有一小碟五香豆,咬了几粒小豆豆。她觉得实在没劲透了,一溜烟蹦下地去,自个回家了。

妈妈一直认为茶馆应该是老人的,在影影绰绰的水汽和人影里,高一声低一声地咳嗽,有一句没一句地闲扯,或者,脑袋一低,干脆打起盹来。可是老人们一个个走了。老人的茶馆也在乡镇一座座消失。现在的茶馆给搬到城市里来了,样子变了很多,倒开得很兴旺。那些新新的桌子和椅子,做成从前的样子,漆上暗暗的颜色。有时候事情真的很奇怪,老的在渐渐隐退的东西,大家都对它熟视无睹,新的一茬东西,却费尽心思做出很老的样子。

女儿是欢喜的,她的脸上有一点点的矜持,抑制不住好奇,俯下身子啜了一口又一口,再拿眼瞄瞄四周喝茶的人。好多看上去比她大一点的男孩子女孩子,大概也走累了,脱下衬衫或外套扎在腰间,松松地打个大结。他们双肘支在桌子上,或者把手掌摊开在桌布上。女孩想:下回等考试结束了,我也有了一个理由,再来这喝一次红茶,叫上好朋友——她老是会为未出来的分数忧心忡忡。我叫上一壶茶,开导开导她,什么也不要多想,笃悠悠坐着,漫无天际地吹牛,或者走神。

妈妈和女儿,面对面坐在临街的窗边,坐在暗红色调的茶馆里,想着不同的心事。墙角边有一盆深绿色的观赏植物,妈妈用手去捏捏,是真的叶子。女儿浸在半透明的心事里,一会儿欢喜一会儿叹息。茶馆里有一种浪漫的安静,因为有了一些忽隐忽现、忽高忽低的人声,女儿觉得不声不响的自己,可以更安静地藏在这里头。

"安静"是一个有点老的词语,它和杯子里的红茶一样,清澈、沉着,也很绵长。这样的时刻,要把它好好含在嘴里,就像细细呷着一粒话梅,不可以连核带肉吞下去,只有这样味道才会一点点品出来。

你看,细细碎碎的红茶末在透明的壶里飘飘扬扬落下来,水的颜色酽红起来。红茶馆的灯光在暮色中发亮,照着街上的车辆、不远处的行道树,和一张张半明半暗的脸。

女儿有点微微虚度时光的奢侈感。她喜欢这种感觉,也许,这就是那种叫作情调的东西吧,算不上深刻,可是很美丽。

# 何必硬汉

◎ 刘健

《水手》

演唱者：郑智化

作词：郑智化

作曲：郑智化

发行年代：1992 年 4 月

## 作者简介

刘健，科幻、科普作家，天津市科普作协副秘书长，中国文艺评论家协会会员。《科幻立方》常驻作者。曾获中国科普作家协会优秀科普作品奖、全球华语科幻星云奖。著有《映画传奇：当代日本卡通纵览》《电玩世纪：奇炫的游戏世界》等。

曾几何时，还是"祖国花朵"的我们，可以连续两个礼拜不吃早饭，只为省下每天五角的早饭钱，攒起来去买一盒流行音乐的磁带——当然，能这样做的前提是我们那个时候上学不需要父母接送。

时光荏苒，同龄人已经陆续步入不惑之年，"80后"不再作为一个标志着特立独行的标签。我们既不是年长者口中的问题青年，也不是年少者倾慕的对象，余下的只有"油腻大叔""齐天大剩"等略带贬义的称谓。

然而，在我们的印象中，金庸、古龙、梁羽生的武侠江湖还历历在目，周润发、周星驰、成龙等人主演的娱乐片似乎还残存在某个偏僻的录像厅里，郑少秋、欧阳震华、古天乐出演的电视剧集依然会在每晚9点出现在电视荧屏……还有与我们同龄的"文艺青年"代表——《花季雨季》中的"好孩子"郁秀、《三重门》的"坏孩子"韩寒，他们的青春与痛仍旧那么真切。

现实中，这样的精神"体感"是无法言说的，因为会被其他年龄段的人嘲笑为"矫情"，甚至会招致个体的"社死"。这就是绝大多数"80后"尴尬的精神生态——当我们还没来得及品味"成长"的时候，就已经被宣判为"社会性衰老"。而在一个消费主义盛行的年代，"老"是比"死"更可怕的标签。

何以解忧？老歌或许是最大公约数。必须承认，对于"80后"来说，听歌的是大多数，懂歌的是极少数。对于当时的我们来说，听歌不过是打发无聊时光的一种手段罢了，无论歌词是普通话、粤语、闽南话抑或是日语、英语，本质上来说都无甚区别。现在想来，如此挥霍宝贵的青春时光，又岂是"罪过可惜"四个字可以言说的？

就算是曾被看作"下里巴人"的流行音乐，终究也是精神产品，对于那时候我们不甚开化的小脑袋瓜来说，也能产生足够的震撼。

20世纪八九十年代的台湾文化界总给我一种放不下身段和架子的感觉，即便是流行音乐也隐隐地要寻求一种高级感，要"载道"，远不如香港流行音乐来得纯粹、接地气。但《水手》是个例外，郑智化将非常接地气的词曲演绎出高级感，哪怕几十年后再听还能有回甘之感，在当时实属难得。

《水手》是一首非常朗朗上口的歌，只要听上几遍就能随口哼唱，几乎不需要花什么力气来学。而且，因为旋律简单，没有过多变化，非常适合清唱。毫不夸张地说，当年正是这首歌在众多需要被动展示"才艺"的场合，拯救了身患"幼年期社恐症"的我，我因此获得了站在众人面前，应对众人目光的信心。

当然，简单并不意味着平淡，更不代表肤浅。这首歌的内涵首先来自其演唱者郑智化的人生经历。作为一个自幼因患小儿麻痹症只能用拐杖代步的人，作为一个土木工程专业的毕业生，他的人生本应与音乐创作无缘。但因为伯乐的赏识，他最终在二十六岁"高龄"出道，1992年凭借在央视春晚上演唱《水手》而火遍大江南北，他的故事同时借由那个年代的话语体系让他成为"身残志坚"的励志传奇。郑智化作为一个创作型歌手，论传唱度，他的作品能与《水手》比肩的寥寥无几。正如他在告别演唱会上所言："我最不想唱的就是《水手》，但不唱《水手》我就不是郑智化。"

郑智化之所以不愿唱《水手》这首成名曲，大抵是因为其中包含了他太多的生活艰辛——儿时因为身体残疾而受到同龄人的霸凌，成年后则因工作不顺陷入深深的自我怀疑，即便是因《水手》走红于华语乐坛，也难以撕下"残障歌手"的标签。直到三十八岁急流勇退后，他才终于找到身心的平静。这几乎就是《水手》三段歌词的"现实翻版"。

有人说，正是因为身体不好，尼采才更加憧憬"超人"。这其实是搞反了事件发生的前后顺序。而或许是孟老夫子给了我们这种"错觉"，所谓"必先苦其心志，劳其筋骨，饿其体肤，空乏其身，行拂乱其所为，所以动心忍性，曾益其所不能"只不过是"天将降大任于是人"的必要不充分条件。在这个平凡的世界里，要获得所谓的"成就"，需要太多偶然的外部条件加持，还要一分不差地把握时机。这其实都不是靠人力所能精算的。所以，对于大多数人来说，能够小有所成已是万幸。而豪情万丈抑或是与其基本等价的好高骛远，对于任何年龄阶段的人来说，都不见得是一种好的心理状态。

"80 后"已经并将继续被人生所"鞭挞"，社会阅历告诉我们，歌中吟唱的水手可能从未真实存在过。曾经年少的我们以为，水手所代表的是浪漫的远方，是能够获得内心宁静的港湾，是我们奋进的动力。当我们有能力去到远方，才发现那里不过是别人待腻的地方罢了，直到不惑之年才终于明白，当年歌里唱的水手并不是帮你遮风挡雨的强健臂弯，因为那滔天巨浪其实就来自你内心的怨念和渴望，而水手只不过是你在不愿面对这些事时臆想出的傀儡。所以，与其奢望别人来为自己遮风挡雨，不如好好学学无欲则刚的道理。

谁知道呢？

至于《水手》，确是一首激励了无数人的歌，理应继续传唱下去。

# 我们的姐姐

◎ 韩浩月

## 《姐姐》

演唱者：张楚

作词：张楚

作曲：张楚

发行年代：1992年6月

### 作者简介

韩浩月，作家，文化评论人，影评人。散文作品见于《散文》《财新周刊》等刊物。曾任上海电影节、上海电视节、华鼎奖等影视奖项选片人、评委，百花文学奖获得者。著有《世间的陀螺》《错认他乡》《座无虚席》《我要从所有天空夺回你》等。

　　你能相信吗，张楚五十多岁了，"70后"一代，也纷纷奔五了。当五十多岁的张楚站上舞台，被台下的年轻歌迷要求唱《姐姐》的时候，总有年龄大一些的歌迷感觉别扭——求求你们，别让张楚唱《姐姐》了。本来面相就显老的张楚，早已不是当年那个看上去楚楚可怜的小男生，他再唱《姐姐》，"70后"听众非但不会泪流满面，反而会觉得有些尴尬。张楚曾经因为被反复要求唱《姐姐》而变得脾气暴躁，发誓再不唱《姐姐》，但结果怎么样？一直到今天，他还是需要唱《姐姐》才能让台下的观众躁动起来。

　　忘记了1992年的冬天有没有雪。北方的冬天如果没有雪，会很奇怪。但记忆里恰恰有几年冬天，是没有下雪的。《姐姐》第一次公开发表，是1992年6月被收录于《中国火》当中，第一句歌词就是"这个冬天雪还不下"。这导致许多年当中，我固执地认为，1992年的冬天没有雪。

　　无雪的冬天是干燥的，脸上和嘴唇上，时常有沙光顾之后留下的味道：涩与苦。风顺着衣袖和裤管钻了进来，把仅存的一点点暖意带走。有些大的衣服因此显得更为宽大，宽大到像是无衣在身，让人觉得羞耻。每每看到旷野里有一株孤单的树，这种莫名的耻感也会油然而生，对此感受，张楚用另外一首歌讲述过——《孤独的人是可耻的》。

　　不下雪的冬天，是一切悲剧的开始。喝醉酒的父亲一头栽倒于门槛后面再也没有醒来，而前一分钟他还试图挥舞拳头想要教训院子里的空气；姐姐的房间在黑暗的乡村洁白耀眼如同天堂的模样，可屋里的芳香，终归没法涤荡猪圈与臭水沟里飘来的味道。她嫁给了"侮辱她的男人"，看上去"挺假"的，不是她那穿过人群走向田野的弟弟，而是她的强颜欢笑。

张楚有一个他在歌里唱过的亲姐姐吗？2021年秋天,我在搜索引擎输入这样的问题,但最终还是删掉了,没有按下回车键。这样的问题,同样没法去问海子。

1987年张楚离开西安,成为一名北漂,长期混迹于北京师范大学宿舍,和中文系的朋友们挤住在一起,他最重要的歌都写于这一时期。那时候他还不像成名后那样寡言少语,甚至可以说有点活泼,他会在课间的时候闯入教室走上讲台,对还没离开的人说:"我又写了一首新歌,现在想唱给大家听,愿意听的朋友可以留下。"

《姐姐》的首唱,就是在北师大的教室里,时间大概是上午,听众大多是女生——那一刻她们都变成了张楚的姐姐。没人知道,一首能代表时代心跳的歌,就那么简单、轻松地被唱了出来。当时教室里的一位女生,名字叫"丽丽"(一个多么标准的姐姐的名字),她说她极为同情这个瘦小的男生,她也说听到这首歌后心跳很温柔。

张楚被封印在了20世纪80年代末期某个年份的某个上午,像是一段颂歌,更像是一段诅咒。因为抑郁,他于2001年逃离北京、逃回西安——西安是他回不去的家,硬要回,那是因为,没有比这哪怕再好一点点的选择。

2021年我在电视上看到张楚,除了瘦小之外还增添了苍老,并且一如既往地与周边环境格格不入。

一首写姐姐的歌,父亲却占了很重要的几句歌词。

我的爹他总在喝酒是个浑球

在死之前他不会再伤心不再动拳头

他坐在楼梯上面已经苍老

已不是对手

在流行歌曲当中，如此公开向父权宣战的作品几乎没有，哪怕同时期堪称摇滚的黄金时代，也少有作品批判父亲，《姐姐》对父亲"宣战"，让不少看不惯父亲的少年握紧了拳头。

对姐姐有几分温柔，就对父亲有几分仇恨。作为权威、暴力、愚昧的代名词，父亲和儿子终生不能和解，是一群人的心病。而张楚在歌里喊出的那句"已不是对手"，高昂当中流露出某种骄傲，也带着几分失落。父亲的失败，并不意味着儿子的胜利。父亲以悲剧的方式去世，儿子离家出走，这场战争中，没有胜利者。

你真的以为，《姐姐》是唱给姐姐的吗？如果仅仅是歌颂姐姐，张楚的这首歌不会有如此强大的穿透力，在今天仍然会让人感到失落与悲怆。他歌唱的，其实是一个人走在苍茫的世间想要回家却"无家可归"的无奈；他歌唱的，同时也是一个人疲惫不堪、无比困顿却找不到躲避与休息空间的凄凉。

姐姐的温柔是一个消失于远方的符号，而坐在楼梯上的父亲的形象则稳固如雕塑，仿佛预示着一个同样也变得苍老的儿子的命运。

张楚回故乡，曾经在父亲坐过的楼梯上尝试坐下吗？老房子与院子已成废墟，那种"田园将芜"的愁绪会给一个儿子本已柔弱的内心带来重重地一击吗？

汪峰的《北京，北京》与张楚的《姐姐》有种天然的呼应感。

我在这里欢笑

我在这里哭泣

我在这里活着

也在这儿死去

我在这里祈祷

我在这里迷惘

我在这里寻找

在这里失去

哦　姐姐

我想回家

牵着我的手

我有些困了

如此接唱，给人一种无缝衔接之感。

走在故乡的街道上，我成为一名新的陌生人。车水马龙里，没人认识我，我也不认识谁。恍惚间，我成了贺知章。贺知章有姐姐吗？有人给贺知章写下这样的句子吗——"这是一个无雪的冬天，寒风比雪来得还要快。"想到这个有点无厘头的情节，我不禁表露出属于少年的那种微笑、呆傻、痴愣。

没有姐姐的故乡，算不得真正的故乡。有了姐姐，你会带着眷恋和歉疚回来。那些年，姐姐像晴朗的天空，给你阳光与云朵、芳香与洁净。姐姐在岁月里一天天苍老，而你一把年纪内心仍然宛若少年。

你所能记得的故乡的美好，一半由姐姐构成。如果你有姐姐，你会对她说一句什么？说年少的自己，像个浑球吗？

作为大家庭里的大哥，我的弟弟、妹妹、堂弟、堂妹、表弟、表妹加在一起，有近二十人。"哥哥"和"姐姐"在大家族里完全是不同的风格、不同的分工，大哥是威严的，言出必行，是可以信任和依赖的；而大姐，则是温柔的、宽容的，同样是可以信任和依赖的。

所幸，张楚的《姐姐》使我一直有种错觉，觉得可以真切地体会到有一个姐姐在前面走着的踏实与温暖。张楚的《姐姐》，也是我们这一代人的姐姐，她的存在，填补了我们精神疆域里那片空旷、粗糙、荒凉的部分，她是我们心目当中一片永远宁静的海。

和窦唯聊过的天

◎ 杜梨

Don't Break My Heart

演唱者：黑豹乐队

作词：窦唯

作曲：窦唯

发行年代：1992 年 12 月

作者简介

杜梨，"90 后"作家、译者，作品见于《人民文学》《花城》《西湖》等，曾获香港青年文学奖、"《钟山》之星"文学奖、"澎湃·镜相"非虚构写作奖。著有短篇集《致我们所钟意的黄油小饼干》、长篇小说《孤山骑士》，译有《白日梦》等。

十六岁,我第一次听 *Don't Break My Heart* 这首歌,黑豹、唐朝、许巍和"魔岩三杰"开启了我后来长达十余年的国摇之旅,去音乐节、看演出、买专辑、做采访,等等。

十八岁,我在一部电影里听到这首歌,郭晓东坐上大巴,郝蕾坐上火车,两人去往不同的地方。栾树弹的键盘前奏配合着窦唯的人声,奏出一种新生的又无可奈何的希望。

十九岁,我在桂林见到了窦唯,跟他聊了聊天,那时他还没有被自媒体搞得天花乱坠。我没心没肺地对他说:"可能是我们现在还年轻,还是觉得您《黑梦》和《艳阳天》这两张专辑好听。"他听了之后,沉默不语。

二十九岁,我考进了那部电影所提到的颐和园工作,看到了很多常人看不到的景致,扫了扫万寿山,跟游客斗智斗勇。

很多年过去了,很多事都变了,但这首听了几千遍的 *Don't Break My Heart* 永远是我的最爱。

窦唯早已和黑豹、"魔岩三杰"的时代做了割裂,我也一直在听他2000 年后出的多张涵盖"世界、时事、气候、灾难、国学、认读、山野、抗疫、儿童、启蒙"等多个当代中国主题的即兴仙乐专辑。但我依然觉得,这首歌还是窦唯唱得最好,那种虽然伤感但意气风发的劲,只属于 20 世纪 90 年代的窦唯。在我心里,它足以匹敌 1983 年英国摇滚乐队 The Police 发行的 *Every Breath You Take* 和 1987 年爱尔兰摇滚乐队 U2 发行的 *With or Without You*。同为乐队主唱,Sting 拨动低音提琴时严肃的神情,Bono 背琴吟唱的那种坚定,窦唯在 1992 年的 MV 里也同样表达了出来。

*Don't Break My Heart* 现在有两个官方版本的 MV，在香港录制的版本是讲一对情侣吵架又和好的故事，大致表现出了歌曲的主要内容，只能说是中规中矩。相形之下，内地版的 MV 就有意思多了。窦唯靠着长城垛口，戴着白色棒球帽，穿着黑色暗纹小马甲在唱歌；乐队成员开着一辆吉普 212 和一辆挎斗摩托车与之擦肩而过。挎斗里坐着后来成为柏林影后、键盘手栾树之妻的咏梅，她身着白纱，头发微卷，回眸一霎，莫失莫忘。咏梅在采访中提到，她和栾树是在火车上偶然相识的，之后她便被其邀请拍了这支经典的 MV。

整首 MV 的气质非常好，充盈着 90 年代那种游荡的、不可言说的朦胧美。窦唯在大风天扬起的乱发、迷惘的眼神、颇具力量的演唱，与咏梅静默的白纱、若即若离的身影之间形成一种奇异的张力，似乎永远存在着芝诺悖论和量子纠缠。高潮部分的"独自等待，默默承受，喜悦总是出现在我梦中"和上述两首经典摇滚中的"How my poor heart aches, with every step you take（你离去时跨出的每一步我有多伤心）"以及"And I wait without you，with or without you（没有你我独自等待，我若即若离）"这两句有异曲同工之妙，都暗含着一种祈祷和恳求。是不是说，爱情这杯酒，谁喝都得醉？

值得一提的是，乐队去长城拍摄的这段素材也被用在《无地自容》的 MV 里，只能说长城太过美丽，无论怎么拍都有种意犹未尽的野性美，明长城的壮阔秀美举世无双。《无地自容》中出现了黑豹乐队在故宫城门前表演的画面，唐朝乐队的《梦回唐朝》MV 也不甘示弱，用古庙、白马、戈壁、石窟等营造出对开元盛世的向往。说来也巧，就在黑豹和唐朝推出各自专辑这一年，我也出生了。

90 年代初，一切都有种向外冲的劲，在西方的皮衣墨镜与金属乐的影响下，中国摇滚乐要怎样表现出本土的美丽，更完整地表达自我呢？如今看来，唐朝乐队的丁武在《梦回唐朝》中的京剧念白，黑豹用 *Don't Break My Heart* 吟唱出的独特的东方诗意，中国摇滚人早期的探索弥足珍贵。

> 也许是我不懂的事太多
> 也许是我的错
> 也许一切已是慢慢地错过
> 也许不必再说
> …………

年轻的时候，恋爱中的浪漫与痛苦是相伴相生的。当双方冷战时，总会想到"独自等待，默默承受，喜悦总是出现在我梦中"。独自等待是一个与自我较量、与回忆斗争的痛苦的过程，喜悦出现在梦中又万分伤感，因为醒来发现，不过又是一场游戏一场梦。一旦听这首歌，我就能感受到"Don't break my heart"已是不可能——每当祈祷一次，每当独自等待，每当默默承受，心就已经碎了。

这么多年，我一直是窦唯的粉丝，买他的专辑和电子专辑，也看着他从二十多岁的长发、寸头到了我见过的光头、地铁上梳着丸子头的中年人。总有人在惋惜美人迟暮，看窦唯从年轻时的英俊瘦削、意气风发到现在貌似颓唐、发福沉默，又因"他不再开口唱摇滚"而叹息。先不说"摇滚与否"是否有些狭隘，如果你听过窦唯后来这 94 张专辑，就会发现他那份摇滚的态度永远都在。摇滚的意义在于对世界的各种情貌与声势做出反馈，表达抗议的同时递出良药，以独特的方式治愈人心。

人可以有喜欢长卷发、穿皮衣紧身裤铆钉皮靴的青春，可以有换上藏蓝色棉布中山装、布裤子和运动鞋，骑着小电驴的舒适中年。一向对别人的评论高度敏感的窦唯，可以不再为媒体那显微镜般的聚光灯和扭曲的唇舌而焦虑不安，在五四大街上骑着电动车买早餐，面对着人潮人海已经不再慌张，他掌握了时代逆流的真正法门。

2012年的"十一"假期，我跟我妈说要去桂林山水音乐节看窦唯。那时他很少出山，我一定要去。我妈查了票，发现从北京到桂林只有绿皮硬座火车，二十八个小时。我立刻说，就它了。我妈看我很坚持，不忍我太辛苦，特意赠了我一张从桂林机场飞回北京的机票。也正是这张回京机票，让我偶遇了窦唯。

回京那天早晨，我们恰好同一班飞机。他在我前面安检，头皮光亮，穿着常在新闻上出现的那件半袖套长袖，后背被汗微微濡湿，整个人十分干净。而我披着头发，戴着小蓝眼镜，穿着粉长袖上衣和牛仔裤，一双人字拖，还不懂什么穿衣打扮，更不知道会遇见偶像。

虽然激动万分，但始终不敢开口搭讪。这时，他突然转过身，对我说："您好，我这里一会儿有八个人，能不能跟您这插一下队？"

我心里想，我当然知道您这有八个人，那是您的乐队。我欣然应允，并借此跟他说："我是特意从北京坐了二十八个小时的火车来看您的。"

他很吃惊，也很感动。他跟我握了握手，祝我生活顺利，学业有成，并主动排到了队尾。

进了候机大厅，也不知是谁给我的勇气，我走到他候机的座位，主动提出："能跟您聊聊吗？"

经历了那么多事以后，窦唯非常避世，对于外界的探究谨慎小心。大概是看我又傻又诚恳，他温和地答应了。我坐在他身边，他问了我一些家长里短，我问他为何这十年不常出来演出以及对他影响比较深的音乐，诸如此类，他都一一作答，并在谈话结尾再次跟我握手。之后，他和同伴去洗提子，还给了我一串。毫不夸张，那是我吃过最香甜清爽的提子，估计是有机的。

我去拿行李，他也站在那，问我："您也有行李吗？"

我说："一大（四声）包呢！"

他说："哟，还一大（四声）包呢！"

我说："是的，再见！"

他说："好的，再见！"

我和窦唯的那次见面，现在想来，就是一首温柔高远的 *Don't Break My Heart*。

《星星点灯》

演唱者：郑智化

作词：郑智化

作曲：郑智化

发行年代：1992年12月

迷失的孩子找到来时的路

◎ 汪泉

✎ 作者简介

　　汪泉，中国作协会员，小说作家。在《小说月报》等数十家刊物发表中短篇小说。曾获中国小说学会短篇小说征文奖、敦煌文艺奖、黄河文学奖、梁斌小说奖等。著有长篇小说《枯湖》《随风而逝》等5部以及中篇小说集《阿拉善的雪》。

开始唱《星星点灯》的时候，我还在上大学，那时候，还是一个"在满天的星光下做梦的少年"。暑假，我在家门口不远处的一家砖厂拉砖装窑，赚了五十块钱；在这五十块钱当中，还有会计（同学的姐姐）给我偷偷多加的两天工资。我用粗壮的胳膊持着架子车辕，像一头孔武有力的牲口，颤抖着饱满的青春四肢，将装满了车子的砖坯拽着，拖着，拉着，任由汗珠落在尘埃中，打起微小的尘泡。架子车下坡有一个急转弯，太急，胳肘弯，九十度，车子装满了沉重的砖坯，很重，下坡拽着车子跑，要拽住车子不至于太快，要慢点，再慢点，否则车子就会撞在坡边的崖上，有几次悬悬的，车子擦过了崖，我粗壮的大腿在颤抖，我使出了小时候练武术打下的功底——扎马步的功夫，那车子便听话地缓下来。更为危险的是到了那窑门，要快速地掉转车头，从拽着车子变为拉着车子。窑门正好容一辆架子车进入，稍有偏差，车子就会撞在砖砌的门边，因此要端端地进入。据说有人的手就被架子车把生生杵在窑门壁上，五个指头全给废了。那窑门一侧的确还有黑乎乎的血迹，但不太清晰，是工友确凿地指给我看的。

进了窑门，一座如宫殿般的红通通的砖窑呈现在面前。那是人间最美、最壮观的所在，所有的砖坯装好，封了窑门，烈火将会在这大厅里熊熊燃烧，窑内的砖坯和窑壁一样，经受着烈火的烧炙。原本松软得像一块黑豆腐一样的砖坯，经过七天七夜的烧炙，拉出窑来，一下便坚硬如铁；就像一个稀松平常的孩子，在这砖窑里进进出出几十天，便会变成一个硬朗的男子汉一样。砖坯被烧成了天然的火色，变成了真正的砖，再从这里被拉出去，成了矗立在街道上的建筑物，而窑壁一动未动，像地母一般。二十天，我完美无误地将一孔通红的砖窑装满了。

一起干活的一位老兄曾指着窑壁上一块黑色的污迹，说，这就是某某不小心撞的，手废了！"你的可不能废，你是大学生，要靠手写东西。"而其时，我并没有觉得这双手有多么金贵，我靠右手仅仅写过最长五十行的诗歌，在学院的诗歌朗诵会上获得创作朗诵双一等奖，压倒性击败了中文系的哥们儿。

尽管我用这拉砖赚来的五十块钱扯了中档的面料，在裴家营镇的一个上海裁缝铺里做了人生的第一套西装，还回到学校，用这笔钱请要好的同学吃了一钵人人叫好的酸汤水饺，但谁也不知道，这钱是我骑着自家破旧的自行车，骑行十个小时抵达学校省下来的。那一天的骑行是我早就预设好的，前一天晚上就收拾好了行装，也写了一张纸条给尚未婚嫁的姐姐："尕姐，我要骑着自行车去学校，省点钱。不要以为自行车丢了，也不要担心我的安全，放心，给爹爹妈妈解释一下。"

那是秋日的早晨，河西走廊已经开始寒凉，我越骑越热，沿途，我喝了一罐可乐，那是世界上最香醇的饮料，我是如此满足，因为一瓶可乐好像才三毛钱，而从家里到学校，就是凭着学生证买票也得五块。五块，对我而言，可不是小数目。那时候，我是如此的单纯，我心里想好的事情谁也改变不了，我的承诺连自己也无法改变，因为一钵酸汤水饺是我答应他们的。而今，他们也许都忘了那钵酸汤水饺，但我记得，实在是一盆上好的水饺。吃完水饺回来的路上，我们唱的就是《星星点灯》，回首已经三十年，那时候只知道把郑智化的声音模仿得酷似，把他痛苦的哭调模仿得像真哭一样，却依然年少轻狂：

不知道天多高

不知道海多远

却发誓要带着你远走

到海角天边

　　同学们在恋爱，在约会，而我不敢应对女生痴情的眼眸，我在躲避，我在装傻，虽然我也被女生约到了郊外，我看到了她殷殷期待的目光，璀璨如灯火一样在黑夜里燃烧，但我还是离开了她，我没有资本高攀她，我一无所有，只有歌唱"祝你一路顺风"。

　　迷失的时刻次第而来。毕业上班后，我被打回原籍——祁连山的一个小小的褶皱里开始教书。那学校就是我的初中，学校里有我的老师，也有我的同学。一件事情的发生证明，我好像只是一个搞副业刚刚回到村上的黄毛青年，不过是在外面晃荡了几年而已。一个雪后的下午，同校我的一位初中物理老师被人打倒在地上。是谁干的？街上的小混混。小混混是谁，该归派出所管。那么我们必须报警。派出所的警察来了，他们看了现场，让我们把老师送到卫生院。我们原本期待这几个打人的小混混会被抓起来，岂料他们根本就像没事人一样，还在大街上晃悠，而我的老师却在病床上呻吟。派出所说，找不到人。

　　我们五个愤愤不平，其中我和另外一个同事都是这位老师的学生。老师的人身安全没有保障，我们大家的安全都没有保障，没有人替我们说话，我们像局外人，这是什么理？我们气愤难当，当晚聚在一起商量，最终决定次日干一票大的，上街找当地的小混混们决一雌雄。次日早晨,其中一位进入校广播室开始向全校师生讲述这件事情,学生们都被激怒,站在教室门口不肯上课,要求派出所惩治混混……

罢课自然无济于事。我们几个很快成了镇里的新闻人物、被嘲笑的对象,我走在街上,总感觉有人在背后指指点点,甚至一个人都不敢步行过街,恨不得破帽遮颜。街头,熟人都不再与我搭话,甚至亲戚都不大理会我了。放寒假了,我们都在等待裁定。寒假过去了,连带着一个惴惴不安的春节。即将开学之际,那个令人期待的结果下来了,我们一行五人,除了那个我的同学在罢课前开溜没有罪过,其他四人一律被调往山区,一路撒在祁连山深深的褶皱当中。我临行之际,母亲哭了。我甚至觉得这是一件引以为豪的事情,没什么好哭的,独自离开了故乡。

我在风雪当中坐了大半天的班车,来到了祁连山的更深处,在学区报到之后,连夜搭着一辆手扶拖拉机,去了我所在的学校。一路上,风雪交加,苦寒难当。我在心里唱着《星星点灯》,在高不见顶的长坡上,推着手扶拖拉机,在傍晚时分来到了一个叫大鱼的地方。校长已经让孩子们打扫好了房间,烟火正弥漫着那间办公室兼寝室。我将在这里工作、生活。我骑着自行车,每周到百里之外的县城买好一周的蔬菜和粮食。有那么一次,我在县城盘桓久了,回来的路上夕阳西下,眼看回不去了,在一个村子的井边,我讨了一口水喝,然后聊了一阵,被村上那位老者带回他家,度过了一个夜晚,次日才抵达学校。

在那个叫大鱼的山村,每天早晨,我跑步穿行在村里村外,听这里的鸡鸣犬吠一、人喊马叫。夏天,我带孩子们在草原上看赛马会,我们用鲜花堆放了四个字"花季少年",我把自己最为赤诚的灵魂和身心交付给了孩子们。

一个夏天的晚上，我的一个被调得最远的同事来学校看望我，我们吃肉喝酒，诉说心中的不平。晚上一阵雨后，我俩才想起已经半年没有洗澡了。我们光着身子，在白杨树下摇着树上的雨水，一路摇过去，洗雨水浴。寒凉的雨水浇着我们青春的胴体，我们在雨水中唱着《星星点灯》，我不知道他是不是也流泪了……

> 多年以后一场大雨惊醒沉睡的我
>
> 突然之间都市的霓虹都不再闪烁
>
> 天边有颗模糊的星光偷偷探出了头
>
> 是你的眼神依旧在远方为我在等候

一年半之后的一个假期，风烛残年的母亲多次生病住院，我终于知道临行前母亲为什么哭，可惜晚矣。我被学区区长宽容地放回老家原来的学校。一年后，母亲走了，那一年我二十五岁，还在祁连山这块铁抹布一样的褶皱里。次年，我结婚了，我的老婆要生我们的女儿了，我没钱生育她。我去学区借钱，学区会计问："借多少？"我说两百够了。他笑了。我知道这笑含着多少的同情和无奈。他也是我初中的老师，他说："拿上三百吧，以防万一。"

孩子出生了，我流着泪轻轻地把她来人间的第一首歌——《星星点灯》唱给她听。我心里暗自想，我既然已经背着债务让她来到这个人间，还怕什么，我一定要带着她，即便风雨如晦，也要让她走得遥远而阔大，直到她自己学会独立飞行。

怎么办? 两个字,离开。离开故乡。我暂时丢了公职的饭碗,负债累累地离开家乡,携妇将雏,来到凉州;四年后,再离开凉州,携妇将雏,来到兰州;十多年后,离开兰州,来到广州。我像一只小小的麻雀,竭力试飞,总算离开祁连山那个小小的褶皱,离开了故乡。站在远处,回望遥远的祁连山,我的心中还是唱着那首歌:

星星点灯照亮我的家门

让迷失的孩子找到来时的路

星星点灯照亮我的前程

用一点光温暖孩子的心

…………

# 带走渔火 留下真情

◎ 许冬林

《涛声依旧》

演唱者：毛宁

作词：陈小奇

作曲：陈小奇

发行年代：1993 年 1 月

**作者简介**

许冬林，中国作协会员，合肥文学艺术创作研究所创研部主任。曾获安徽省政府文学奖等奖项。作品散见于《十月》《散文》《小说月报·原创版》《北京文学·中篇小说月报》等刊物。著有散文集《日暮苍山远》等 10 部和长篇小说《大江大海》等。

在遥远的唐朝,在多水的姑苏,落第才子张继在客船上写下一首七绝《枫桥夜泊》。一千二百多年后,在中国南方,著名词曲作家陈小奇创作了歌曲《涛声依旧》。

"一九九二年又是一个春天,有一位老人在中国的南海边写下诗篇。"这之后,古老的中国大地上,春潮滚滚,风帆浩浩。在那些漫长的铁轨上,有多少人告别乡土,告别熟悉的工厂、学校、村庄,一路南下,来到岭南,来到火热的中国南方,寻梦筑梦。

在这磅礴的南下大军中,有当老板的,有卖体力的……也有音乐人,包括来自沈阳的毛宁。

毛宁原本是学体育的,他体育成绩好,文化课也非常难得地出类拔萃。他刚开始是一名足球运动员,后来改练田径。1986年,在北京工人体育馆,有个年轻人抱着吉他,裤脚一高一低,在台上声嘶力竭唱着《一无所有》,这个另类的年轻人名叫崔健。他在台上唱"你何时跟我走",台下万千观众热情呼应"我这就跟你走"。这一年,毛宁从辽宁省体育运动技术学院毕业,并且选择留校任教。然而,仅仅一年,他就追随歌唱梦想开始"出走",先是进入辽宁省歌剧院,然后于1989年推出首张个人翻唱专辑《最高峰》,正式进入演艺圈。到了1990年,毛宁南下来到广州,签约广州新时代影音公司。

1993年,毛宁带着陈小奇创作的《涛声依旧》登上央视春晚,他清亮深情的嗓音从千家万户的黑白电视机里飘出来,把那一年的国人给醉透了。

毛宁穿着西服,白衬衫上打着领带,深色西服外搭着长长的白围巾。

带走一盏渔火

让他温暖我的双眼

留下一段真情

让它停泊在枫桥边

………

20 世纪的最后几年，人们的内心深处似乎都隐隐荡着惆怅，暗暗藏着感伤。人人都要出发，要远行，要迎接即将到来的 21 世纪的露珠与朝阳，又似乎舍不得这 20 世纪最后的一杯残茶渐凉。世纪末情绪笼罩，很多人都需要情歌来陪伴，好扶持自己从容度过世纪末的光阴。所以说，20 世纪 90 年代是一个情歌爆发的年代，是内地流行音乐追赶港台流行音乐，并几乎与港台流行音乐并驾齐驱的年代。

月落乌啼总是千年的风霜

涛声依旧不见当初的夜晚

彩色电视机里，蔚蓝色的灯光斜斜射下，幽蓝幽蓝的舞台仿佛是沉浸在月色水汽里的客船，毛宁的声音像从峡谷里飘出来，似乎把所有人身处世纪末的忐忑、彷徨、怀念都一桨一桨地给荡出来了。

一杯浊酒尽余欢，《涛声依旧》作为中国流行乐坛的经典之作，带给我们的不只是淡淡的离别哀愁笼罩下的艺术享受，它还带给我们一种情绪，即身处世纪之交的隐隐的慌张。

是的,是慌张。

渔火、枫桥、钟声、客船,这些古典清美的意象之外,是时代大潮翻涌下的"孔雀东南飞",是现代意义上的无数离别在等待着我们去演绎。农民工、外来妹、下岗潮、知识分子下海……我们将书写出一本厚厚的完全不同于我们祖辈的生存日记。

我们慌张,因为很快,我们也将成为那个有着羁旅之愁的游子。

我们慌张,因为担心,多年以后归来,我们是否还能认出并接受已经改变的彼此?

我们慌张,因为我们矛盾,我们立于传统与现代正迅速交替的颠簸地带。

舞台上,毛宁那条浅色长围巾,我们在哭哭啼啼的民国背景的琼瑶剧中常常见到,与西装领带形成了古典与现代两相结合的服装搭配,今天细细品味,突兀中似乎能隐隐感受到一种裂痕的存在。那是远方和故乡在接壤处的裂痕,是现代与传统在融合处的生疏。那个伴舞的女演员,扎着两根辫子,穿着带有鲜明中式特色纽扣的白褂子,纯洁得像故乡门前的一枝白荷——她是初恋,是爱情的化身,也是故园的化身,是简单淳朴的古旧生活方式的象征。在演唱中,毛宁将白色围巾轻轻取下,搭在女孩肩上,女孩似乎陶醉在那远道归来的短暂的温馨里。演出临近尾声,姑娘将白围巾还给了毛宁。他将继续穿着西服打着领带,戴着民国式的围巾奔赴远方。而女孩和故乡,则退回到蓝色的宁静的水汽氤氲里……

天下的游子,踏着时代的车辙,终将怀着疼痛的乡愁,奔向新世纪的地平线。

1993 年，毛宁的《涛声依旧》火遍大江南北之时，我正在一座江边小镇读中学。这一年，是毛泽东诞辰一百周年。

没想到，《涛声依旧》竟然也打动了我们学校那个私塾出身的古板严厉的老先生。老先生教语文，一副旧式做派，全校学生以不成为他的学生为幸。年底，全镇组织文艺会演，来纪念伟大领袖。学校郑重以待，选拔精兵强将，安排老师组织排练。《涛声依旧》作为头牌节目，更是得到全方位的指导。卡带录音机被拎到排练教室，微寒的空气里，先放几遍毛宁的《涛声依旧》，老师和学生都倏然沉入繁霜满天的漂泊感里。老先生也来指导了，他指导那个梳着三七开发型的我校"毛宁"。他打断"毛宁"的歌声，亲自张口示范：

无助的我

已经疏远了那份情感

…………

老先生示范的时候，喉结在皱纹牵扯的皮肤下滚动，下巴上稀疏的白胡子像走路不稳似的，跟着瑟瑟颤抖。我看了不知道是该配合上严肃认真的表情，还是放任自己的哭笑不得。老先生唱着，动情地伸出右手，展开长长的胳膊。我心里替他着急，怕他迢迢深入音乐情绪的腹地，一手触摸到自己的命运。他鳏夫多年，漂泊人世，我想当然以为他确实早已疏远了爱情，疏远了那些爱与哀愁。

那场文艺会演中，我没唱歌，是朗诵诗歌。毛泽东的《沁园春·雪》《沁园春·长沙》《卜算子·咏梅》等几首经典诗词的朗诵成为几组节目之间的连接。我朗诵《沁园春·雪》，按照老先生的指导，在"俱往矣"这三个字上，配合做着挥手向右、不值得再提的手势。我努力运足气息，敞开嗓门，将自己的嗓音从平日的婉约调成今日的豪迈。我刚刚高亢朗诵完"还看今朝"，便见主持人已经上台，报幕下个节目是《涛声依旧》。"哇——"我听到观众群里爆发出海潮似的欢呼声。

我校的"毛宁"，肉乎乎的脸，脸颊泛着红晕，仿佛搽了胭脂。"这一张旧船票，能否登上你的客船？"我坐回到观众席里，看着他微微转动着稚嫩的脸蛋，却摆出过早成熟的表情，深情演绎着感伤和愁绪，无端替他忧伤起来。初中还有半年，我们即将毕业，他成绩不是很好，中考之后，他将毫无疑问地背上行囊，融入浩浩荡荡的打工洪流中。告别同学，告别初恋，告别父母家乡，在他乡，在远方，生存和成长。

而我自己呢？我也未知。我感到有万千场离别正向我们汹涌奔来，有人淹至脚踝，有人已到胸口。今夕停泊枫桥，明朝泊向何处？

据说，词曲作者陈小奇在重读《枫桥夜泊》时，觉得"江枫渔火对愁眠"之类的文字令人遐想，于是，便以此诗写了这首《涛声依旧》。他由诗中"客船"这一意象，衍生出歌词中"旧船票"这一新意象，进而由乡愁和羁旅之思，又衍生出爱情的忧伤。从意象和情感上，陈小奇丰富了《枫桥夜泊》，从古典出发，衍生出现代意识下的文化情思。

而客船，作为一个古老的文学意象，也将在时代变迁的大潮中，慢慢退回到泛黄的册页里。20世纪90年代，中国南方的交通方式已由古老的水路向便捷快速的陆路转变，渡口荒废，那些由客船引发的羁旅之愁，也已由火车嘶鸣和飞机翱翔来重新书写。"移舟泊烟渚，日暮客愁新。""客路青山外,行舟绿水前。""都门帐饮无绪,留恋处,兰舟催发。"这些纷纭的客船意象,将会一一被长长的铁轨、长长的飞机拉线所取代。

江河永恒流逝,岁月更迭,不舍昼夜向前。涛声拍打的大江两岸,是那么多卑微渺小被时代裹挟前进的生命个体。

但,游子会在世界的每个角落,永远浅吟低唱。

# 梦里梦外蝴蝶飞

◎ 胡学文

《思念》

演唱者：毛阿敏

作词：乔羽

作曲：谷建芬

发行年代：1993 年 3 月

作者简介

胡学文，现为江苏作协专业作家。曾获鲁迅文学奖、《小说选刊》全国优秀小说奖、《小说月报》百花奖、《十月》文学奖、《钟山》文学奖、花城文学奖等奖项。著有长篇小说《有生》等 5 部，中篇小说集《麦子的盖头》《命案高悬》等 16 部。

是何时传至耳边的？我不记得了。也许在春天，冰雪消融，杨柳发芽，大地变得松软，风筝亲吻蓝天；也许在夏日，艳阳高照，花草葳蕤，蜂飞蝶舞，空气中飘荡着令人迷醉的气息；也许在秋季，白云流走，雁阵成行，枫叶如火，丹桂留香；也许在冬日，北风嘶吼，雪粒拍打枝丫，枯草瑟瑟，天地一片迷蒙。

彼时，我在干什么？也不记得了。或许正坐在长途大巴上，去一个向往已久的地方；或许午睡醒来，仍慵懒地躺着，想捕捉那个梦却没有丝毫收获；或许某个夜晚，我喝得半醉，摇晃着穿街过巷；或许某个清早，我在河岸疾走，观察着迎面而来的晨练者，揣测着他们的年龄职业，于我，那是难以形容的乐趣。

确实，我记不清了，只记得旋律勾魂摄魄，飘至耳边，我突然不会动了。好半天才扭转头，朝向歌曲传出来的角落。又片刻，血液如河流奔涌，整个人轻飘了许多，如突然间长出了羽翼。

有些歌曲我能记起是什么时候听到的，比如《珊瑚颂》。小学阶段，我没上过音乐课，初一也是在村里读的，两个老师，一个教文科，一个教理科，课程表里也没有"音乐"二字。初二是在镇中学读的，音乐老师叫刘海贵，生就得喜相，是怎么打扮都是影视中喜剧人物的那种。我们唱，他拉手风琴伴奏。我嗓音差，好在是合唱，我可以滥竽充数。其实，合唱也没好到哪去，也许充数的不止我一人，但刘老师仍陶醉其中。我们唱得不好，他的伴奏却是一流的，他是醉在手风琴的音符中吧。多年过去，每次听到《珊瑚颂》，我都会想起那间教室，想起刘老师肩臂舞动的样子，想起他神采飞扬的脸。

我报考的是中师，体育、音乐、美术都要考。我选的音乐曲目是《军港之夜》,低音,适合我唱。所谓的适合,是这首歌当年普及率极高,差不多是我唯一可以从头至尾唱下来的歌。考学关乎命运,天晓得除了在老师的指导下练习外,我偷偷练习了多少次。所以,每次听《军港之夜》,公开和偷摸的场面便浮出脑海。

关于毛阿敏所唱的《思念》,我没有时间和周围场景的记忆,唯记旋律如同魔法,入耳入心。那时没条件,我只能从他处听,现在不一样了,可以天天听。心情低沉或飞扬时,听一曲《思念》,便如沐春风,又如置身于绵绵秋雨,舒爽而忧伤。

有些歌曲只能传唱一时,即所谓的流行歌曲。我并没轻鄙流行歌曲的意思,能在某个年代流行,必有其过人之处,那背后的原因很难说得清。有的流行一阵,便如溪流入海,再难觅踪迹。还有那么一些歌,流着流着便成了经典。《思念》便属于后者,我是这么认为的。

《思念》由乔羽作词,谷建芬作曲,不止一个歌手演唱过,但我首听毛阿敏,而我又喜欢她的声音,所以内心便认定《思念》是毛阿敏的。而只要说起毛阿敏,我必定首先想到《思念》。

歌入心在于演唱者独特的声音,在于扣人心弦的旋律,更在于歌词。花朵摇曳多姿,芳香弥漫,与其根系大有关系。没有根的滋养,何来花朵盛开?经典歌曲,必有经典歌词。

数年之后,我看到乔羽创作《思念》的故事。据说这首歌是乔羽为他仅为三天婚姻苦守六十六年的二嫂所作。我没有核实过,也无法去核实,我相信如此。乔羽的二哥与二嫂结婚三天,身为军人的二哥接到部队急令,火速归队。结果长别五十一年,二嫂苦等丈夫归来,由青春而白发。1988 年,二哥回到阔别已久的家乡。那个场面可以想象。夫妻各守一方，两个人的经历都可以写成一部书。相聚二十九天后，另有家室的二哥便再次离开。在别人听来，那就是随处可拾捡的故事，但于乔羽先生不同，那是他的亲人。他回想多年前邂逅的一只盘旋在身边久久不肯离去的蝴蝶，灵感突发。

思念是人类、是世间生命最真挚动人的情感，也是文学最重要的主题之一。

梁山伯与祝英台的故事，我最早是从电影上看的。两人不能携手，少年的我心如石堵，待两人化蝶翩翩起舞，那块石头顿时碎裂，我几乎欢欣鼓舞，踏着冰冷的月光往家走时，心情不再沉重。梁祝化蝶，只因思念。那时，我尚不懂"思念"这两个字具有怎样的力量，不知它可以令山崩令地裂，也可以令枯木逢春。

《思念》射穿我，是嗓音、旋律、歌词共振的结果。

哪怕是没有生命的物质，沾染了经历、时光，也会留下印迹。某天，我听见"炒豆子"三个字，过往便喷射而出。炒豆不是天天可以吃的，只有某些特殊日子能够见到，比如节日，比如村里放电影时。通常是我烧火，母亲炒。炒好的豆子放至锅台，半凉后，母亲会用勺子给我和弟弟分。豆子不多，不是随便可以吃的。类似的东西极多，它们都是思念的种子。每有触碰，心便被划割了似的。

每个人在不同的年龄都有不同的思念，都有着不一样的感受。关于思念的词曲甚多，我想以毛阿敏唱的《思念》作为结束：

你从哪里来　我的朋友

好像一只蝴蝶飞进我的窗口

不知能作几日停留

我们已经分别得太久太久

…………

十七岁那年的潮水

◎ 萧星寒

《爱如潮水》

演唱者：张信哲

作词：李宗盛

作曲：黎沸挥

发行年代：1993年5月

作者简介

萧星寒，重庆市科普作协科幻专委会副主任委员。长期在《科幻立方》《知识就是力量》《科学FANS》等杂志上发表各类文章。曾多次斩获全球华语科幻星云奖。已出版图书22本，字数逾450万字。代表作"碳铁之战"系列、《骰子已掷出》等。

　　我是个乐盲。我出生在一个山脚下的农村,父母是地地道道的农民。我从小没有受过什么音乐的熏陶,连正经的音乐课都没有上过几节。我不懂旋律,不明节奏,不辨音符。十二三岁时接触流行歌曲,我模仿同学跟着磁带学歌,也只是哼哼,开不了口,唱不了歌,嗓子被胶水黏住一般。即使四野无人之时,大着胆子唱出来的歌,连我自己都知道,没有一个音在调上。

　　我一直觉得我是乐盲,天生的那种——直到我遇到《爱如潮水》。

　　记得那年我十七岁,特别容易动情的年龄。有一天下晚自习,我和同学一起走在回寝室的路上,学校的广播放着歌。我默默地在人群里走着,犹如一块孤独的石头,与所有人都保持着一定的距离。我忽然间一阵心旌摇荡,这莫名的悸动让我如受惊的鹅一般昂起了头,四处寻找那摇荡我心的声音。我听见了,是广播里放的一首歌,一个高亢而悠远的声线在空气里来来回回流淌:

　　　不问你为何流眼泪

　　　不在乎你心里还有谁

　　　请让我给你安慰

　　　不论结局是喜是悲

　　刹那间,我的眼泪无所顾忌地滚落下来。我身边的同学消失了,我周围的一切都消失了,整个世界就剩下我和那一首歌。它在我身前身后盘绕,我听不见歌词,歌声却狠狠地敲打着我的心,揉捏着我的心,熨烫着我的心。我身上的每一个细胞、每一滴血液、每一块肌肉、每一根骨头,都随着那歌声、那旋律、那节奏激荡起来。

仿佛我变成了某种血肉做成的共鸣器,不受控制地振荡着。

随着人流回到寝室,我止住眼泪,问同学,刚才学校广播里放的是什么歌。他们说:"《爱如潮水》,张信哲唱的。这你都不知道?"我感激地点点头。在那之前,我确实不知道《爱如潮水》,也不知道张信哲。我连夜找来笔,找到那歌,把《爱如潮水》的歌词工工整整地抄到笔记本上,怀着一颗虔诚的心:

走过千山万水

在我心里你永远是那么美

既然爱了就不后悔

再多的苦我也愿意背

我的爱如潮水

爱如潮水将我向你推

紧紧跟随

爱如潮水它将你我包围

后来我常想,假如那歌声再迟缓一点,抑或再激烈一点,我可能都会无动于衷,至少不会有那么深的感受。但偏偏就是它,它的高亢、它的悠远、它的清越、它的空灵、它的款款深情,恰到好处,并且在恰当的时间和恰当的地点传到了我的耳朵里,令我震撼,永生难忘。

用不着细想,我就知道为什么《爱如潮水》能轻易撼动我的灵魂。当时的我,正经历人生的第一场失恋。有当时的日记为证:

在回去的路上，我走得很慢很慢，想了很多事情，想我，想她，想这个世界，想这个时代，想命运顽童的下一步，想……没有答案，都没有答案。我再一次迷失。我无法理解围绕在我身边的这个世界；它以我完全无法把握的方式在运行。对于命运，以前我不相信，现在我不知道该不该相信；对于缘分，以前我相信，现在我不知道该不该不信。

如果，一切都是天意，那么我的努力还有何意义？

如果，一切不是天意，为何我的努力总是白费？

我不是不知道有种方式叫"放弃"，我只是无法相信，无法忘记。可是这一切谁又懂得？谁又理解？谁又支持？再没有一个人像你那样把别人的事当成自己的事来做。谁管你的感受？我永远记得那一刻我的感受：我想立刻拿一把钢刀从第三和第四根肋骨间插进去，使里面那个痛得无法忍受的器官永远不知道什么叫痛。我是个怎样的人呢？爱要说，爱要表达，还要技巧。我什么都没有。上帝没有赐予我财富、容貌与才华，使她离不开我就像我离不开她一样。她会为我心疼吗？她考虑过我的感受吗？我的未来会如何？问题的问题还是问题。

写这些又有何意义？她又没有机会看到这本日记。其实人活着又有什么意思呢？做的事情又有多少称得上有意义呢？

现在翻看当年的日记，这样痛彻心扉的段落比比皆是。说起来也不意外，这日记是从失恋那天开始写的。如今读着那些用真情实意书写的文字，心里的锐痛、酸楚、彷徨无措以及旧日时光与现实交织的复杂感觉扑面而来。至于当年那一场失恋本身，大概是所有经历过十七岁的人都可能经历过的事情，简单得没有任何故事性可言。

一定要说的话，也就是年少轻狂，无知又无畏，空有一腔滚烫的热血需要挥洒，一个寂寞的灵魂需要安慰，一场虚幻的爱情需要填补。于是，两个十七岁的男女相遇，撞出爱的火花，接着笨拙地谈不考虑未来的恋爱，然后惨烈而又理所应当地分开。分开的理由？不重要。

总之，在这件事里，我犯了错，她也犯了错，我们都有错。或者我们都没有错，错的是这件事本身。我们在一个错误的年代，在一个错误的地方，由于错误而想谈一场错误的恋爱，结果是恋爱尚未开始，就已经正确地结束。只是我无法接受而已。

我目送她远去，自己留在原地，任由极端的消极情绪将我淹没。

如果直面灾难，比如山崩，比如车祸，比如洪水，比如爆炸，比如追杀，或许我都不会表现得如此糟糕，至少不会让我如此这般消沉。

但这是另一种形式的灾难。它就像一抹温热的阳光，照在我这条岸上的鱼身上。问题是，我不是一般的鱼，我有半叶肺，阳光也不是那么刚猛，偶尔会温柔一下。是以，我的死亡是一个极其缓慢的过程。允许我挣扎，允许我有生的希望，可就是不给我生的机会。

对此，我无力抵抗，连举手投降都不可以，只慢慢地看着它将我修理、折磨、蹂躏，直到那一晚我遇到了张信哲和他的《爱如潮水》。

那晚之后，我反复听《爱如潮水》。每一次听脑海中都会浮现出她噙着泪水的双眼。我还没来得及说什么，下一秒，她就转身离开了。无论我怎么喊，她的身影已经消失在茫茫夜色之中，再也看不见。

那晚之后，我成了张信哲的忠实歌迷。《宽容》《难以抗拒你容颜》《爱就一个字》《不要对她说》《别怕我伤心》《过火》《我是真的爱你》《忘情忘爱》《信仰》《直觉》《太想爱你》《白月光》……几十年里，一首首张氏情歌听下来，喜欢的占多数。每每在我情绪低落的时候，意志消沉的时候，辗转反侧难以入眠的时候，这些歌为我疗伤，给我最大的安慰。

虽然还是无法开口唱歌，但从张信哲出发，我学会了听歌。听张信哲的歌，也听别的歌手的歌。听得多了，渐渐地，我也能听出歌里的节奏和旋律，听出歌里的故事，听出歌里饱含的深情。我不再认为自己是天生的乐盲。再往后，我开始听电影配乐，学着如何用配乐来讲故事，表达感情；我开始听世界名曲，虽然还是不太懂，但蹒跚学步，后知后觉，终究多了一些此前不曾有的体验与收获。我的人生，竟也因此更为有趣，更为积极，更为宽阔。

时光荏苒，世事变迁，似乎变化是这天地之间唯一不变的事情。然而我却固执地认为，星移斗转中总有值得保留的纯真、善良和美。时至今日，我依然会在某些时候放《爱如潮水》给自己听，于张信哲独特的嗓音里，有时会想起十七岁那年发生的一切，有时什么都不想：

> 我再也不愿见你在深夜里买醉
>
> 不愿别的男人见识你的妩媚
>
> 你该知道这样会让我心碎
>
> 答应我你从此不在深夜里徘徊
>
> 不要轻易尝试放纵的滋味
>
> 你可知道这样会让我心碎

# 逝去的美好

◎ 段爱松

《海阔天空》

演唱者：Beyond

作词：黄家驹

作曲：黄家驹

发行年代：1993年5月

## 作者简介

段爱松，云南昆明晋宁人，中国作协会员。在《人民文学》《小说选刊》等刊物发表作品二百余万字。曾获中国文学好书奖、冰心散文奖等奖项。著有《金缕曲》《巫辞》《弦上月光》《在漫长的旅途中》《天上元阳》《独龙春风》等多部作品。

1993 年夏天的一个黄昏，在我的故乡云南昆明晋城，晚霞穿过北门街街道两旁的青石板，不时迎面吹拂而来的晚风，像是一双手，将霞光一缕缕汇集到眼前，恍如梦境中迷幻的旋律交织。而我，正从小镇上唯一的一家音像店，购买到一盒刚出的磁带——Beyond 乐队的《乐与怒》。

钢琴舒缓的旋律伴随着老式卡带录音机旋转钮发出的"吱吱"声，一点点释放在一间古朴院落的小屋里，让我忽然有些不太适应的陌生感，毕竟那时 Beyond 乐队最打动我的是吉他华丽的穿透力与主唱黄家驹沧桑的声线。

Beyond 难道在改变？抑或这将是某种预示？

今天我寒夜里看雪飘过

怀着冷却了的心窝飘远方

风雨里追赶

雾里分不清影踪

天空海阔你与我可会变

谁没在变

钢琴声挟裹的纯净唱词，让令人猝不及防的窒息般的崩塌感完全取代了先前的陌生不适感，一下子将一个十五岁少年的心击碎。

多少次迎接冷眼与嘲笑

从没有放弃过心中的理想

　　一刹那恍惚若有所失的感觉

　　不知不觉已变淡心里爱

　　谁明白我


　　伴随着旋律的行进，沉浸在歌曲中百感交集的少年的离愁心绪，翻滚在黄昏的天幕，似乎即将点亮无数的星星。


　　原谅我这一生不羁放纵爱自由

　　也会怕有一天会跌倒

　　背弃了理想谁人都可以

　　哪会怕有一天只你共我


　　黄家驹略带浑厚嘶哑而整体却高亢明亮的诡异嗓音，融化在少年萌动的心房里，谁也没有预料得到，歌曲背后隐秘而阔大的力量，会让这首《海阔天空》成为 Beyond 在华语歌坛的绝唱。


　　仍然自由自我

　　永远高唱我歌

　　走遍千里

　　…………


　　荡气回肠的旋律久久回荡在小屋里。整个傍晚，我将磁带倒回了一遍又一遍，我感觉有种不可思议的力量已经完全融入我的血液，这和以往任何一首 Beyond 的歌带给我的冲击力都不同，哪怕是这之前的《光辉岁月》《真的爱你》《不再犹豫》等，全都不同。Beyond 因为这首歌蜕变了，宛如天空划过的巨大翅膀，也像大海摆动的巨型鱼鳍。

莫名的兴奋让我跟随着录音机哼唱起来，却不知道黄昏晚霞绚烂之后，黑夜必将来临。

1993 年 6 月既是光辉灿烂的，又是晦暗惨淡的，正当我沉浸在《海阔天空》宛如神曲般的熏陶中，一位小伙伴满脸焦虑地找到我说，Beyond 在日本出事了。

20 世纪 90 年代初的西南边陲小镇可不像现在这样发达，我对 Beyond 的认知，大部分来源于出一盒就买一盒的磁带，再就是通过这位相对富裕的小伙伴家中，电视能收到的凤凰卫视中文台。主唱黄家驹出事的消息正来自凤凰卫视。

那段时间，我的心中空空荡荡，《海阔天空》的旋律每天在我放学回家后，都会在小屋响起。我居住的院子里，有石桌、石凳、石台阶，还有几棵古老的柏枝树、一大蓬青竹、一株开得十分鲜艳的紫红色蔷薇，以及石砌花坛中的各色花草……我有时会在 Beyond 的歌声中走出门，出神地看着院子里的这些景物，仿佛它们都知道我心中的忧伤，在盛夏的阳光中絮絮低语。

那时候，我并不知道生与死是怎么回事，只是一味地感觉到悲伤无望，就像逝去的不是一个乐队的灵魂人物，而是令自己最为心痛的某种幻象，某种天真至高的理想，以至于默默地在一个小笔记本上写下："要是能替代，我也宁愿为他而死。"

那时，整个小镇上只有一两个小伙伴能够和我一样爱着 Beyond；而在初中的班上，可能因为我，慢慢有几个同学也喜欢上了这个乐队，以至于能够在 1993 年夏天《海阔天空》横空出世的时间段，感受到一个乐队即将到来的光辉顶点和之后的造化弄人。

后来的岁月中，我认真地拿起了吉他。在物质贫乏的年代，爱或者理想会变得更为纯净和纯粹，《海阔天空》和 Beyond 给我的启示和力量，就算今天我已到中年，依然会激起我如黄金般灿烂的隐秘冲动。一个人拥有过孤独，拥有过奋斗，在孤独和奋斗之间，在少年与老年之间，在生存与死亡之间，点点滴滴活过的痕迹，曾经被那些美好的旋律和唱词铭刻，这难道不也是一个心怀善念之人卑微地存活于天地间的一份潇洒与解脱吗？

或许因为 Beyond 和《海阔天空》，在人生的阅历中，我做过十多年的吉他培训老师，曾一度组建乐队，辞职开过一家弹指琴行，甚至在 2005 年参加云南模仿 Beyond 的歌唱大赛，并赢得一张当年 Beyond 三子在昆明拓东体育馆的演唱会门票，那也是我唯一一次现场看过的演唱会。吊诡的是，演唱会进行到 Paradise 时，舞台突然一震，台下一片尖叫。黄贯中镇定地说："还好，没事，不管什么困难，我们也不怕……"

我强烈地感觉到 Beyond 的音乐对某种宿命的抗争，逝去的家驹仿佛受到这首专门唱给他的怀念歌曲的感召，又回到了演唱会现场，回到了歌迷心中，回到了 Beyond 的音乐里。这首 Paradise，不也正是时隔多年之后对《海阔天空》的深情回应吗？

回想自己多年来对音乐的热爱，并非只是弹琴唱歌，而是这背后的人生思考、生命体验与理想追求，就像 Beyond 创作的《海阔天空》一样，歌曲背后，是一支乐队孜孜以求的追寻脚步与生命态度，也是主唱黄家驹对迷惘一代的灵魂拷问与命运轰鸣。

2014年《中国好声音》的舞台上，当《海阔天空》的旋律响起，周华健略带惊讶地说："欢哥，我看到你哭了。"刘欢难以抑制激动，甚至有点语无伦次地挥手说："对，我看到他，我就万万没想到会是他……"而现场特效画面是1993年演唱会上的《海阔天空》——黄家驹身着青灰色外套，内搭黑色T恤，举手投足间，缥缈悠远的声线宛如星辰大海。

歌迷对Beyond进行"报复式"的缅怀与推崇，成为华语乐坛现象级的事件。作为亲历者，在见证一个时代的悄然远去之后，《海阔天空》和Beyond，这些本以为早就忘却的温暖过生命的少年情愫，却一直深藏心底，不经意间，便会带我回到天空海阔的世界里去跃动、倾听、追忆……

# 理想 总会回来

◎ 杨平

《回来》

演唱者：指南针乐队

作词：洛兵

作曲：周迪

发行年代：1993年6月

作者简介

　　杨平，北京作协会员，中国科普作协常务理事，蓬莱科幻学院首席科幻作家。曾任清华大学教员、《中国计算机报》记者。两次获得中国科幻银河奖。代表作《MUD——黑客事件》《千年虫》《裂变的木偶》《山民记事》等。作品被译为英文、日文出版。

我与罗琦的人生像是两条平行线,唯一的交会,发生在很多年前。

她对我说:"谢谢你。"

20 世纪 90 年代初, 中国刚刚从狂飙突进的躁动中平息下来,正寻找某些新的东西,某些不那么苦大仇深,有点趣味,还能说点什么的东西。

那时,民间风传着各种欧美流行乐,摇滚是最受欢迎的,处于后来才被命名的"鄙视链"上游。高校门口,青年们在摊位上挑拣着被称为"打口带"的残破走私录音带。摊主得意洋洋,以近乎传教士般的心态滔滔不绝地说着这个乐队有多牛,那个歌手新专辑"酷毙"了。在尚且尘尘蒙蒙的京城,在繁忙的学习之余,在破旧的宿舍里,这些学生挂着耳机,被那些乐音激动得不能自已。

中国摇滚在这个时期迸发出前所未有的光芒。

崔健之后,新一代有才情个性的摇滚人纷纷登场,唐朝、黑豹、超载、眼镜蛇……当然还有"魔岩三杰"。

在铺天盖地的北京乐队中,偶尔也会有一些闯荡京城的外地歌手和乐队。我们听到了张楚的《姐姐》和围绕歌词真真假假的传说,也听到了指南针乐队的《回来》。

这首歌不是当时流行的重金属风格,哀婉中透出坚毅。歌手的声音力量十足,副歌部分犹如天车过街,辉煌飞扬。我当时并不能完全理解歌曲的意境,但被这声音迷住了。我听过美国乐队 4 Non Blondes 的歌, 第一反应就是国内也有这么富有金属光泽、充满张力的嗓音,还挺不错。

我不知道自己正在聆听一位天才歌手,也不知道会在此后的岁月里陷入无尽的等待。

我听说指南针乐队里都是高手,有个叫周迪的尤其厉害。我还听到了主唱罗琦经历的风风雨雨。她年仅十八岁,从南方来到北京闯天下。恶毒的传言说,他们因为是外地人,还被北京摇滚圈排挤甚至侮辱。

接着,罗琦受伤的消息就在圈里传遍了。据说她去给朋友庆祝生日,饭桌上与人发生口角,被对方用破口的啤酒瓶扎坏了一只眼睛。这个悲剧还演绎出各种版本,从官二代蛮横无礼,到小太妹轻佻惹事,说什么的都有。甚至一度盛传,《回来》这首歌就是罗琦受伤后自己含泪写下的。各种真假难辨的故事和自我感动的煽情,如今都被时间荡涤一空,但在那个时候,我们都愿意相信。

无论之前如何,此事一出,人们对这个天才又脆弱的南方小姑娘投入了巨大的同情,像是把她看作自己的小妹妹。1993 年,北京摇滚圈以支持申办奥运会的名义在首都体育馆集体亮相。当指南针乐队出现的时候,人们爆发出惊人的欢呼声。我在观众席上看到罗琦穿着白衬衫,奓拉着头发,充满活力地蹦蹦跳跳。

这是个快乐的时刻,所有人都认为,苦难只是暂时的,一切都将过去,中国摇滚将冲天而起,覆盖人们的心灵。

后来,指南针乐队发行了自己的专辑,唐朝和"魔岩三杰"去了香港红磡体育馆办演唱会。我去看了没有窦唯的黑豹演出,录下来的现场都是我跟着吼的声音,被人质疑"他们就唱这样"。我也去看了唐朝的演出,看到暖场时王勇的实验音乐被观众喝倒彩,看到唐朝的几个人在台上长发飞扬。慢慢地,这种机会越来越少了;慢慢地,摇滚开始从电台消失。有人说,摇滚在中国,还是出现得太早了,大众没有准备好接受它。还有人说，从 20 世纪 90 年代开始，世界范围内摇滚乐都在走下坡路，说唱才是未来。

我记得当时看到国外某电台的声明："除了说唱，我们播放所有好的音乐。"

人们在艺术上的感觉，总是有极限的。有人走得近，只能欣赏某一种风格；有人能走很远，可以欣赏多种风格。但最终，没人能真正欣赏所有的风格。我就是倒在了说唱面前。

此外，我的关注点从摇滚乐转向科幻，也是原因之一。

科幻是我从小的喜爱。小学放学，我会给同学讲一路故事，边走边编，基本都是科幻。中学，我开始尝试着写科幻，主要是故事梗概，把自己心中的狂想写下来就满足了。到了大学，我才真正开始写故事。90 年代中期，我开始发表自己的作品，进行各种文体尝试。摇滚乐对我来说，是写作时的背景乐，是闲暇时的放松，已经不那么重要了。

某一天，我在沉溺于工作与写作的时候，听到了罗琦出事的消息。

她终究没有回来。她也许曾努力摆脱命运，但最终被推入了深渊。她喜欢唱《敲响天堂之门》，但那扇门似乎只开了个缝，让她得以一瞥，就关上了。

后来，我还听到了许许多多新的声音，都很好。但每次听到，我都会在心底泛起一个疑问：如果罗琦还在，会怎样呢？

摇滚的火热激情已经消逝了。新一代的乐手，依然走着摇滚的路，技术更纯熟，名词更准确，分类更翔实，但总是少点什么。似乎他们只是将摇滚当作一门手艺，而从未将自己的生命注入进去。

进入新世纪，我的科幻创作也开始减速。我厌倦了不断重复自己的那些东西,我渴望突破,渴望深夜迸发出新的灵感。我有了份很忙的工作,买了房。我还买了辆二手车,在清晨或夜晚得意洋洋地往来在京城的街道上。我告诉自己,没有突破就等着,科幻对于中国大众来说,还是太早了。当然,也许我只是懒惰。

2004年的一天,我突然在电视上看到了熟悉的身影。那是凤凰卫视的专题片,采访了正在德国生活的罗琦。她像个骄傲的女主人,带着记者这看那看看,装模作样地在墙上写下自己新歌的名字。她有了个丈夫,能放肆地把手搭在她肩上。她用我非常不习惯的方式唱起《请走人行道》。她笑着谈起当年的风风雨雨,谈起动物园车站。

所有的,所有的回忆,所有的激情和伤感,所有的梦想和窒息,都回来了。

看到她在镜头前那么快乐,我唯有暗自祝福。这不是我们说好的回来,但这是我能接受的回来。我不知怎么找到了罗琦的联系方式,告诉她我几年前写了一篇关于她的文章,请她看看。

她对我说:"谢谢你。"

2010年之后,我重回科幻创作。这时,环境已经变了。新一代的作者成长起来,他们有更好的教育背景和更纯熟的写作技巧,令我感到压力重重。这不是我想象中的回来,是我不得不去适应的回来。

在我挣扎探索的时候,突然发现很多人在谈《回来》这首歌。一位叫黄绮珊的歌手在某个节目中唱了《回来》,引起了轰动。我还发现了更早的梁博演唱的版本。

曾经沧海。

我对这些歌手都抱有十分的敬意,但在我心中,《回来》永远属于那个娇小的、戴着墨镜的女孩。她的声音直入云霄，她的才华能穿越时空。

《回来》不是一首仅供炫技的歌曲，它属于所有在平凡乏味的生活中，心底依然抱有理想的人。我们会因为这样那样的原因，或者远离，或者放弃这份理想。但在未来，在我们的生命结束之前，总是有机会让它回来。

溢满祝福的往事

◎ 张楚

《祝福》

演唱者: 张学友

作词: 丁晓雯

作曲: 郭子

发行年代: 1993 年 12 月

作者简介

　　张楚,天津市作家协会副主席。曾获鲁迅文学奖、百花文学奖、郁达夫小说奖等奖项。在《人民文学》《收获》《十月》等杂志发表过小说。出版有小说集《七根孔雀羽毛》《夜是怎样黑下来的》《野象小姐》《在云落》《中年妇女恋爱史》等。

1994 年初夏,我变得焦躁不安。还有一个月就高考,我却无法安心备战。复读的这一年,大部分时间我都在疯狂补习数学。无论是语文课、政治课还是英语课,我都在整理数学笔记,做黄冈试卷,复习错题集。对一个智商不高、感性思维大于理性思维的男孩来说,数学成绩的提高犹如春水融冰,一个勤奋但没有天赋的滑冰运动员妄想着从后外结环三周跳提升到阿克塞尔四周跳,简直是痴人说梦。

我们的班主任叫王学勇。他是学校的传奇人物,往年他任教的文科班,高考数学平均分要比唐山一中的平均成绩高出十几分。对于县重点中学来讲,这简直是伟大辉煌的战绩。这种资历也足以让他浑身散发着高傲的光芒。哪怕是课间操的半个小时,他也会发套试卷。令我惊讶的是,即便只是做一套广播体操的时间,大部分学生的成绩也都在九十分以上。这让我更为压抑绝望。

而离别的愁绪也一天天积聚。我干脆放弃了系统复习,每天阅读小说。林白的《一个人的战争》、王小波的《革命时期的爱情》让我对文学的神秘美妙有了最初的感受。哪怕是课外活动,大家也都在读书,只有我跟一个绰号“小黑格尔”、已复读两年成绩丝毫没有提高的外地考生语焉不详地讨论着小说中让我们惊讶羞涩的情色描写。一种可耻的堕落感让我痛心疾首,同时又有一种自虐式的快慰。

我们的教室是平房,夹在两栋高层教学楼中间,以前或许是仓库,房顶高耸,面积是普通教室的两倍。我们班有七十多名学生,都是从各个镇和市里辗转来复读的,在将近一年的时间里,我跟他们基本上没有交流。在我印象中他们大部分面目模糊,由于营养不良又缺少阳光照耀,他们的脸色是那种凝滞的牙黄色。可就是这些模糊的脸孔,让我在这个初夏感受到了莫名其妙的留恋。或许,对未来的不可预知和即将崩溃的神经,感伤的情绪好歹能让我得到一丝慰藉。那天我没有去上早自习,到了学校,发现我的板凳不见了。同学们说,板凳被王老师拿到教办室了,要我亲自去讨要。我还记得在安静的教办室,王老师一边判着试卷一边教育我:"你文科基础不错,只要数学成绩稳步提高,考上本科不是问题!"对于他的教诲我频频点头,等他终于抬起头朝我摆摆手示意我离开,我恍惚听到窗外传来歌唱的声音。

那是学校的喇叭里传来的歌声,影影绰绰,陌生却扣人心弦。我搬着板凳出了教办室,快速穿越走廊,在一棵合欢树下听着那首歌:


不要问

不要说

一切尽在不言中

这一刻

偎着烛光让我们静静地度过

…………


那是张学友的声音,1993 年的一首《吻别》让我对他的唱腔和咬字颇为熟悉。而这首歌,我却从来没有听过。我默默念诵着歌词唯恐遗忘,快到教室时我随手揪住一位同学,问:"这首歌叫啥名字?"那位同学肯定是个好脾气的男孩,他侧耳倾听了片刻,微笑着对我说:"哦,张学友的《祝福》。"

我很快找到了歌词,在高考前的两个礼拜,我学会了它。一个下雨的礼拜天,三三两两的同学在聊天。即将到来的高考让大家莫名松懈下来。我们老二中的几名复读生也围坐在一起,小声谈论着遥不可及的未来和理想,后来,我对这些女孩子说:"我给你们唱首歌吗?"还没等她们赞同我就唱了。我的声音很小,她们听得也心不在焉,可我还是发现一个女孩的眼泪流了下来。后来她起身离开我们,小跑着朝教室外面冲去。我们怔怔地望着她的背影,不晓得是该追上去问个究竟,还是让她一个人享受下蒙蒙细雨。

1997 年,我家隔壁的女孩结婚。我们是青梅竹马的朋友,各自读完大学回到县城,又成为同事。我跟她的男友在同一个镇上上班,常帮他们传递情书。她戏称我是只勤奋的"鸿雁"。他们的信件通常很厚,也不封口,我老想瞄两眼,却终究没有。她是个大方的女孩,说:"你想看就看吧,有啥了不起的?"看完后,我十分真诚地提意见:"他为啥不在你的名字前加'亲爱的'呢?为啥不在他的名字前加'想你的'呢?"她就咯咯地笑。她的笑声十分爽朗,仿佛阳光下的树叶被微风吹拂。

我记得那时的婚礼在大堂都设有卡拉 OK。亲友同学都喝高了,我也不例外。我醉醺醺地对她说:"我也没准备礼物,唱首歌送给你吧!"那是我第一次喝白酒。酒精让我壮着胆子在众目睽睽下唱了那首《祝福》。由于酒精的刺激,高音部分很轻易地就顺滑了出来,让我很是意外。有人在鼓掌,有人在劝酒,她挽着新郎的胳膊朝我笑。她的眼睛很大,也很明亮,仿佛她还是多年前那个彻夜偷读琼瑶小说的女孩……多年之后,我与他们夫妻依然是要好的朋友,时常小聚。这让我欣慰。相对于那些在人生歧路中走失的朋友,他们的陪伴,显得格外美好而珍贵。

2017 年,我随中国人民大学的师友去南欧游学。第一站是意大利的西西里。对于这个传说中的"黑帮"老巢，无论是导游还是当地华人，都劝我们晚上不要随意出行。西西里的阳光热辣厚重，即便是夜晚空气依然燥热。我们龟缩在酒店，觉得很是无趣。后来我们发现酒店顶层有个酒吧，于是结伴前行。刚下电梯便听到悠扬的音乐声。这是个露天酒吧，一群人正在欢快地跳着舞蹈。我们寻了偏僻角落坐下，点了几杯啤酒。这时我们才发觉，跳舞的人都穿着盛装，仿佛是在举办婚礼，新郎新娘年龄也不小，又是拥抱又是接吻。

我们七嘴八舌地讨论着，这可能是"二婚"。恰巧朋友带了相机，他热忱地为他们拍照，前前后后左左右右，又是下蹲又是俯拍。他认真虔诚的样子引起了女主人的留意，她端着一盘糕点给我们送过来。通过简单交谈得知，她是位中学教师，今天正式退休，亲戚朋友特意来庆祝。她还邀请我们一起跳舞。于是，抵达西西里的第一个夜晚，从来没有跳过舞的我们笨拙地挥舞着手臂踢动着脚步。他们一边跳着舞一边唱着歌，唱的什么我们完全听不懂，可却能感受到他们火山喷发般的浪漫。后来，女主人邀请我们用汉语献唱一首。朋友们大都羞怯，推举最年长的我做代表演唱。再木讷的人也会被西西里的夜晚点燃，我想了想说："不如咱们一起唱首《祝福》吧。"大家颔首同意。于是，在那个炙热的夜晚，我站在椅子上，指挥大家用并不和谐的和声唱起来：

愿心中

永远留着我的笑容

伴你走过每一个春夏秋冬

…………

唱着唱着,我的目光渐渐甩向远方,夏天的西西里灯火并不明亮,四野无声,只有濡湿的风吹过来,让我的神情有些恍惚。我想起了《西西里的美丽传说》,我想起了《教父》,我想起了《天堂电影院》和《邮差》,我甚至想起了兰佩杜萨,他是西西里岛巴勒莫城的亲王,却写出了伟大的小说《豹》……在那一刻,我知道世界离我们很远,也离我们很近,我还知道,不同种族的人可以互相仇恨杀戮,更可以像天使那般相亲相爱,托付终身。

# 寻找松金

◎ 江洋才让

《忘情水》

演唱者：刘德华

作词：李安修

作曲：陈耀川

发行年代：1994 年 4 月

## 作者简介

江洋才让，藏族，中国作协会员。作品散见于《人民文学》《小说月报》《小说月报·原创版》《十月》等刊物。长篇小说《康巴方式》被译成英文于海外发行。短篇小说《一个和四个》被改编为同名电影并入围东京国际电影节主竞赛单元。

松金是刘德华忠实的歌迷。

松金自己都不知道为什么被刘德华迷住这么多年，心里头对于华仔是多么的热爱。如果仅停留在看看他主演的电影，听听他唱过的所有歌曲，并不显得自己和其他华仔的粉有多大区别。主要是20世纪80年代过来的人，都知道那年月是一个属于自由开放精神萌芽，人们开始向往灵魂插上翅膀在精神世界遨游的时代。精神世界嘛，就是人高于自身存在，从而达到一个高于本来世界的高度。我并不十分肯定松金的这套叙述策略，也不是十分反对。怎么说呢，我觉得作为刘德华的歌迷，松金确实显得与其他歌迷有些不一样。

就说有一次，某知名歌手在直播间说了一句话，大意是刘德华作为演员的知名度，要比作为歌手的知名度高。听上去就有了一层刘德华演电影行，唱歌次之的意思。也许人家并不是那个意思，当然人家也许就是那意思，松金不干了，开始用手指头在手机屏上鼓捣字。我也没看清他写了什么，当时在山野，还好信号塔离我们很近。因此，只见他的手机屏上涌动着一层层字幕的浪花，层层滚动，松金看到自己费了好大劲弄出来的那些字掉入字海中，翻涌，来不及看清就一闪而逝。所以，他显得很激动，在山野间走来走去。

我和他开着车子是来捡石头的。不是他爱收藏石头，而是我喜欢捡石头，捡来石头放在家里。通常，松金捡到什么石头都会送给我，说："拿回去，放到你家里。我那，不适合放石头。"他家里到处贴着刘德华的海报，卧室内也有好多刘德华在墙上盯视。有一个笑话说的就是松金，据说是他第一个老婆说的。她说："这真是应了那句俗语'山峰之上全是眼，石壁缝隙皆为耳'。"松金不恼，即使现在他俩离婚了，关系还不是很僵。据说,他第一个老婆也受他影响,成为刘德华的忠实粉丝,除了父母,谁也别想说华仔的不好。当然,我也很喜欢刘德华。那天,捡石头的意外之喜是,松金捡到了一块水壶大的石头。石头的表面确实是刘德华的侧面相,因为刘德华的鼻子特征明显,而那块青石夹白色完美地体现出刘德华的侧脸,简直就是大自然的奇迹。松金呀呀呀大叫,我以为这块石头他会让我放到我家里,这一回,不了,松金没那个意思。他说:"真是天意,你看除了刘德华,周边的这条白线,好像一条水流,那是忘情水呀。"

松金特别喜欢《忘情水》这首歌,要是谁说刘德华的代表作是其他歌曲,他都不认可。他铁了心认为这就是刘德华最好的歌。从1994年至今,这首歌在海内外广为传唱。

给我一杯忘情水

换我一夜不流泪

…………

听听,这才叫歌。如果有人唱起这首歌,松金会很安静地耐心聆听,在心里千百次地回放歌词,耳朵里像是有水的滴沥声,清风在打着旋,鹰翅扇动的节拍随韵起伏。

有一次,也是一位怀旧的朋友在酒桌上唱起《忘情水》,整个屋子里顿时鸦雀无声,酒杯与酒瓶间流淌着歌曲的韵律,唱毕,在座的人拍手叫好。可松金却摇着头,撇着嘴,说:"不对,你唱的《忘情水》有一股酒味。"在场的人都以为松金在找碴。空气中似乎藏了一丝火药味。松金不急,有话慢慢说。他不紧不慢地说："唱这首歌一定不能将忘情水理解为酒液，可刚才，分明听到你唱出了一股浓烈的酒味。"那位朋友听了笑嘻嘻，没怎么较真，手一挥说"那我自罚一杯"，并附带朗诵《忘情水》的歌词。

啊　给我一杯忘情水

换我一生不伤悲

就算我会喝醉

就算我会心碎

不会看见我流泪

"听听，这不是喝酒是什么？来来来，大家随意，我干了手中这杯酒。"松金没有再反驳。之后的某天，他对我说："酒是忘情水吗？"我说："那就要看谁喝了。有些人喝醉了，就不想什么情不情的。"可是松金却觉得这么理解《忘情水》是不对的。不管怎么理解，有道是一百个人的眼里有一百个哈姆雷特，那一百个人听了《忘情水》也就能听出一百个意思。松金不认为这首歌说的是酒，酒怎么能让人忘了情呢？松金说，忘情水肯定是存在的，即使假借酒的名义，也不是麻醉人的酒精，主题一定是酿酒需要的水——忘情水。松金开始抚摸自己捡到的那块石头，指着那道弯曲的长线："你看，这水源远流长，谁能找到它谁就找到了这首歌所表达的真谛。"我知道，松金又开始想他那第二个老婆了。

松金和第一个老婆育有一子，与第二个老婆没孩子。有一段时间，他也觉得，给我一杯忘情水，说的就是一杯酒，喝醉了就什么也不想了。可是，他发现越喝越想，越是忘不了那段情。他忘掉第一个老婆，当然也经历了一番煎熬,直到第二个老婆出现,他才算跨入自己的人生。我记得他与第一个老婆离婚是因为性格不合,与第二个老婆离婚却是他受到了伤害。我与他第二个老婆是远亲,也听过他老婆出轨的事——跟松金的一个商人朋友跑了。这事曾传得沸沸扬扬。更气人的是,她不思悔改,还四处诋毁松金。是不是好男人通常都忘不了坏女人?可怜见,松金提着一瓶酒,在那满是刘德华的房间里,一口一口地喝,一遍一遍地唱。他唱得热泪盈眶:

> 曾经年少爱追梦
> 一心只想往前飞
> 行遍千山和万水
> 一路走来不能回

接着,刘德华在音响里继续唱:

> 蓦然回首情已远
> 身不由己在天边
> 才明白爱恨情仇
> 最伤最痛是后悔

松金喝得酩酊大醉,可第二天醒来,他依然感到心痛,无法平复。所以,松金戒酒了。第一,是因为觉察到酒绝对不是忘情水。第二,他觉得刘德华的歌声的沧桑感,其实是告诉他另一个意思——前路漫漫,好自为之。第三,即使在至暗时刻,也不能一直消沉,该忘记的一定要想办法不想。忘情水,其实就盈在自己的心里。

他戒酒的那天,邀我去捡石头。我们俩开着他的车,去了遥远的大雪山。松金打着方向盘,车载音响里依然是刘德华的歌声,挡风玻璃前的挂件也是一张镶着边框的刘德华照片。我俩不管是在车里,还是在雪山前都在聊刘德华的《忘情水》为什么有如此大的魔力。在这个问题上,我俩的看法不尽相同。我认为,主要是这首歌表达的是人类共通的"情"。试想,在这个世界上,每一个成年人,谁不会经历这种事。所以,我的论断是,正是这首歌的主题,才造就了它传唱至今,而且还会一直传下去。即使地球上只剩下最后一个人,也可能从他嘴里冒出《忘情水》的歌词。可松金却认为,歌是好歌,还要看谁来唱,不是谁唱都能传世的。《忘情水》之所以穿透岁月,主要还是刘德华的功劳,他演绎的《忘情水》有如雪山中传来的呼唤,一下子就能将你带到歌中的意境。要是其他歌手来唱,那就不敢保证能穿越时间,带着所有的回忆陪我们前行。

松金所说不是没有道理,但也不是绝对。所以说,我和他只能各自收起自己的观点,尽量保持愉快的心情。那天,松金把家里保存的所有酒都装在后备厢带来了。于是,听着刘德华的《忘情水》,他打开酒瓶将一瓶又一瓶的酒液倒入雪山前的小河中。我觉得河里的鱼儿肯定要醉了,甚至觉得河里游动的小鱼,醉态十足地摆动着身子,在河水里一副耍酒疯的样子。

接下来,就是松金的高光时刻。他的那块石头在藏友中名噪一时。松金给这块石起了个名字——刘德华·忘情水。那次赛马会,这块石参加了县城民间藏石协会的展览,并占据展台的重要位置,在一个玻璃罩中,显示刘德华与忘情水的关系。于是,便有一些来参加赛马会的各地奇石收藏者打算将此石收入囊中,开价,耍嘴皮,千方百计试图让松金出让此石。

松金给他们看自己脖子上的挂坠:"看,刘德华,我的偶像,我是那种把我的精神支柱出卖给别人的人吗? 不是。"我站在一旁,看着好些人悻悻离去。松金显得很得意。之后,我去北京参加一个为期几个月的学习班。有一次,无意间看到一个奇石展览。带着对石头的热爱,我走进了展览馆,漫步在石头之间,确实丢掉了好些在城市里憋出的郁闷。

就在我长舒一口气侧目之时,突然看到松金的石头竟然在玻璃罩中盯着我。我三步并作两步,心里不由一阵激动,毕竟自己见证了这块石从空寂的山野走来的过程。我心里有一种感慨,心想这块石是不是追着我来到这,那它与我可是太有缘了。心里头这么想,眼睛瞥向一边的标示牌。当然,我试图找出松金的名字,好确认他也来到了这里。

可是,这一看不要紧,我发现这块石的名称竟变成了"牧人与母亲河"。我为之一愣,慢慢觉得,这个名也不是不可以。一个牧人和一条河,刘德华与忘情水,就看石头的主人怎么理解了。果然,石头的收藏者也由原来的松金变成了伽罗普布。这一变化,使我心生疑虑,我也不知自己在这块石头前站了多长时间……我拨电话给松金,号码竟然成了空号。一时间,我好像被一道闪电击中了,整个人像被定在了方形瓷砖上,脑子里一片空白。好久,才被一阵闹铃声惊醒。

结业后,第一件事就是去拜访松金。当然,他的住址就像我本人的名字一样忘不了。那天,也不知怎么,心里忐忑不安,四周小鸟的啁啾加剧了我的紧张,敲门时感到自己的手像拍在发烫的铁块上。果然,走出来的不是松金。松金将自己的住房及藏货商铺转让给了别人。房子的主人换成了何人已经不重要了，唯一要紧的是松金去了哪里，为什么突然做出如此的决定！

我问："房子的主人说过他要搬去哪里吗？"

那人一脸迷惘，抠着鼻孔，淡淡地说："没问。况且，这样问好像不礼貌。"

他耸耸肩，摊摊手。我立时感到整个县城没有人知道松金去了哪里。一连好几天，我都没问出松金的下落，好像他一下子消失得无影无踪。这不符合常理。首先，我不信他会把奇石转让给别人，这说不通。其次，他竟然将自己的手机号变成了空号，这不是要和过去决裂又是什么?！再次，他不会是要忘记所有，当一个孤家寡人？所有的疑问，都在我的思考中变成悬念。

随着时间的流逝，时不时传来松金的消息。有人说，在西藏境内珠峰脚下看到过松金，松金哼着《忘情水》，在帮人搭帐篷。也有人说，在去往雅鲁藏布大峡谷的路上，看到过松金开着车，车里放着的还是那首《忘情水》。接下来，松金依次在人们的口中出现在了羊卓雍措、嘎玛林草原、哲古草原、布加雪山、扎叶巴寺……

我发现一个规律，凡是松金去过的地方，全部是西藏地界。我展开一张西藏自治区地图，开始用红笔将人们口中的那一个个地名标注出来。不难发现，这像是在标注天空星辰的位置。根据那一个个红圈，极有可能将松金下一个出现的位置预测出来。为了获得灵感，或者和松金心灵相通，我也打开手机播放刘德华的《忘情水》，我相信如果两个人同时听，一定会引发另一个人的感应——我知道自己又犯臆测的毛病了。但有一个事实，松金确实跑去西藏了。一张地图铺在桌子上，完全有理由诱惑我前行。第一个目标，当然是拉萨。到达拉萨后，仅仅歇了一晚，我就上街漫无目的地行走，心里其实只有一个念头，说不定会碰到松金，因为他的离去，对于我来说，是一个谜。

我从加央东路走了一段时间，最后来到了冲赛康市场。走进去，完全像是进到了一个砂锅中，我像一个煮在汤水中的红辣椒，四周全是咕嘟咕嘟的冒泡声。确实，冲赛康市场那天很嘈杂，好像是将储存了好多天的声音全部释放出来。即使这样嘈杂，我还是感到嘈杂中一个细密的声音在游动，好像一个人正贴着我的耳边小声唱歌：

给我一杯忘情水

换我一夜不流泪

…………

我像是抓住了一根溯源的线头，伸长自己的耳朵，极力感受细密的声音来自何处。我听声辨位，其实这也没什么难度，穿过几个商户，朝着靠墙的那一排走去。我东张西望，眼睛不放过任何一个可疑的人。脚步沿着瓷实的地面行进，唱歌的声音越来越大，竟然在嘈杂中像孤岛般显露。眼前，一个人背对着我蹲在地上捣鼓着货包。《忘情水》的韵律立时在我的耳朵里打着旋，涌上来。

我知道在这个世界，一切都像是在给我们提示，而一切的提示并不会如我们想象的那样。许多我们认为的，有时会让人心生疑惑。就像面前的这个人，也许就是松金。也许，根本不是。

# 十五岁 给我一个姑娘

◎ 王元

《姑娘漂亮》

演唱者：何勇

作词：何勇

作曲：何勇

发行年代：1994 年 5 月

作者简介

王元，科幻作者。曾在百花文学奖·科幻文学奖、光年奖、未来科幻大师奖、晨星奖等奖项中有所斩获。在《花城》《科幻立方》《克拉克的世界》《类似》等媒体发表原创科幻小说与翻译作品数十篇，代表作《人性回廊》《火星节考》等。

我从小没离开过家。

小学就读于村里，从家门口出来，沿一条土路向北走一百米，上县道（那是我小学时代为数不多的一条硬化路），折向东走三五分钟就能到校。初中我在镇上念。说是城镇，其实就是隔壁村，只是面积大一些，民户多一点。我同样从家门口出来，沿着同样的土路向北上，转而向西，走十分钟左右就能到校。平时放了学或者周末、寒暑假都封印在村里，离家最远的一次是去北京，跟大姑去走亲戚，生平第一次坐火车和使用抽水马桶。那时觉得火车完全称得上庞然大物，是天底下最伟大的发明。

真正离开家是高中，从此开启每月一次的往返，频繁坐火车，觉得火车不过如此，回想起小学时坐火车的感慨不禁哑然失笑，鄙夷自己少见多怪。

在小学和初中时代，我的成绩名列前茅，有限几次考砸了，也只是从全班第一跌落到第二；父母没有干预过学习，但因为天天在家，始终笼罩在他们的控制之下，不敢作妖，或者说，没有作妖的空间与思想。高中住校，我获得空前的自由，加上正处于青春期，突然感受到巨大的迷茫，每天午休醒来一阵恍然，需要两三分钟才能回过神，意识到脚下是土地，是人间。是时，我的学习成绩直线下降，近乎吊车尾。

我开始疯狂迷恋音乐，每天最期待睡前听歌。

学校饭菜很便宜，一块钱一份素炒饼，五毛钱一碗挂面，平时不让出校门，生活费其实就是伙食费。食堂门口有个卖磁带的——她丈夫是学校食堂的工作人员，便有了这份便利和许可——每天午饭和晚饭出摊，搬个马扎坐门口，脚边放着一只裁剪一半的纸箱，里面堆满新专和旧作,我就是在她这里置办齐孙燕姿和周杰伦的全部专辑。我原本绰绰有余的伙食费都在她这里上了供,兑换成一盘盘磁带。想想还挺契合,音乐对于我来说是精神食粮。

那些流行音乐是我的安慰剂,我甚至幻想成为填词人,并为此努力,自习课上同学们都在写作业,我在写作。毕竟,对于没有接触过任何乐理的我,作曲肯定来不了,写词好像可以尝试。经过半个学期的努力,我终于写满一个笔记本,并为此沾沾自喜和洋洋自得,好像我已经成为填词人。

副作用是,成绩一落千丈,终于吊车尾。

很难想象,从全班第一到倒数第一是怎样的煎熬。我感到更加惶惑、不安,于是更加依赖音乐,形成一种恶性循环。

其他副作用是,我的钱都用来买磁带,以至于我连一块钱的素炒饼和五毛钱的挂面都吃不起,只能以馒头和免费的咸菜疙瘩充饥。那段时间我面黄肌瘦得厉害,搞得老师以为我在奋起直追,为提高成绩忙得连饭都顾不上吃。这种情况得到好转,是父母提高了我的伙食费标准,从每月一百涨到二百。

我记得很清楚,那是高二的某个周日午后。学校规定,周六、日也有课,周日下午上完两节课才有短暂的休整。我躺在床上,听着前一天刚买的《太平盛世》,舍友冲进来跟我说:"别听那些靡靡之音了,给你来个猛的。"他的随身听可以外放,他当下把音量放到最大声,从中吼出"我们生活的世界是个垃圾场"。我听完差点动手,这哪里是唱歌,分明就是杀猪叫。他说:"你不懂,这是摇滚乐。"

不仅是我,其他舍友同样对他进行了谴责,但他执拗要播完整张专辑，大家陆续离开，或去食堂吃饭，或回教室自习，只有我作为贴着热爱音乐标签的懂行人留下来。经历过开篇的《垃圾场》，后面的曲目不再愤怒和锋利，到了《钟鼓楼》，我竟然感动到落泪。

我当然知道摇滚乐，我听过崔健的《新长征路上的摇滚》，但我没有听过何勇，不知道一个人可以如此愤怒，也可以如此温暖。夕阳的余晖透进宿舍，室内景物有了斑驳和明暗，我人生第一次有种重生的喜悦。当天晚上，我"盘"了那张专辑，晚自习把耳机从衣袖穿出来，手托着腮，假装思考，偷偷听歌。下晚自习，躺在宿舍，我还在听，直到两节五号电池电量告罄，我抠出来咬了咬，又听了几首歌才作罢。但我横竖睡不着，很想大喊一声。

从此一发不可收拾。我在食堂门口截住卖磁带的阿姨，问她有没有摇滚。阿姨连忙说有，先把我稳住，之后从纸箱里抽出伍佰的《泪桥》。我说要大陆摇滚。阿姨找了一圈，说只有羽·泉的《没你不行》。对于羽·泉唱的是不是摇滚我不太懂，但我想要的是 20 世纪 90 年代那种带有一些地下味道的乐队音乐，以我当时有限的了解，能够列举的只有黑豹和唐朝。阿姨说帮我去找。

一个礼拜后，她告诉我，找到一张合辑《摇滚中国乐势力》，演唱者包含何勇、张楚、窦唯和唐朝乐队。我在这张后来近乎被我奉为信仰的专辑里听到了真正的中国摇滚乐。这是一场 1994 年于香港红磡体育馆举办的演唱会，我最喜欢的歌是《姑娘漂亮》。开始听《垃圾场》这张专辑，对于《姑娘漂亮》有好感，但不至于着迷，现场版那句"香港的姑娘，你们漂亮吗"突然点燃了我，像一道闪电劈进我的胸膛。

这张专辑听多了，我产生了一种想要见到"魔岩三杰"的冲动，我觉得这是一件特摇滚的事情。当时没有网络,没有手机,我找不到与外界联络的线路,只能作罢。这种感觉就像喜欢上一个永远无法表白的女孩。

《姑娘漂亮》写得非常大胆,歌词中有"我的舌头就是那美味佳肴任你品尝"这样即使放在当下仍然有些露骨的表达。不单是这句让人浮想联翩的描写,"姑娘姑娘,你漂亮漂亮,警察警察,你拿着手枪"也让人猝不及防。我也算写了一年多歌词,从没想到竟然可以把"警察"和"手枪"糅进作品中。同样让我惊喜的还有关于《西游记》师徒四人的重新解构:"孙悟空扔掉了金箍棒远渡重洋,沙和尚驾着船要把鱼打个精光,猪八戒回到了高老庄身边是按摩女郎,唐三藏咬着那方便面来到了大街上给人家看个吉祥。"这样生猛、带有某种批判性甚至控诉的歌词我很少在港台流行乐中邂逅。最后那句吼出来的"交个女朋友,还是养条狗"更是振聋发聩。当时我在上高中,不能交女朋友(学校规定禁止早恋),也无法养狗(学校同样规定禁止养宠物),我所能选择的只有继续偷偷写歌词。我后来看到过几篇写何勇的报道,他本人真的养了一条狗,与狗相处的时候他极尽温柔。

从香港回来后,内地的摇滚乐大有要实现腾飞之势,像足球一样冲出国门,走向世界,不承想到那一年是"乐生巅峰",之后便开始滑落,就像出师未捷身先死,檄文变成墓志铭。

报道还写了因为何勇在一次演出中唱《姑娘漂亮》时说了一句"李素丽,你漂亮吗"遭到行业抵制和禁演,从此一蹶不振,各种各样的负面消息蜂拥而至——点着家里的房子,捅伤小卖部的大爷,进监狱,住精神病院……相传何勇录过几首新歌,但我始终没有找到,他的网络音乐页面只挂着《垃圾场》这张专辑。

再后来,我上了大学,磁带被 MP3 淘汰,我在校门口的网吧兴冲冲下载了所有能找到的摇滚乐,也接触到一些新乐队,像痛仰、万青、GALA,但我最爱的始终是 90 年代那批音乐。

我终于没能成为填词人,歪打正着,我成了一名自由撰稿人,同样是靠文字吃饭。如此算来,音乐是我文学的启蒙。我有时会想,假如那时没有听歌,我现在也许不会写小说。我会做什么样的工作,成为一个什么样的人呢?

十五岁接触到的摇滚乐,是上天给我的姑娘。我们没有在一起,却也从未分离。十五年过去了,我很怀念她。

# 伤口上的月光

◎ 朱成玉

《别怕我伤心》

演唱者：张信哲

作词：李宗盛

作曲：李宗盛

发行年代：1994 年 6 月

## 作者简介

朱成玉，中国作协会员，中、高考热点作家，作品被广泛转载，每年均有多篇作品被选作中、高考现代文阅读试题。著有《向美好的旧日时光道歉》《每一滴雨都在认真地落》《那些安分守己的忧伤》等文集数十部。

别怕我伤心,这欲盖弥彰的话,说出来竟然如此痛彻心扉。只有亲身经历过,才能有如此贴切的吟唱——

好久没有你的信

好久没有人陪我谈心

怀念你柔情似水的眼睛

是我天空最美丽的星星

异乡的午夜特别冷清

一个男人和一颗热切的心

不知在远方的你是否能感应

…………

一颗爱你的心

时时刻刻为你转不停

我的爱也曾经深深温暖你的心灵

你和他之间是否已经有了真感情

别隐瞒对我说

别怕我伤心

想不到一首歌竟然可以和我某个时段的心境如此吻合,以至于跟着那歌唏嘘不已,跟着那歌落泪。青春的眼泪是珍贵的,也是不值钱的,从没想过去珍藏,只想肆意流淌。

失恋总是相似的,那天,我烧了很多信。那些记录着爱的过程的信,就那么无辜地化成灰烬,飘在半空里。像灰黑的蝴蝶,传递着某种神秘的信号。以至于很多年以后，我总是念念不忘这些被烧掉的信，总是会提及那一份思念。

我知道我卑微的爱，无法为她刮起幸福的台风。那就让我退回到属于我自己的角落，不再触碰她，默默地看着她与别人的欢爱，并深深地为之祝福。

而曾经，我多么愿意是一块儿小小的炭火，投进她的胸膛里，与她一起赴汤蹈火。

情人节夜里的孔明灯，一盏又一盏，是恋爱的人儿一颗颗怦怦跳动的心吧。那是一个个飞翔起来的愿望，成双成对的人在放，孤独的人也在放。

在我的心脏里，她是一个圆心，吸附了我听来的、想来的、看来的与之有关的一切，然后迅速膨胀，只要一想起她，就有一种痉挛般的酸甜的疼。

我把她藏进我永不过期的心室，那里有两扇门，却配着同一把钥匙。

那时候喜欢听音乐，从没有限制因素，国内的、国外的，哪怕是纯乐曲，只要好听就可以。当时，迷上了一个声音，无论是悲伤还是兴奋，习惯了用他的歌声来慰藉陪伴。

经常听到有人把美妙的歌声比作夜莺，委婉空灵。我也试图从脑海中搜索一种东西来形容他的声音，我失败了，可能那种感觉只可意会无法言传。但还是固执地想描述一下他带给我的悸动。

张信哲，一个情歌的符号。听了他的歌，我懂得了什么叫切肤之痛，也懂得了什么叫爱恨纠缠，纠结而又释然，就是这样一种体验。

《爱如潮水》里的深情告白，《白月光》里的无语凝望，《信仰》里的悔恨交加，《过火》里的欲留难留……无一不是他捧着血淋淋的心，呈给我们看。

他阐释着悲伤，却并非在伤口上撒盐，而是为那伤口敷上月光，献上玫瑰。他让我懂得，伤口也可以很美，伤口上也可以开出花朵。

常常对人说，我爱的那个声音，仿佛寻觅多时的仙露，偶然间得到的惊喜。别人总是不能理解。其实，好的声音并不是在第一秒就被认可，它需要用心去品味。一字一句都悄悄进入心房，蔓延至全身，浑然不觉却沉醉其中。世界变得忽明忽亮，这就是好声音的魅力。

时隔多年，2016 年《我是歌手》节目里，张信哲作为补位歌手出现，当时他重感冒，嗓子沙哑，但还是坚持着唱完了《信仰》。我清楚地记得，前奏一起，我的泪就流下来了，我并不是一个喜欢流泪的人，但他的歌，真的呛到我了。我想，岁月可以改变很多东西，但喜欢一个人的感觉，很难改变。

原来，他的歌早已不再单纯是歌，还是浩渺的江河，是翻涌的青春。

古往今来，听过、看过、感受过太多痴情的人，他们拎着相思的灯笼，在历史的断桥上孜孜不倦地寻找真爱，抛头颅洒热血，上刀山下火海，前赴后继的情种们璀璨了人类的天空，让人淡忘了刀光剑影的冷酷世界，忽略了血雨腥风的险恶江湖，唯独记住了那些被爱情的门缝挤扁了脑袋的傻瓜。

虽然这是一首伤感的歌，但我依然可以闻到其中万分之一的甜。那甜，就是集万千宠爱于一身的命运的妃子；那甜，就是在茫茫人海中一眼就认出的亲切的背影；那甜，就是期盼了无数个日日夜夜，于灯火阑珊处等来的那一句——原来你也在这里啊；那甜，是茫茫荒漠中的一簇绿，是滚滚凡尘间的一点红，是一捧清水，是一碗芳醴，是激情过后，烙刻在心底的那份想念；那甜，像蜜蜂之于花香，像蚂蚁之于糖饴，像女人之于妆奁，像自恋者之于镜子；那甜，可以让黯淡无光的生命变得斑斓璀璨，可以让夜的黑色丝绸勾勒出黎明的迷人体态，可以让冬天的河流变成一江春水，可以让穷人的废墟变成皇帝的宫殿。

从听到它的那一刻起，我就微笑着张开年轻的唇，在一颗心尚未被岁月的秋风蹂躏的时候，在一颗心固执地信奉海誓山盟的时候。哪怕经历的都是暗夜，依然对爱保有真心。爱是一万份想念，让人挣不脱甩不掉，身陷其中欲罢不能。哪怕充斥其间的，是九千九百九十九份相思的苦痛。

别怕我伤心，独自一人扛起所有，这是典型的情种所为。我愿意将它延伸开去——地球上两个人，能相遇不容易，哪怕做不成你的某人，我仍感激。

世间很多东西都不需判断，而是靠直觉，就好像有些歌，遇到的时候，便觉得对了，它是唱给我听的。其实已经过去很久了，可直到现在，那声音仍旧带着极强的引力，每每在耳边响起，逝去的都奔涌上来，一层一层，将所有的坚强全然吞噬。

它们永远提醒着我，你有过那些或单纯、或荒唐，却再也不会重来的过去。

## 心去天涯 眼睛回家

◎ 李晁

《回到拉萨》

演唱者：郑钧

作词：郑钧

作曲：郑钧

发行年代：1994 年 6 月

### 作者简介

李晁，1986 年生于湖南，现居贵阳。2007 年开始发表小说，曾获《上海文学》新人奖、《作家》金短篇奖、华语青年作家奖短篇小说"双子星"奖等。

　　究竟是哪一年里听到郑钧的《回到拉萨》，难以记起了，许是20世纪90年代的末尾。上世纪最后十年的记忆是伴随音乐的，流行音乐与民谣、摇滚的炙热无处不在，说见证高峰也不为过。同时人心也在变化，你会明显感觉人心的呼应，大家都开始歌唱，走在路上，总有人哼着熟悉的曲调，那份自在忘我令人印象深刻。在我生活的水电施工局里，一些比我们年长的中学生就掌握了当时最前端的音乐资源，他们知道从哪里搞到最新的磁带，并开始有模有样地传唱。这是近乎神奇的一刻，因为我们总要过一段时间，才会从传播开来的原唱中分辨出他们口中的歌曲。

　　　回到拉萨
　　　回到了布达拉宫
　　　回到拉萨
　　　回到了布达拉宫
　　　…………

　　这旋律的进入，似乎也是从传唱开始的，也就是说，我第一次听到《回到拉萨》极大可能并非郑钧的演唱版本，而来自身边的青年们。他们有的比我们年长十来岁，可以算作两代人。那时，我们这些孩子还进入不了他们的圈子，因为太小，因为不懂爱情。可当时的伙伴里总有人的哥哥姐姐是他们一伙的，于是夹带私货，我也混迹其中，旁观了几次他们的聚会。

　　彼时他们已经开始玩乐器，其实也就是两把吉他、一只口琴，难得一见的是铜号，不过很少派上用场。他们在屋里或草坪上弹琴唱歌，我们在一旁看着，也许并不怎么听，只是被这架势吸引，捕捉那摇头晃脑间属于成人的欢乐。明白那是一个启蒙时代，是后来的事情。那时的眼睛比耳朵还忙，来不及细听，心里的艳羡总要等待这聚会消散才在心头悄悄升起，那才是旋律留下来的时刻，我们拼命地在脑海里组织歌词，并在这一过程中肆意删改。

现在回想，90 年代是一张温床，那是蓬勃向上的年代。身处边地也挡不住各种信息的潮涌与冲击，虽然波及的时间比外间要慢，但总可以感受余波的震荡。音乐正是其中的强音，它以最简洁明快的方式深入人心，悄悄改变着人们的精神面貌。同时，传统神秘的边地也在被他者的想象所塑造，那笼罩的面纱正在被揭开，它先于纷至沓来的脚步，以被想象的面貌迎接人们的探寻。

西藏尤其如此。我不知道是否可以把《回到拉萨》带入如今仍未停息的西藏热中。探寻开始的年代，一切都是小心翼翼的，而歌者作为敏锐的时代潮流的捕捉者迅速地找准了坐标，对准了陌生的地域。因为陌生，所以看《回到拉萨》的歌词，寥寥几处耳熟能详的地名和与之表达的意境，都是清浅的，没有复杂的成分，可它却偏偏构成了一种激荡，以最简单的语词，勾起人的联想。

据说郑钧是在没有去过西藏的情况下写出《回到拉萨》的，MV 的拍摄是之后的事，那才是郑钧第一次踏上拉萨的土地。歌名的"回"字在这一刻变得耐人寻味，仿佛作者预设了一次超越身体的灵魂之旅，它的空间早已被想象的行走充满，所以等待自己身临，就是"回"。试想若换个歌名，比如《去到拉萨》，又是怎样的光景？它的牵引还会如此强烈，瞬间击中我们的心吗？

　　　在雅鲁藏布江把我的心洗清

　　　在雪山之巅把我的魂唤醒

　　歌词营造的情境是大而化之的，带着模糊性，又因这概括而显得具有焦点，至少在那个年代便于应和人们寥寥无几的地域知识，所以重要的不是细化的地点，比如哪一段雅鲁藏布江、哪一座雪山，两者是陌生地域的总括，暗示这是人们尚未抵达的。

　　把心洗清，把魂唤醒。在歌者这里，只有通过雅鲁藏布江和雪山的形象才能完成所指，这是别处不具备的力量，这也是一个身处嘈杂都市的个体对纯净的向往，来自心灵的归属意愿，是祛除内心杂芜的迫切需求。

　　那么洗清和唤醒的目的又是什么？

　　　不必为明天愁也不必为今天忧

　　　来吧来吧我们一起回拉萨

　　　回到我们阔别已经很久的家

　　家的意向终于显现，可以说《回到拉萨》蕴含了"回家"这一最终主题。都市生涯的漂泊性和无根性在此刻凸显，它借由一片纯净的土地，展开了歌曲的内在引力，它要把我们带回到一个理想的原初。

　　我是 2019 年去的拉萨，是在夜里，从贡嘎机场去往市区的路上，我问前来接我的藏族司机扎巴,会路过布达拉宫吗?扎巴说,会,有彩灯可看。可等真正途经,没有灯,扎巴遥指车外说,那就是布达拉宫。隔河相望,玛布日山上一片黑暗,我什么也没有看到。

等见到宫殿真身,是在白日,我一个人前往游览。一个半小时的等待时间过去,我才一脚踏进布达拉宫的大门。在雪城,我的眼眶突然被泪水模糊,这是毫无来由的,我想许是阳光过于炽烈,可墨镜一直架在鼻梁上,渔夫帽也稳稳戴在头顶上。缘何会这样?我不得而知,只晓得那流淌不停的泪水似乎预示着什么,我不确定自己到底在哪里。若说这是一次意外,那稍后我去色乡,车行峡谷,两旁裸露的巨岩上不时有碎石滚落,新的拓宽路面正在施工,林地终于出现,在河谷的斜立面上迤逦成林,看得出气候带变化了,土壤开始丰厚,能盛下更多的植被。满山叫不出名字的蓝色野花延伸到另一处山口,往前就是白玛琳乡,道路更为简便,车门边即是悬崖,路边的碉楼更为残破,风化多年。我望着窗外的一切,突然说,这里好像来过,眼熟得很。扎巴则惊恐地望着我,稍一沉默,说,也许我前世就在这里。我笑。现在想来,这可不就是《回到拉萨》里唱的嘛。这重叠的一刻还让我想起郑钧唱的那首《一霎那》(来自翻唱专辑《我们的生活充满阳光》)。

你落下了　像在飞翔

一天火花　一地星光

心去天涯　眼睛回家

有一霎那　想起她

……………

　　只是奇怪,在西藏期间,我竟没有想起郑钧的《回到拉萨》——想到那句"纯净的天空中有着一颗纯净的心"——我没有想到任何音乐,仿佛这片天地的纯净就化身为音乐本身,成为每时每刻包围我们的事物,置身其中,你只会遗忘来路,一如此情此景你早已身临。在西藏的土地上,唯一想起的是仓央嘉措的圣歌,我想象它们被传唱的那个遥远的昨日,在拉萨的大街小巷,在雨夜,在离别前的黎明……

　　　　将帽子戴在头上,
　　　　将发辫抛在背后。
　　　　他说:"请慢慢地走!"
　　　　他说:"请慢慢地住。"
　　　　他问:"你心中是否悲伤?"
　　　　他说:"不久就要相会!"

# 我和流行歌的联欢

◎ 马小淘

《天下有情人》

演唱者：周华健 齐豫

作词：林夕

作曲：周华健

发行年代：1995年7月

## 作者简介

马小淘，曾获《中国作家》"鄂尔多斯文学奖"、在场主义散文奖、西湖·中国新锐文学奖、储吉旺文学奖等奖项。著有长篇小说《飞走的是树，留下的是鸟》《慢慢爱》，小说集《章某某》《火星女孩的地球经历》，散文集《成长的烦恼》等。

　　我没有听歌的习惯，不喜欢背景音乐声大的一切场所，去饭店吃饭要挑离音箱远的位置坐，坐飞机耳机只开降噪模式，因为只要有音乐，我就感觉什么都干不了——不能写作，不能思索，甚至聊天还要提高音量。每每在火车、地铁等密闭空间遇到手机外放听歌、刷剧的，我都异常愤怒，希望那人原地爆炸。我就是那种需要外部条件配合才能集中精力的人，只要有什么声音存在，立马被吸引跟着唱，或者心烦意乱觉得受不了。

　　细想我年轻的时候并不如此。那时候父母觉得流行音乐玩物丧志，是扰乱我学习心智的诱惑之一，尤其他们特别讨厌一首歌《我被青春撞了一下腰》，认为这是一个病句，并且十分不庄重。流行歌、动漫、时尚杂志，他们都时而坚决时而睁一只眼闭一只眼地抵制，这取决于我的考试成绩。成绩好一些的时候，他们就宽容一些。

　　我记得有一次考得不错，我妈兑现承诺给我买了一台最新款的随身听，和旧的比起来它最大的亮点是——红色的，唯一的条件是不能带去学校。我当然没有遵守，家长的要求都是不平等条约，没必要老实执行。空口无凭，我必须让同学们亲眼看看我的新随身听，它是红色的。如果没有人看到，这与众不同的颜色还有什么意义。我依然记得那种鬼鬼祟祟的喜悦，英语课上，我用头发遮住耳朵，塞上耳机，在集体诵读课文时趁乱小声哼唱。那时候我具备一心二用的能力，能一边盯着老师，一边进行假装读英文的唱歌活动。

　　我从磁带听到CD，又听到MP3，待到用手机听歌比较普及的时候，我就长成一个没人拦着我听，但是工作忙得我不那么想听的成年人了。好像不仅仅是我长大了、改变了，那种满大街都在流行一首歌的氛围也消失了。《潇洒走一回》《心太软》《星星点灯》《爱江山更爱美人》我真是一不小心就学会了,放学路上走三天,毫不费力就能唱个八九不离十。因为从学校到我家不到一公里,就有好几家音像店。那时候的音像店都整齐划一地放着最流行的新歌,让人有一种教你唱歌没商量的错觉,几乎可以说是在劫难逃,每一条路都是我和流行歌的联欢。我每天都摇头摆尾地走回家,沿途歌声不断,根本无法自控。以至于现在电视综艺一出现那个年代的流行金曲,我就能跟着唱个大概,足见知识积累得有多扎实。

作为一个随身听都要用红色的个性少女,我固然不会执迷于听那些传唱度非常高的口水歌,毕竟大街上听得也不少了。我喜欢那些连着听也学不会,不那么朗朗上口,有点难度的,比如《天下有情人》。一首歌,它好听,我又唱不了,才更让我反复听。我只想欣赏,不想试试。

2020年友人转给我一段视频,是李克勤和周深唱的《天下有情人》,旋律一出,立马昨日重现。我的MP3里曾经循环播放过这一首,是周华健、齐豫的原唱版,收录在1995年的专辑《爱相随》里。二十多年前的磁带,大抵早不知被扔到哪去了,整张专辑我最爱这首歌。

爱是一朵六月天飘下来的雪花

还没结果已经枯萎

爱是一滴擦不干烧不完的眼泪

还没凝固已经成灰

…………

正处在和爱情还没什么关系的年纪,我却从歌声里听到了爱情的怅然和悱恻。那也正是我非常迷恋修辞方法的年纪,这首歌的修辞于当年的我,细腻、婉转、极富冲击力,是异常妖娆的对爱恨情仇的总结性发言。

因为一直被引导看文学名著,我青春期没看过言情小说,母亲认为言情小说太倒胃口了,所以班里大部分女同学都在讨论琼瑶、席绢时,我只能缄口不言。然而严肃文学里的爱情对当年的我显得过于克制、深邃了,我需要高强度的狗血、分离和痛楚,最好是撕心裂肺,歇斯底里也可以来一点,年轻人就喜欢生猛的。

我最开始对爱情的懵懂理解好像都是从影视剧、流行歌曲里来的。比如一言不合就开唱的《新白娘子传奇》,浪奔浪流的《上海滩》;比如好像常有女人背叛他的张信哲,唱片卖得再好也怀着淡淡哀愁的孟庭苇,一张嘴就带着江湖恩仇的罗文、甄妮,让我预料到青春恋情不会有结果的老狼、叶蓓……我在那些动人的声音里痛并快乐着,以为我长大肯定要纠缠在让人彻夜痛哭的爱情里,会和谁剪不断理还乱。

《天下有情人》我听过不下五个版本,有几个也算开口脆,在我心里却没有哪个超越了原唱。甚至有一个版本改了节奏,将整首歌放慢了,仿佛某种减速特效,将极富韵律的如泣如诉变成了拖长声的矫情,技巧尚可,听来索然。

齐豫和周华健的合唱珠玉在前,演绎了最高级的纠葛和放过。两人和声空灵、清透,又有层次又有力道,几乎是不带比喻色彩的余音绕梁。"嘈嘈切切错杂弹,大珠小珠落玉盘",层层叠叠、反反复复,既缠绵,又热烈,悲切中又有洒脱,荒凉而不失澎湃,仿佛全天下有情人的喜怒哀乐都附着在他们的喉咙，他们有义务将那百爪挠心的躁动与焦灼一吐为快，让"再不能够说再会"的有情人得到一点点宽慰。

2021年4月，台北小巨蛋演唱会，两人又唱了这一首，实力诠释宝刀不老。齐豫依然穿得乱七八糟，周华健依然满脸慈祥，比年过半百还要老一些，两人都已经过了六十岁。前奏响起，一秒魂穿。时隔多年，两人的音色多少有些退化，然而阅历好似又赋予了声音难得的厚重，一腔孤勇以外，再添了几分通达，更显酣畅淋漓。台下观众都戴着口罩，疫情让演唱会有了些许迷幻色彩。一张张被口罩遮住的脸提醒我歌者已老去，旧时代已不在。

我已经很多年没看过演唱会了。听歌、看演唱会好像只属于年轻人。现在我不需要拿考试成绩来换一部最新的音乐播放器了，我想买的东西都可以自己决断，却很久没有那种求而不得的深深渴望了，我已经到了当年母亲阻止我追星时的年纪。

城市里巨幅海报上的流量新人，很多我都叫不出名字。街头的音像店早就不见了，甚至磁带过时后，我曾热衷过的"打口碟"也变成了一个遥远的名词。据说如今没有人买唱片，歌手都要去演戏、接综艺，不然光唱歌热度远远不够。

我想起我中学时的金曲奖、白金唱片，发觉自己竟也是白金时代的听众。宝丽金、滚石、华纳、百代……这些唱片公司的名字曾经每天都被年轻人谈起，如今只是属于昔日的怀旧符号，早已不可同日而语。一个时代过去了，它人欢马叫笙歌鼎沸，却好像转瞬之间就变成了过往。

因为执着 所以田震

◎ 孙瑜

《执着》

演唱者：田震

作词：许巍

作曲：许巍

发行年代：1996年3月

作者简介

孙瑜，中国作协会员，河南省文学院签约作家，新浪网签约作家。作品发表于《中国作家》《小说月报·原创版》等刊物。曾获河南省文学艺术优秀成果青年鼓励奖、河南省"文鼎中原"——长篇小说精品工程优秀作品奖、河南省杜甫文学奖中篇小说奖。

　　写田震和她的歌,容易暴露年龄,因为"90后"的年轻人恐怕很少有人喜欢这位曾经的中国歌坛天后。1966年出生于北京的田震,已经五十多岁了,自1984年出道,演唱了《执着》《干杯,朋友》《野花》《风雨彩虹铿锵玫瑰》《好大一棵树》《月牙泉》等一系列传唱度很高的经典歌曲,歌唱事业一步步迈向巅峰,可谓中国第一代流行歌后。

　　田震的歌声,沙哑中带着磁性,苍凉中隐含霸气,亦雌亦雄,辨识度极高。而且她的歌声饱含着一种旺盛的生命力!这一点是最重要的。我想,田震歌唱的时候,眼中应该是有彩虹的。

　　好的艺术,应如那天边的彩虹,夺目而朦胧。而好的艺术家,内心需要有种把一切奉献给艺术的虔诚。

　　喜欢田震,还因那个相当有名的"摔话筒"事件。2001年,在南京举行的"中国流行歌曲榜"颁奖晚会上,田震因不满颁奖活动中的不公正现象拒绝领奖,并当场指责主办方"暗箱操作"的行为,"这种奖不领也罢"。

　　在田震发言的过程中,主办方三次关掉话筒音响,但均在观众的强烈要求下被迫恢复。而主持人为了控制局面数度试图打断田震的发言,田震则受到了在场观众用欢呼声表达的支持。

　　一生有许多选择,却又似乎别无选择。田震,就是如此坦率,如此有个性,如此执着于对错。

　　宽厚仁慈是一种善良,但没有原则、缺乏底线的忍气吞声,却是滋生各种"潜规则"的温床。田震,这位执着的女汉子挺身而出抗拒虚假,实在令真汉子汗颜。

　　正如她在《执着》中所唱的:

我想超越这平凡的生活

注定现在暂时漂泊

无法停止我内心的狂热

对未来的执着

拥抱着你 oh my baby

你看到我在流泪

是否爱你让我伤悲

让我心碎

拥抱着你 oh my baby

可你知道我无法后退

纵然使我苍白憔悴

伤痕累累

　　前几年没有疫情的时候,呼朋唤友去 KTV 练嗓子,消食、释放压力、假装几分钟歌星,是周末的常备选项。田震的《执着》经常是我的开场曲,而《干杯,朋友》则是散场曲。田震的歌,也适合清唱,比如在敦煌的沙漠中清唱《月牙泉》,别有一番滋味在心头:

就在天的那边很远很远

有美丽的月牙泉

它是天的镜子沙漠的眼

星星沐浴的乐园

偶尔想想，宇宙已经运行了 140 亿年，地球诞生于 46 亿年前，银河系大约有 60 亿颗星球适合生命存在，而宇宙还有无法计数的银河系。

古人类出现的时间，是距今 500 万到 700 万年之间。而地球上最早的人类文明中心是苏美尔（古希腊人称之为"美索不达米亚"），大约出现于公元前 3500 年，华夏文明起源于距今 5000 年前。

这在整个宇宙中，是多么渺小的一瞬间啊！

人类存在的目的是什么？那些民主、自由的人类精神在宇宙浩瀚的力量面前有什么意义？虽然人类的活动带来了太多的变量，有太多的不确定性，以致很难对人类未来做出科学的预测，但亿万年后，或许所有人类的痕迹都会消失。到那时，伟大的人和平庸的人都将有一样的结局。那么，当下喜欢的每一首歌，做的每一件事，学习的知识，为生活的付出的努力，又有什么意义呢？

我非常喜欢福楼拜的一句话："人的一生中，最辉煌的一天并非是功成名就的那天，而是从悲叹与绝望中产生对人生的挑战，并勇敢地迈向这种挑战的那一天。"

真正的艺术家只关心宇宙、人类和自我的对话。存在即永恒。

如今，田震很少出现在舞台上，这位曾经名震八方的歌坛天后，2007 年因病退出乐坛，处于半隐退状态。她坦言，对于音乐圈的现状已知之甚少，名利对于自己已成"浮云"。

此刻，我想起杨绛先生翻译的英国诗人兰德（W.S.Landor）的一首短诗《生与死》：

我和谁都不争，

和谁争我都不屑；

我爱大自然，

其次是艺术；

我双手烤着生命之火取暖；

火萎了，

我也准备走了。

执着地生活下去吧！为了生，为了活，为了我们心中相信的黎明。

# 从我身边出走的你

◎ 康蚂

《两天》

演唱者：许巍

作词：许巍

作曲：许巍

发行年代：1996 年 6 月

作者简介

康蚂，作家、诗人，天津市李叔同——弘一大师研究会会员，曾从事媒体、出版和影视工作。著有《他在红尘看风景——弘一大师传》，长篇小说《全世界两岁》《底层潜规则》，随笔集《满目梨花词》，诗集《现实与冥想》等。

寻着久违的歌声,我的思绪回到1996年。

那年秋天我在县一中读高二,第一次见到何书梅。何书梅长得又高又瘦,留着分头,穿一件橙色卫衣,后背印着一个"悟"字。这位青年近视眼,但又非常固执,坚决不戴眼镜,总爱眯着眼睛看人,给人感觉有些"不怀好意"。

何书梅比我高一届,因打架斗殴被迫辍学,在社会混了半年后重返学校读书。同学们不太欢迎何书梅,总是有意无意地疏远他。何书梅比较清高,也懒得理睬同学,经常独自戴着耳机到操场后面的小树林看书,偶尔会哼唱几句,他有些五音不全,唱歌经常跑调。

别看何书梅"劣迹斑斑",但他的学习并不差,尤其是理科学得非常好,文科就差点意思了。何书梅不喜欢背书,也没有养成良好的阅读习惯,语文经常不及格。作文每次都被老师打回重写,他最头疼写作文。

何书梅特别羡慕作文写得好的人,他经常向我请教写作文的技巧。我曾在杂志上发表了文章,每天都要从传达室取回一沓读者来信。何书梅向我投来敬佩的目光,主动帮我拆信读信,用夸张的语气说:"我何某人何德何能,竟然能与康作家成为同桌,真是三生有幸啊,从现在起你就是我崇拜的偶像。"

何书梅的日记本上工工整整地抄着一段文字——

我只有两天

我从没有把握

一天用来希望

一天用来绝望

我由衷地赞扬何书梅，小小年纪竟能写出如此富有哲理的诗句，也是一个被埋没的大才子。何书梅合上日记本叹了一口气说，就算让他喝一百瓶墨水，也写不出如此绝妙的歌词，歌词的作者叫许巍。当时我对许巍一无所知，也没有听过他的歌。何书梅告诉我许巍是西安人，西安就在鄂尔多斯隔壁，坐长途汽车过神木市就离西安不远了。

何书梅问我喜欢听谁的歌，我提到崔健、唐朝乐队、郑钧。终于遇到一个听摇滚乐的同道，何书梅露出惺惺相惜的表情，他欣慰地笑了，我从来没有见过何书梅如此开心地笑过。他从书包里拿出一盘磁带，封面写着"红星壹号"，由红星生产社出版发行。那是一张拼盘专辑，收录了包括许巍的《两天》在内的十首歌。

何书梅带着我从教室后门偷偷溜到操场后面的小树林，在昏暗的路灯下，在秋虫的低鸣中，他倚靠在一棵白杨树下，摘下别在裤腰带上的随身听，将那盘磁带塞了进去，然后炫耀地吹了吹大拇指，轻轻地按下播放键。

许巍沉郁的歌声传了出来，歌中有迷茫者的生命价值，也有残酷青春的肆意。何书梅歪着脖子声嘶力竭地跟着唱——

我只有两天

我从没有把握

一天用来出生

一天用来死亡

我只有两天

我从没有把握

一天用来希望

一天用来绝望

我忍不住问何书梅,不是已经走上社会赚钱了吗,为什么还要回到学校读书?何书梅用过来人的语气说,江湖险恶,人心难测。那一刻他有些伤感,看着远处黑漆漆的杨树林,向我讲述辍学后的经历。

高二辍学后,何书梅跟着他三叔跑长途运输,主要工作是沿着国道给发电厂运煤。一个风雪交加的傍晚,装满煤炭的运输车在邻省野地抛锚了,维修人员转天上午才能赶来,这意味着他们要在野外过夜。

月黑风高之夜,一群不明身份的人扛着铁锹,明目张胆地卸车上的煤。血气方刚的何书梅抄起一根铁棍就要下车,结果被三叔拦住。卸在地上的煤被那些人用手扶拖拉机运走,紧接着他们又拿铁锹砸开车窗抢走所有财物,庆幸的是人没有受伤。

荒无人烟的旷野,只剩下一辆空车和两个冻得瑟瑟发抖的受害人,那一幕就像贾樟柯的电影,从头至尾弥漫着底层小人物悲凉的命运。何书梅问三叔为什么不反击,三叔告诉他,那些人手黑心冷,一旦反击轻则伤重则死,这条路每年都有莫名其妙滚下山崖的运输车。三叔语重心长地告诉何书梅,当运输司机太辛苦了,还是回学校好好读书吧。

我们共同喜欢许巍,因此成为志趣相投的好朋友,为了我何书梅还跟别人打了一架。因为篮球场的一次口角,我被高三学长谩骂,由于懦弱无力反抗,只好忍气吞声。何书梅知道后决定帮我讨回公道。

快下晚自习时,何书梅牵着他们家的狼狗来到教室,那位学长看到伸着红色长舌的狼狗吓得面无血色,马上向我赔礼道歉。何书梅故意摆出一副"江湖人"的架势,警告人高马大的学长:"胆子够大啊,我的偶像你也敢欺负,还想不想毕业了?"

为了表达谢意,我决定送何书梅一份生日礼物。星期五大课间,学校广播站播放了我为何书梅点播的许巍的《两天》。当时何书梅就坐在我旁边,他在众目睽睽之下有些不好意思,局促地搓着双手:"哎呀!哎呀!我何某人何德何能,烦劳康作家为我点歌庆生,真是受宠若惊呀。"

高中毕业后我到天津求学,何书梅则留在县城成为一名公交车司机,我每次假期回去,他都会开着私家车到车站接我,然后到学校附近的小饭馆吃清炖羊肉。何书梅一点都没变,还像学生时代那样称呼我为康作家,还会心甘情愿地当我忠实的崇拜者。脸皮越来越厚的我竟然毫不客气,欣然接受。

2022年元旦。夜,我独自到海河边散步,经过摩天轮时看到一个穿校服的学生弹着吉他唱《两天》。那个学生长得特别像学生时代高高瘦瘦的何书梅,唱歌的声音也像,同样有些五音不全,但却能唱出那种孤独的心境。

我停下脚步远远地看着他,多年前与何书梅在小树林唱歌的场景,像电影一幕一幕在脑海中闪现,我甚至闻到了空气中弥漫着的沙枣花的香气。可惜不是何书梅。为何不是何书梅?我这位最亲密的高中同学,早在千禧年的春天,死于一场意外车祸……

# 在阁楼上

◎ 崔云

**《浮躁》**

演唱者：王菲

作词：王菲

作曲：王菲

发行年代：1996 年 8 月

作者简介

崔云，本名崔健，1985 年生，女，从事文学编辑工作。曾获第三届全国新概念作文大赛一等奖，散文、评论文章散见于《文艺报》《新民晚报》《西湖》《星火》等报纸期刊。

虚构与现实

选择活在一种唯一的叙事之中

笑着沿木质楼梯,然后站在阁楼上

我抬头看你

我猜你并不知道接下来会如何

就像我每天都安慰自己或许明天就完全不同了

谁也不知道会发生什么突如其来的事情

就像下一个句子停留在哪一个尾音上

你的眼睛逐渐模糊了,声音也变小了

你的头发是你身体中最开始亮起白色光的部分

我耳边还响着你天真的笑

但那是很久之前的事了

与木质楼梯的咯吱咯吱声,构成了古典的优良美德

所以你成为阁楼上的女人了

你的笑和声音和光

终于成为证明你疯狂的一部分

是谁囚禁了你?

"痛苦地享乐,犹豫着堕落。"


　　这是我与《堕落》之间产生的一点化学反应,诗的最后一句即摘自这首歌。相反,我并不认为这是王菲的"堕落",反而是在毫无顾忌地慷慨陈词。我不是虔诚的菲迷,在很长的一段时间里,我无法置信她的迷恋者如此庞大——主流的非主流者。只是在她慢慢定型的形象

里，她可探讨的余地却逐渐变得窄小，只能陷入某种固有的形象之中：极低频率出现在格调"颇高"的杂志上，到处都流传着她不留情面的采访片段和狗血的感情传说，她的穿着品位象征着某种超凡，或是造神一样被写进小说里——在后记里女作家会说，小说里高冷不羁的女主人公是依照她心中的阿菲写的。她像是一个被特立独行或是绝不媚俗的标签贴满了一身的另类"都市宝贝"，塑造着现代都市女性不再被规训和追求与众不同的生活方式的愿望，却迷失在另一种"类型化"的想象之中，一个商业包装话语所左右的冰冷的艺术符号。

如果说被归类是流行音乐的必然归宿的话，《浮躁》所遭的冷遇也应该是一种必然。《浮躁》里面《浮躁》《想象》《哪儿》抛却了歌词的尝试，让直接的语词影响隐身，使得音乐欣赏本身一下子有了难度。但这种并不鲜见的表现方式并非作为形式实验出现，反而与《浮躁》《想象》《哪儿》本身的主题密不可分，她带有某种秘密倾诉的使命，更像得意忘形中的自语或是生活遗落的声音碎片。听者无法再在固体的语言结晶体中寻找可供依附的符号，没有实体的情感表达，就无法有唯一的阐释。其间，她未再卖命歌颂爱情的洪流和纸醉金迷的繁华，矫饰绝对的情伤也不见踪影。哼唱的片段，是旋律之下自然流露的节拍，是呓语，是无聊九月天高人浮躁的撒娇，也是心满意足的排遣与无聊。吸引人的是其中天真的依恋和放松的表达，尽管在她身后已然站立着诸多钢铁般不可撼动的男性意志，他们一个个咄咄逼人毫不留情地左右着她的风格，但她的古灵精怪却冲破压抑地冒出头来。这真是一张难得的自然之作，是王菲在成为"王菲"之前，还是一个"普通"女歌星带有些许人间烟火的放纵与"堕落"时的真实色彩。之所以显得如此跳脱,正是因为它天然,不依赖于口味亦不能被归类,它没有某种指向,甚至无法被充分解释,尽管还有人在挑剔其中的风格属于窦唯或是 Cocteau Twins 乐队,却不得不承认她的独特,且与后来的王菲形成鲜明的对照。

在"夜风微凉,树摇月晃,云儿在飞,我在想,水流花儿香,一片夜色放心上"(《无常》)又或是"九月天高人浮躁,九月里,平淡无聊,一切都好,只缺烦恼"(《浮躁》)中,王菲是清新的、跳动的,但却是"喜中带忧,暗中有光""美丽之下有凄凉",是无聊又烦恼的。此刻的无常是人间,也并非是人间悲惨的无常,却是小的心绪的无常,不易察觉的变动,并不浓妆艳抹故弄玄虚,旋律在清淡的点缀后微凉地划过皮肤,舒服又感人。但在《阿修罗》(《寓言》)中她又进入了另一层境地"不愿立地成佛,宁愿要走火入魔",遥远的钟声像是祭奠一场神之战,战况惨烈,王菲已然离开人间和土地;《寒武纪》将时间推到几亿年前的寒武纪,直至"亚当与夏娃"的诞生来推算人生的孤寂。王菲放弃了人间的悲欢,选择了极致的悲剧与虚空的华丽。"痛苦地享乐,犹豫着堕落……你没有错,因为没有谁做对过,心安理得,于是你堕落……我不慌不忙,自然坦荡,绝望地逆流而上,甘心地自投罗网,没有别的想法,只想放纵一下在",《堕落》中,虽是堕落却如此明亮清澈,没有绝望,只有宽容和洒脱,人声中透着一丝轻佻还有不屑,"来啊来啊"丝毫无所畏惧;"清规戒律,没有意义意义,三心二意,才是魅力魅力,末日来临,一点好奇,谁也不会,在意在意"(《末日》)毫不在意地玩闹与无视规矩的大胆,真实得可爱,虽取名"末日",却有"一点好奇",她还在透明的梦幻中游弋;《扫兴》慵懒的曲调是性感与暧昧,《不安》是不安,

《哪儿》是漫无目的地摇来晃去,《想象》是天真与真挚。

我喜欢这样的王菲,不需要去热爱她的深奥和另类,做自己就好,就像万千在恋爱中胡闹和在成长中糊涂地受过伤的女孩一样,敏感恣肆地变老就好。不用卖弄深刻,不用刻意做出特立独行的姿态,胡闹的时候胡闹,伤感的时候伤感,犯错误、撞大运、打发无聊的时光,遇到喜欢的人就努力地爱一场,爱错了也没什么畏惧。一切都是有力的,放松的,顺其自然的。太多的人一生都在与平庸抗争,无法与自己和解,用力挣扎反而被绑缚得更紧,在模糊与不确定之间,美才可能诞生。最是天然难得。

《浮躁》是纯然幸福的旋律,她的哼唱是尚未背负艰辛的生活片段,不被浸染和影响,也毫无负担。但正因如此,它或许只会出现在王菲的青年时期,她的感情尚未破碎,即将迎来新的生命与希望,有着惶恐却睁大了双眼天真坦然地面对未来。这是我们每一个女性的青年时期,满怀恳切希望,世界似乎只有一个“我”,一花一草都为我而生长,欢欣地哼着只有自己听得懂的小调向未来去。

如果说《浮躁》中的王菲还有多种模糊与不确定感,在《只爱陌生人》和称神的《寓言》里,王菲变成异常清晰的清冷形象。《开到荼蘼》像是将最后的全部力量耗尽地绽放,军鼓的使用和王菲遥远虚焦的人声,到了《寒武纪》《彼岸花》《阿修罗》推向极致的风格塑造终于将王菲送上神坛,她沿着人间的木质楼梯一直向上爬,她不仅仅是爬到了阁楼上,也上到了月亮上。但那“百年”孤寂的冷让她越来越模糊,越来越像城市的孤冷灵魂和独自作战的战士。

如果说王菲真的是以某种特立独行的形象在虚构与真实之中辗

转的话,我倒真愿意相信在《浮躁》中这个调皮天真的王菲是最舒服与坦然的她,她并不用力,对生活现实有着某种满足,当然也有不得不做的尚可忍耐的屈从。但我何曾不明白,这天真与坦然便只能是一瞬的,人生的际遇不会让这天真长久地存在下去。当人变得深邃沉默,或是决绝狠辣,必是被伤害得痛彻。之后的王菲,被一种词人的审美趣味绑架,繁复、精巧、自怨自艾甚至是顾影自怜。这些符号成为她的铠甲,将《浮躁》中的她彻底覆盖。反倒是"宽姐(Kwan)"为她所作的歌词显得浑然天成,像《推翻》,像《空城》,没有架子且毫无压迫感,慢慢倾倒着她内心的尚且还温热的真情。

# 黄昏的乌仁娜

◎ 周晓枫

《蓝色草原》(*Hödööd*)

演唱者：乌仁娜

作词：乌仁娜

作曲：乌仁娜

发行年代：1999年6月

✎ 作者简介

　　周晓枫，北京作协副主席。出版有散文集《巨鲸歌唱》《有如候鸟》《幻兽之吻》等，获鲁迅文学奖、华语文学传媒大奖等奖项。出版有童话《小翅膀》《星鱼》《你的好心看起来像个坏主意》，获全国优秀儿童文学奖、中国好书、桂冠童书等奖项。

蜂蜡慢慢熔化，我喜欢琥珀色的黄昏。这样的时候，握紧的拳，会不由自主地软下来，让一缕细沙和时间里的恩怨穿过指缝，于是干净的手能够祈祷。这样的时候，我喜欢赤脚走动，打开落地窗和音响……吹过我的，是通透的风和歌声。

始终迷恋具有异域风情的音乐，纯旋律，或者神秘的哼唱，即使我听不懂一句歌词。我想那并不妨碍理解，反而激发想象。设想那些进入天堂的灵魂将如何交流？来自不同国度，被不同的母语文化所喂养，他们怎样突破隔阂彼此了解？忽然有一天我似有所悟，他们可以用眼神和音乐交流，那是不需要译者的语言，那是婴孩般的天资。

我喜欢感情上结实的民族。几年前看杨丽萍制作的《云南映象》，不知不觉，数次泪流满面。声若裂帛的歌唱，血脉偾张的舞蹈，只有往疯里活、往死里爱、保持原初活力的民族，才能这样热烈激越地表达。其中一幕叫《朝圣》，撼动我心。情不自禁地，那些虔诚的人把自己祭献：他们宁愿在靠近天堂的路上被神抛弃，也不要被俗世的王所恩宠。

去新疆，我在尼勒克县的伊犁河谷漫步：泥土上朽断的树根、毒蘑菇、不再藏纳籽实的松塔、湿漉漉的小野莓，还有无名大鸟折落的覆羽和悬在花梗上的蜂群。隔得不远，高山融雪形成冷玉色的河水，冲刷着两岸卵石滩，响彻浩大之声，但我充耳不闻，脑海里不断回荡着一首维吾尔族情歌，我们在旅行用的越野车里听了一路。被热烈而又悲凉的情绪感染着，我进入虚拟的怀恋：离我而去的艾热提，你将在谁的屋檐下擦亮你的英吉沙小刀？后来走西藏，环境缺氧，唯有藏歌像河流汹涌在我体内，让我始终怀有出发时的力量。即使行旅艰难荒凉,我依然被照耀,相信无尽碎石路,正是通往天际或天际那边隐约的天堂——足够空旷,神就居住在高处不胜寒的地方。

少数民族的音乐,往往具有坦然而干净的儿童般的执着,其中满怀的爱,能够作为内在的光源把人照亮。那种纯粹与浓烈,精明的所谓现代人难以承担。我们在调情中夸饰氛围,心神却拒绝给付,不过擅长隆重的口语表达罢了——体积大、密度小的东西,在性质上无不轻浮。我笃信,真正的爱,以最古老的方式存留;现在普及的快餐感情,我会犹豫着如何描述。这是爱吗?假如彼此只有一片安眠药就能镇压的惦念、两次红灯之间的等待耐心?现实中充满太多转折和变化,爱到图穷匕首现,我们就会发现,曾经生死相依的誓言,成了多么令人尴尬的荒谬修辞;而遇挫总结起来,或许也会被归纳为某种技术故障吧?说来说去,我们都只是自己的宠物,自私中反复计较,生了一副期望被他人随时呵护的狼心狗肺。我们太狡黠了,缺少可爱可敬的笨拙,结果反而被聪明所误。

> 我将不厌倦地守护着我的羊群
> 安详地在肥沃的牧草地上吃草
> 孕育自家乡摇篮的
> 我的传统　歌谣及故事
> 我将带着它们到远方

这是乌仁娜的声音,尘世中的天籁。

选择她的 CD 时,我完全没有听说过她,没有受到任何宣传的推动和蛊惑。三联书店的音乐架柜上,我偶然遇到她的专辑。她的样子与众不同,丝毫不符合封面美女的造型,烈日灼伤留下的晒斑非常明显,直接得让我不习惯。乍一看,这个与我同龄的女人比较显老,但她脸上流露着一种沧桑者身上稀有而别样的纯真,瞬间吸引了我。

十九岁,不会说汉语的乌仁娜离开祖先世代居住的鄂尔多斯草原,先来到呼和浩特,然后到上海音乐学院学习扬琴。在北京寻找工作时,她遇到德国的巴伐利亚筝乐手罗伯特,随他定居柏林多年,现在乌仁娜又把家搬到开罗。她始终是个游牧人啊,云游四海的自由者。

没有系统学习过声乐,恰恰是对她天赋的保护。乌仁娜为此感到庆幸,她说:"在音乐学院我遇到很多纯真的声音,来自文化古老丰富的少数民族如西藏等地,但他们毕业之后唱起来都一样,唯一不同的是演唱的语言,真是耻辱啊。"

《生命》录制于泰国清迈山区的木屋,我很多年没有听过如此质朴感人的声线,动听到直抵魂魄。放进汽车的音响,我听了足足半年,毫无厌倦,又买了十几张送朋友。对《蓝色草原》一碟,乐评人这样描述:

> 歌声带给听者神奇的体验:"在原野上看到瞪羚纵身一跃,却不知它将落在多远的地方。"她值得赞叹,不只是跨越四个八度的天赋,而是她的音乐能够如此自然、温暖、饱满而又满怀倔强个性。

杜丽曾把蒙古族作家冯秋子形容为"身怀五谷的女人",对,也可以用"五谷丰登"来形容乌仁娜和她的歌声。她的歌吟有时神秘高邈，有时生蛮莽撞，听了就觉得牛羊都忠诚，爱恨都结实；地气饱满，水草丰实，这里养护着羔羊清润的肠胃，而呼麦那奇异的喉音回荡在远方的地平线……只有襟怀敞亮，歌唱起来才能如此荡气回肠，令人沉浸。

《斯莱花》是首慢歌："离开一个月，就可以看到，高大的榆树已经长出了巨大的花冠，在灵魂深处，我总是思念着我亲爱的斯莱花……"我感动不在于她唱得多么舒缓，而是专注，对植物的一往情深——清澈又醇洌，盛满马奶酒一样令人饮醉的爱。

传统民谣里一般都是情歌，但乌仁娜不，许多作品都是她对传统的延伸性继承，包含着即兴创作成分，直接表现爱情的所占比例甚微。她歌唱大地、河流、兄弟、蒙古族人的品德，当然，还有温柔忠诚的马匹。她经常歌唱骏马，"挺立在水塘边，骄傲而野性，沿着池边漫步，像流水一样从容……它是琴达木尼马，美丽的珍宝"，或者，"我的小棕马们有漂亮的毛色、健壮的脊骨，我用上好的草料精心喂养，我要骑着它们云游四方"。

马的确是蒙古族人的骄傲。我喜欢这种极具灵性的动物：披拂飘逸的鬃毛，夜空下映现星星的黑水晶眼睛，以及眼神里痴情般的信任。在缎面般平滑的皮毛下面，腱肌微微隆起……当我贴合着马的脖颈，它由于某种羞涩轻微抽搐了，我的面颊感到一阵颤抖的暖意。记得那年在康西草原，我骑马，从下午到黄昏。后来我疲倦了，喝过浓酽的奶茶，就仰躺在草地上，看天上的羊群，听耳畔的马头琴。那匹枣栗色的牝马温顺地垂下弯长的睫毛，似乎鼻息也调整得轻柔。那夜，在草原的黑子宫，在奶奶的摇篮里，我沉睡如婴儿。

# 治愈与自愈

◎ 崔书馨

《只爱陌生人》

演唱者：王菲

作词：林夕

作曲：张亚东

发行年代：1999 年 9 月

作者简介

崔书馨，上海作协会员。作品《AI 接续代之城》入选刘慈欣主编的《九座城市，万种未来》，获深港双年展评委会大奖；《深海之冰》入围第十九届百花文学奖·科幻文学奖。代表作《未来之夏》《分享经济重构未来》《得到你的一百种方式》等。

　　越长大越发现爱情这个东西本身就是一件让人觉得沉重的事情，现在极好的会不会是将来觉得麻木的？那存在与消失究竟该如何界定？

　　自己一直爱的人最后可能成为一个遥远的信仰，一个触不可及的符号。

　　直到我听到《只爱陌生人》，跃动的前奏，充满灵感的节奏，空灵又天马行空的歌词，王菲随性而为的态度与这首歌浑然天成，也拯救了十几岁的我。

　　听完这首歌的我，好像身处在潮间带，心不再有涟漪了，让浪花栖息在那些春夏秋冬，鸟慢慢飞离那片海洋，而此时的他在远方可能拉起窗帘，吹灭最后一根蜡烛，那些声音就消失了，而关于对方的种种最后像冰块一样，融化在时间里，成为回忆时的千言万语。是时候了，跟你说再见。


　　　我爱上一道疤痕

　　　我爱上一盏灯

　　　我爱倾听转动的秒针

　　　不爱其他传闻

　　　我爱的比脸色还单纯

　　　比宠物还天真

　　　当我需要的只是一个吻

　　　就给我一个吻

《只爱陌生人》是英国作家伊恩·麦克尤恩创作的一部中篇小说，出版于 1981 年。

小说讲述了一对青年男女科林和玛丽来到一座疑似威尼斯的异域名城度假，其间邂逅了古怪的当地夫妇罗伯特和卡罗琳，最后科林被莫名其妙地杀害，剩下玛丽形单影只地踏上归途的故事。该小说表现了法西斯极权主义的施暴与虐杀等恐怖另类主题。文学用残酷切割人性，但又看到人性复杂沉重的多面和偶尔甜蜜的横截面。

我猜测歌名来源于这部小说的名字，但无从考证。

只能说在小说出版十八年之后，《只爱陌生人》这首横空出世的天才感十足的歌曲，治愈了无数人。

歌词通过跨度极大、点燃想象力的中文名词组合，营造出一种后现代却又透着一点点浪漫意味的意境。歌曲运用波萨诺瓦曲风作为骨架，先锋电子音乐的节奏，加上爵士独特的小号音色等细节组合显得格外丰满，萦绕于听者的脑海。轻松畅快而释然的嗓音，让这歌才下眉头，又上心头。王菲特立独行又随意化的处理，更有种举重若轻的飘逸感，突出"陌生"和"偶尔疏离"的视角。

音乐人用音乐治愈你，长大的你通过音乐学会了自愈。

有时对一首歌的喜欢，会延伸出很多想象，促成很多事情。

后来，我自己创作了一首中国风单曲《似梦似离》，如梦幻般恍惚迷蒙，缥缈辽远，看不真切。当代的人，爱上了梦境里的一个古人，会是一种什么感觉？

《似梦似离》由我演唱，带给人一种悲伤的电影画面感，将穿越古今的唯美爱情说给你听，无尽悠扬的歌声，缠绵委婉地萦绕在耳畔，绵绵的相思情愁,缠绕在心头。歌词古今交替,更有时空交错的感觉,干净的古筝配上沧桑的弦乐,描绘出隔世暗恋的唯美画面,如诗如歌的词,月光、寒蝉、雨,写尽爱情的伤、命运的多舛,我尽量以一种和以往不同的细腻嗓音与咬字方式演唱,搭配简单却唯美的编曲,唱出凄美绝伦的跨越百年的暗恋故事。

> 此情深处如梦初醒
>
> 独自挥笔弄影
>
> 画一页完美结局
>
> 大半光景与你
>
> 未曾半句言语
>
> 惊觉醒
>
> 恍若前世畅饮
>
> 伤别离
>
> 经历几世
>
> 方顿悟
>
> 太多尴尬迟疑
>
> 多半不合时宜
>
> 此去似梦似离
>
> ············

后来,我看到了很多影视剧描摹出来的爱情,像素很高,但又失真。

那些被篡改的爱情，被重新描绘的感觉，一点也不真切。

因为爱情最浪漫也最现实，所以才真实。

爱情不是努力，相互爱恋就可以圆满，它充满着神秘、多元、不确定、意外和冒险，只有对爱情有更全面、更理性的看法，才能放开手脚，热烈去爱。

但是我不想。

我想在自己的精神世界里获得一种永久的相爱和独立，自给自足之后再去爱人。

特德姜充满哲思的科幻小说，开启了我通往理想世界的大门。

在那里，时间未尽已成灰，过去和未来可以轰然而至，你的未来尽收眼底，还有你的一生。

在那里，人的智力可以到达巅峰，人们可以思考当爱情除以零之后还剩下什么。

在那里，你可以重构自己的巴别塔。

我在之后的科幻创作里，获得了这样的感觉。

设定困扰人类的困难，人类为了摆脱这些难以绕过的困境，应该做出哪些努力，最后再收获大团圆的结局，而不是把一切困难用狭隘的爱情主题轻描淡写一带而过。在创作的过程中，我学会了和自己对话，不再向外寻求答案，而是不断地向内求索。

在反复思考中，了解自己的诉求，看懂自己究竟想成为一个什么样的人。为了成为这样的人，我需要做什么？

答案在我创作的一个又一个故事中逐渐清晰，我写的故事里，有我欣赏的闪闪发光的人性，有我崇拜的无畏精神，有我可以一直喜欢的人,它们陪着我。

科幻的故事里容纳更广阔的自由。

让时间变得缓慢,给从未做过的事一点时间;让空间变得随时扭曲,让主人公抵达想要的未来。我在小说中创造着他们的一生,还有我期待的未来的样子。

科幻小说要求故事的起承转合,能量和密度都远远高于其他碎片化时代的小说,特别是那些阅读起来毫不费力,过目即忘的快餐文学。符合常识的科学幻想,大胆的幻想,严谨的故事逻辑,能够"逼"一个创作者进入一种让自己越来越强的完美状态。

原来我也可以达到我从未长大,但是从未停止生长这样的理想状态。

科幻之于我,已经是永远的恋人。我在音符中幻想着空灵又真实的情感互动,诱人的旋律为我铺展开无限的想象空间,拓宽了我的审美边界,让我抵达了一个很少触及的,只有科幻故事中才有的奇妙绿洲,也给我带来了有关科幻创作想象力的共鸣和体验,这是属于我的最快乐的事。即便是冬天,我也可以让读者知道转眼就是夏天,野蔷薇快要绿叶满枝,遮掩了周身的荆棘,苦尽之后会有甘来。

《飞船》

演唱者：杨坤

作词：梁芒

作曲：杨坤

发行年代：2002年5月

# 时光飞船

◎ 陈涛

## 作者简介

陈涛，中国作家协会会员，文学博士，现为中国作家网总编辑。著有非虚构作品《山中岁月》《在群山之间》。作品入选中宣部主题出版重点出版物选题。曾获冰心散文奖、华语青年作家奖等。主编《中国青春文学典藏书系》《灯盏》。

雨下了一整夜，清晨仍未有消停的迹象。早饭后在书房随手翻书，女儿在客厅弹琴，窗外的雨滴落在树叶上，沙沙作响。一首熟悉的旋律从楼下传来，侧身望去，见一个左手撑伞，右手拎着袋子的矮胖中年人正把袋子交至左手，再用右手从深蓝色夹克上衣的口袋里掏出手机。雨中的他有些狼狈，等到他将电话放置到耳边时，我已然听出那首曲子正是杨坤的《飞船》。

向左转　雾还没有散

雨绵绵　有些不习惯

问哪里有我的梦幻

问哪里有我的飞船

多年前，这些歌词曾整日萦绕在我耳边。时间是个可怕的东西，当你某天突然意识到的时候，才惊觉已离当时那样遥远。

2002年秋季的一个傍晚，我从租住的地下室走出，左手拿着收音机，右手拎着书包，去附近的高校图书馆学习。收音机总是习惯性调定在96.5兆赫，只因喜欢这个频道的音乐节目。也就是在那个傍晚，一个沙哑的声音打动了我。第二天，我挤在弥漫着混浊空气的小中巴中，跑到音像店购买了盒带。盒带的名字是《无所谓》，演唱者杨坤，《飞船》正在其中。

我曾无数次从那间逼仄的、只有一小块窗户在地面之上的地下室进出，来回于地面与大地之下。之所以选择它，主要是它在学校附近，方便考研。谈及考研，就不得不说回到2001年。

　　那年我二十出头,大学毕业后去青岛一所高校任教,仍是读书时的穿着,常被学生误以为是同学。好在学生还算尊重我,我也慢慢有了老师的样子。那时我与另外两个同事合住在人民路的一幢老楼里。工资不高,去掉房租所剩无几,但我们又常聚餐,所以经常上半月酒肉快活,下半月借钱度日。每到下半月,彼此之间的谈话内容多是关于钱。"你还剩多少钱?""还剩一点,你还有没有?""你借我一点。"等到大家都没钱了,下班后就在路边摊花五毛钱买两个火烧。时间一长,我们也慢慢有了"理财"的观念,所谓"理财",无非是减少几次胡吃海喝。

　　等到转年6月,韩日世界杯开战,我可以做到在下班后,路过菜市场,拎一袋海货和一袋啤酒回家。我把蛤蜊、海虹、爬虾等洗净后一股脑放入锅中,打开燃气灶后去忙些杂事,待我把它们倒入盘中,再用小碟盛点醋,一一摆在电视机前的小桌子上时,足球比赛也就开始了。

　　本以为日子就这样一天天过下去,有段时间还动了买房的心思,与家人一起在市内奔走。我还记得当时香港中路的房价在每平米五千左右,五四广场附近百十万一栋的临海别墅,距离海水无非几米,进到房内,却发现墙皮在潮气的侵袭下斑驳不堪。年轻人尚且能住些天,年龄大些的人肯定是受不了的。从那时起,"面朝大海,春暖花开"的意象在我心中有了不同的一面。

　　不知父母是在怎样的机缘下,对我现在的工作产生了不满情绪。尤其是我娘,对我与世无争岁月静好的生活态度分外生气。或许不思上进的我让她脸面无光,要不她也不会反复催我继续求学。工作一年后,我辞去教职,选择考研。我并不确定我是否一定能考取,也无法想象失败之后的生活应该怎样继续。可我竟然选择了辞职，义无反顾。现在回头看那个二十二岁的我，是鲁莽抑或自信？我曾不止一次考虑过这个问题，答案总是无解。

我就这样在憧憬、希冀以及担忧中度过每一天。我用笔记将住处的墙壁贴满，甚至包括卫生间，我每天除了去超市买些食物外，始终在学习，根本无暇做饭。房东待人和善，有次傍晚敲门，送一条新鲜的鲅鱼给我炖来吃。我曾有次路过篮球场，尝试投篮，却发现手臂僵硬，篮球被我生生甩了出去，赖以自豪的球感荡然无存，随之而来的是难以名状的沮丧。

我试图借助学习的努力将脑中那些负面的想法挤压出去，但它们仍旧会冷不丁冒出。《飞船》的出现，契合并刺入我的内心。"哪里有我的飞船？"我也曾这样问过自己。

差不多在同时，一个和杨坤的声线颇似的新加坡歌手出现了，他就是当年风头无二的阿杜。那时的大街小巷飘荡着他嘶哑的《天黑》《他一定很爱你》。于是，他们俩被拿来比较，被安排同时出现在某些场合，似乎还有媒体让他们彼此评价。与阿杜不同，杨坤的嗓音在沙哑之中透着丝丝的清亮，犹如充满力量的光束，直直地刺破迷雾，引领着你在忧伤、失落、低迷的情绪中奋力前行，让你坚信注定会到达那光亮的所在。

因为《飞船》，我重新启用了那台索尼单放机，黑色的德生收音机被我暂时搁置。考试前的复习时光，《飞船》始终陪伴着我，它还陪我报名，陪我走出考场，陪我回到家中。记得进门后，父亲问我考得如何，我半开玩笑半认真地跟他说："如果老师正常判卷，以我的考试状态,我就准备去读研究生了,你给我收拾一下行李吧。"父亲自然是一笑,至于信不信,谁知道呢。不久之后,我果然收到了录取通知书。待到离家求学时,父亲一边给我收拾行李,一边说着我没骗他。也正是那时,我想我终于找到了自己的"飞船"。

等再次使用收音机时,我已经是一名研究生了。每天骑车穿梭于宿舍楼与教室之间,车筐中总是放着收音机,不变的还是音乐频道。现在我硕士毕业已有十五年,也完成了博士学业,这些年来我始终不断找寻自己的"飞船"。慢慢地,到了无须找寻的年纪,因为我知道,无论何时、何地,属于我的那艘"飞船"就在我的手中与脚下,它将永远都在。

《最后的战役》

演唱者：周杰伦

作词：方文山

作曲：周杰伦

发行年代：2002 年 7 月

来不及 回不去

◎ 游睿

作者简介

　　游睿，生于 1984 年，现供职于重庆某机关，中国作协会员。曾获第六届"茅台杯"《小说选刊》奖、冰心儿童图书奖、巴蜀青年文学奖等。著有小说集《请输入你的爱情密码》《点燃一个冬天》《鸡皮疙瘩》《走在眼里的风景》《出售刀疤》等。

第一次听周杰伦的《最后的战役》是 2002 年的夏天，那个夏天我十八岁，刚刚从师范学校毕业到一所非常偏远的村小任教。周杰伦当时正留着杀马特造型，靠一盘磁带和一台复读机把他的声音传递给乡村小学仅有的三个年轻老师。下午放学后，我们常常在他快节奏的旋律中洗衣服、打篮球、拖地和批改作业。《最后的战役》一开始就是一阵噼噼啪啪的机枪扫射声，战争的代入感很强，副歌部分揪心的歌词和旋律，让人沉浸于从儿时玩伴到战友的生离死别的忧伤之中。

> 我留着陪你
>
> 最后的距离
>
> 是你的侧脸倒在我的怀里
>
> 你慢慢睡去
>
> 我摇不醒你
>
> 泪水在战壕里　决了堤

那时候我个人仅仅是喜欢歌曲营造的忧伤，当下已是和平年代，没有战争。可多年后再听这首歌，却有着截然不同的感受。

教了一年书以后，我考进了县城的一个事业单位，由此转行，通过不断遴选和考试，最终进了一家省级机关。这期间，我经历了一次次离别，一次次忧伤，我也常常想起《最后的战役》这首歌，但生活和歌曲并没有任何不可分割的联系。直到 2018 年，我被单位派到大巴山深处的一个山村当驻村第一书记。

村里的老书记是一个退伍老兵，他在对越自卫反击战中受过伤，走路有些蹒跚。好在他有一辆面包车，刚到村子时，老书记就开着他的面包车带着我到处走村入户。他说："你到我们村至少要待两年，两年就是一个义务兵的服役时间，这样算起来，我们就是战友了。"此后，他就一直称我为战友。他的车里常常放一些广场舞类型的歌曲，旋律比较悠长舒缓。他喜欢一边听着音乐一边给我讲荤笑话，讲完他总是比我先笑，哈哈的笑声常常盖住车内的音乐。

我住的村委会离老书记的家很近，走路几分钟就能到。有天晚上他约我到他家整伙食，他客气地开着车来接我。当时他的车上正播放着周杰伦的《最后的战役》，他听得很认真，一改往日的豁达，我们俩在车上竟保持了一阵沉默。一遍听完以后，他又按了循环播放。我很奇怪，年近六旬的他难道是周杰伦的粉丝？他摇头否认，说他只喜欢周杰伦这首歌，这也是他最喜欢的一首歌。

那天晚上在他家里喝了几杯酒以后，老书记把手机上的一张照片递到了我面前。照片拍的是一个四岁左右的小女孩，时值初冬，我穿着棉袄都觉得微寒，让我触目惊心的是除了一件单薄的上衣外，小女孩竟然没有穿裤子，腿脚都冻得乌青。当时已经是脱贫攻坚的关键阶段，怎么还有这样的情况？从照片背景上看，显然不是我们村的。我问他哪里拍的，老书记有些哽咽了，好一会儿才用恳请的语气说："你帮帮他们家，也帮帮我。"

老书记告诉我，这个小女孩是他战友的孙女，住在相邻的一个村。这个战友和他是小学同学，后来又一起去打仗，恰好又编在同一个班。那时候战友已经是两个孩子的父亲了，所以上战场前，战友一直给老书记说，他家里有孩子，让老书记帮着点他，别让他把命丢了。可偏偏事与愿违,战斗中,敌人的炮弹命中了他们,在关键时刻,战友扑到了老书记身上,老书记仅腿受了伤,但战友却奄奄一息了。老书记哭着喊着把血肉模糊的战友抱在怀里,把脸贴到他脸上,只听见他轻轻地说了句"我家里还有孩子"便断了气。

回来后,战友的老婆带着两个孩子改嫁到邻村,多年来老书记一直关注他们的成长,直到他们都相继结婚生子。老书记说:"我常常想着他们,可我也常常感到无能为力。"两年前,战友的女儿在外地务工从塔吊上掉下来摔死了。战友的儿子一连要了四个小孩,本来日子过得还不错,谁承想他却碰了网贷,后来还不上就去偷东西,被判了三年刑。男人被判刑后,女人没有收入来源,压力与日俱增,最后竟然变得疯疯癫癫。四个孩子生活尚不能自理,常常就出现食不果腹、衣不蔽体的情况。如今看到孩子的照片,老书记非常自责,如果不帮帮这家人,他无法面对泉下的战友。

我大为触动,老书记的讲述中,他战友牺牲的画面和《最后的战役》MV里的画面非常相似。我猜老书记一定看过这首歌的MV,他喜欢这首歌更是合情合理,但这样的画面,对他来说,每一次回忆何尝不是对自己的一场战争?我更为小女孩一家人的命运感到揪心,依托单位的支持我发起了一次募捐活动,并组织了志愿者一起去给小女孩家送温暖,确保了那个冬天他们全家吃穿无忧。

但那之后老书记还是忧心忡忡。他告诉我,我们自己的村产业已经起来了,交通也相对完善,按照进度全村会提前脱贫。他战友孙女那个村就有压力了,本来那里出产的中药材挺好,但就是路不通运不出去。我们帮小女孩一次可以,但治标不治本,只有把路修通了,村里有钱了，他们的日子才能过得好。所以，他拜托我去争取支持，把两个村的产业路联通。

老书记言之有理，作为第一书记，我义不容辞。

通过多方协调，2020年春节前夕，那条路像种植在山间的药材一样在时间的浇灌下终于长长、长宽，最终修通了，美中不足的是，部分地方的护栏尚未安装到位。这条路几乎是用老书记的脚步修出来的，修路期间，老书记无数次开着他的面包车到工地协调、处理各种问题。现在路修好了，老书记打算联合两个村相邻的药材种植户一起成立一个专业合作社，共同来生产和销售药材。这样算下来，完成脱贫攻坚任务就不在话下了。

2020年春节前夕，新冠肺炎疫情突然暴发。因为两个村相邻，必须要在临界处设置疫情防控检测点。接到任务的一大早，老书记就打算开着面包车带我和另外两个村干部去指定位置设点。临出发之际他却把我赶下了车，他觉得防控检测点的风险较高，之前他没考虑这个问题，他不能让我去冒险。他越是这样说，我越不肯下车。最后他又找了个理由，说我们俩不能都去蹲点，村里更得有一大堆防控的事情需要人牵头，干脆我和他轮流值班，今天他先去，我明天再去。实在没有办法再坚持，我只能下车，目送和老书记一样略显苍老的面包车吃力地远去。

我回到村办公室还不到二十分钟就接到电话，说老书记出事了。路面太湿滑，他开的面包车爬坡时出现侧滑，连人带车翻到了悬崖下面。我和几个村民赶紧骑着摩托车赶到出事地点，远远地看见老书记的面包车已经变成了一堆无法辨认的铁疙瘩。老书记已经从车里爬了出来,他靠在那堆废铁上,嘴里汩汩地冒着鲜血。另外两个村干部则被压在车身下纹丝不动。我惊恐地爬到老书记身前,他冲我摆摆手,微微一笑说:"狗日的护栏,怎么还没装好?!"很快,他的头就歪到了一旁。我抱住老书记,他的血流到了我的脸上,热乎乎的。那是我人生中第一次近距离接触死亡,第一次感受这种刻骨铭心的离别。那一刻,我的耳边突然响起了《最后的战役》,那揪心的歌词,那忧伤悲切的旋律。

有人说歌曲是人类灵魂共同的语言,词曲的作者和演唱者都无法预料一首歌究竟能给受众带来多么深刻和深远的影响。《最后的战役》这首歌发行近二十年时间了,真是初闻不知曲中意,再听已是曲中人。和平年代,我们已经远离了有硝烟的战争,但没有硝烟的战争却无数次打响。人类与贫困的战争,人类与疫情的战争,我们自己与自己的战争……有的持久,有的短暂,但最终都会取得胜利。

在我看来,《最后的战役》已经不单单是一首以艺术形式存在的歌曲,而是一个时间的刻度,是重要的人、重要的事、重要的回忆的线头。一遍一遍地听,一件一件地捋,回忆会把人包裹得一塌糊涂。

# 漫长夏日的秘密纪事

◎ 任青

《完美夏天》

演唱者：高旗＆超载

作词：高旗＆超载

作曲：高旗＆超载

发行年代：2002 年 10 月

## 作者简介

任青，青年科幻作家，作品近年发表于《科幻世界》《科幻立方》等刊物。2021 年凭借《还魂》获得第 32 届中国科幻银河奖最佳短篇小说奖，并获得影视立项。代表作《消失的马戏团》《美学的诞生》《来自近未来的子弹》等。

　　毕业之前的那年夏天，我经常在学校后门外的海边流连。那是一片不可想象的干净的海，在北方实属难得一见。海岸线上不仅有绵延十几公里的峭壁、石礁和沙滩，而且大部分都是未深度开发、甚少有游人驻足的纯净之地。时至今日，在我写下这段文字的时候，耳边犹能响起当年夏天的海风，脑海里回荡着波涛如少女吟唱般的低咏。

　　说起夏天，其实这座海滨城市的夏日界限并不清晰，盛夏的夜晚，海风吹过，甚至还要盖上薄薄的被子才能避免着凉。学校后面就是海面，经常起雾，茫茫一片。大伙居住的研究生楼位于学校的西北角，正冲着另一栋校外的废弃建筑。传说那栋烂尾楼是建到一半的实验室，因为资方垮台，所以就此搁置。下雨的时候，有女生声称看见狐狸站在废弃楼的窗边，冲着宿舍呆呆张望。大家吓得浑身发抖，但是没人相信她。

　　不过，那栋废楼真的发生过伤亡事件。有一次，狮子座流星雨降临人间，一名男生爬上没有灯光的废弃楼顶观看，不想失足坠入一道缝隙，年轻的生命就此终结。从那以后，更加没人敢去废弃楼了。但是，我们毕业前夕，废楼却上演了最后的浪漫。玩乐队的几个人爬上了废楼中部的平台，他们的目的，是帮主唱挽回失去的爱情。爱情的女主角是化学系的学生，已考博上岸，寝室就在四楼——观看演出的最佳位置。那天入夜之后，三个疯子开唱了，带来一场虽然跑调但却相当卖力的不插电现场。不过，他们唯一疏忽的是——自己是一个重金属乐队，而女生们，对此根本没有一丝一毫的兴趣。

　　他们显然排练过很久，顺利演唱了德国老牌金属乐队 U.D.O 的 *Inthe Darkness*、活结的 *Before I Forget*，甚至霜冻前夜的《雪盲》。但是，女主角的窗帘始终没有为他们拉开一丝缝隙,只有其他的宿舍在起哄。研究生楼是男女各住一半,男人们纷纷把上衣脱掉,拼命地呐喊。

在三首歌曲唱完后,他们等了五分钟。可是,上帝为他们关上了门,终究也没有打开一扇窗。最后,在失落之中,主唱——一个有些过早秃顶的老男孩,唱响了一首歌。那首歌甚至都没有准备伴奏。出乎所有人意料,那竟然是首温柔的歌曲——高旗 & 超载的《完美夏天》。他大概想用这首歌,纪念他在这个夏天逝去的,不,或许是根本没有得到过的爱情。

那天,夏夜晴朗,面相苍老的同学在废楼的平台上唱道:

> 整个夏天　徘徊在你的窗前
>
> 等你在微风中出现
>
> 整个夏天　迷失在梦的原野
>
> 在海的誓言中陶醉
>
> 想用我的疯狂　换取你的流连
>
> 用燃烧证明你的美
>
> 再见爱人　我的心已疲惫
>
> 只想逃脱伤痛的轮回
>
> 希望在我最后的目光里
>
> 你的眼睛仍是那样纯粹

他们跑调了。听得出来,这首歌根本没有经过排练。但是,我趴在窗户上,在那个凉风灌耳的夏夜,却被这首歌深深迷住。我并非第一次听《完美夏天》,2005 年的"生命之诗"不插电现场,高旗轻抚吉他唱过这首歌,那是中国摇滚不可复制的经典演出。从那以后,高旗就淡出了他的乐队。因为妻子重病,他在巅峰之年急流勇退,放弃事业发展的黄金岁月,把最好的时光献给了家庭,留给了他最爱的女人。他是个真正的男子汉,比我们都要真,都要更男人。而伴随着表白者的演唱,这首歌在那一夜也突然让我有了新的体悟。我意识到,这不仅仅是一首温柔的摇滚乐,也即将成为漫长夏日的送别曲。这个夏天落幕的时候,我们将永远离开校园——就像高旗结束他的乐队生涯一样,我们也将结束人生中无法重来的青春。

野生演唱会结束后一个月,我们终于圆满毕业。聚会一场连着一场,有人醉了,有人吐了,有人哭了,便一个个离开我们,搭乘北上或南下的列车,奔赴新的生活。因为有一批行李迟迟没有寄出,我几乎成了最后一个离校的人。我把同学一个个送走。我还记得最好的朋友坐公交车赶赴火车站,返回遥远的家乡的情景。那是晚上九点半,他站在拥挤的公交车上,没有座位,周围全是毕业生。一贯冷静的他站在那里,在车辆起步的时候,却突然露出一脸惶恐。我差点忍不住要去追那辆缓慢前行的公交车,却还是停下脚步。还是留下一个笑脸吧,我想,和这座清凉的城市一样大笑,和高旗抚摸吉他吟唱《完美夏天》那样微笑,和海浪敲击沙滩一样咆哮,那就是大海的笑声。

于是,我对他喊:"你是奔丧去吗? 去你的吧!"他应该没有听见。

我从宿醉中醒来,头昏脑涨,眼前是空空如也的宿舍,地上杯盘狼藉,走廊里一片萧瑟,再也没有旧日踪迹,挪开的柜子背面只剩下积攒了三年的霉斑。仿佛时间裹挟着一切突然消失了:小卖部的煮面、熬夜的声音、蠢动的思绪、公开课的喧哗、没有结局的恋爱、分手后海边的痛哭……这些痕迹在时间中退潮,最终也将会在记忆中消散。我遛了几间宿舍,有两个还没走的人声称要送我,我说不用了,我还要在校园里看一看。

于是我中午独自去了学院楼。大堂依旧敞亮,一进门就是个鲸鱼标本,在夏天散发着防腐剂的微微臭味。这大概是唯一一个在教学楼里放鲸鱼的学校了。教学楼中还有两个花园,太阳从玻璃顶棚照射进来,四季都不怕死的坚强的花草郁郁葱葱,叶子如蒲扇大小的南方植物傲然挺立。我曾和它的大叶子合过影,那时发现它上面有不少学生指甲掐过的痕迹,像一个个灰色的小月牙。于是我当年也掐了一下。现在,那片叶子已经无处找寻,植物在不断地长出新叶,就像学校中的一茬茬新人。我们离开这,甚至彼此余生不再相见,而下一批新人很快将填补空白,他们也将拥有属于自己的生活、自己的友情和爱,以及很快消逝无痕的青春,和最后一个充满遗憾的完美夏天。


　　直到我的疯狂

　　对爱的梦想

　　也会在岁月中消退

　　…………

　　故事的结尾

　　会不会有意外的峰回

　　不愿辨清流言的真伪

　　我像孩子一样

　　坚守着沙做的堡垒
　　抗拒着海浪的摧毁


　　在离开学校的时候，我还是觉得自己遗忘了一些事，但不知道具体忘记了什么，可能是一本书、一堂课、一道菜、一个人、一次排队购买船票的记忆，或某个下午校园里慵懒而美好的时光。我想了半天，决定不再在意，它终有一天会再次出现在我面前。希望那个时候我能满怀信心地认出它，认出那道在日常生活中慢慢消失的、浮光掠过的影子。那就是，属于各自记忆里的青春。

# 眼看他起高楼

◎ 吟光

Lonely Christmas

演唱者：陈奕迅

作词：李峻一

作曲：李峻一

发行年代：2002 年 12 月

作者简介

吟光，蓬莱科幻学院院长，中国作协会员，香港作家联会推广主任。曾获中国网络文学年度新人。著有《上山》《天海小巷》，参与主编科幻集《九座城市，万种未来》。组建"滑倒乐队"，为中国科技馆"科学之夜"创作主题曲《科学之梦》。

2010 年，我从内地考入香港的高校就学，到如今已有十多年的日夜。在赴港以前，我并不知道"圣诞节"是这么重要的节日，更听不懂 *Lonely Christmas* 这首歌，表面上写告白失败的人在热闹的节日里独自伤感，实则蕴藏着这座城市里许多孤独者隐秘的情愫。

正如上辈人对粤语歌的印象由张国荣、谭咏麟、Beyond 等那一代黄金时期的天王巨星构成，在"90 后"这一代的集体记忆中，陈奕迅是绕不开的。

这位被外界誉为"张学友接班人"的新一代歌王，坐拥无数传唱度高、脍炙人口的代表曲目，比如《十年》《浮夸》《K 歌之王》等；亦有许多充满探索意味的佳作，比如 "失恋三部曲"（《富士山下》《明年今日》《人来人往》）、"病态三部曲"（《防不胜防》《打回原形》《十面埋伏》）、"葬礼三部曲"（《活着多好》《最后派对》《一个灵魂的独白》）等。而 *Lonely Christmas* 发行于 2002 年，由李峻一作词、作曲，收录于专辑 *Eason 4 A Chance & Hits*，同时也是小众爱情电影《常在我心》的插曲，在前面那些闪亮的歌名当中，只能算不太起眼的一个，但却能够代表我对港岛最深的回忆。

我在都市系列小说《港漂记忆拼图》的第一篇开头这样说："以前香港行的是英国规矩。现如今，圣诞的气氛越发比不上春节了。"通过节日的变迁，寓意社会风气的变化。后来几篇带有科幻色彩的《造心记》《挖心术》等，都在反复勾勒这样的故事。

因为以前行的是英国规矩，多年来在港人心中，圣诞有着更深的文化趣味：平安夜的港岛华灯璀璨，霓虹闪烁，到处都是人潮滚滚，巨大的圣诞树挂满礼物点亮了黑夜,每个人脸上都露出一模一样的欢乐笑容。

但试想,在满城红配绿的色调中,在金灿灿的灯光下,孤身伫立着一个背影——灯饰越亮,越衬托出人的孤寂。

现代都市的特征之一就是极度个体化,社会关系脆弱,人际关系冷淡,还要面临生活的压力、物质的诱惑、观念的冲击、阶级的森严……导致人的疏离乃至异化。有人想在其中寻找同类,然而这种努力大多是无望的,就连节日这样宏大的"仪式感"仍难以排遣,甚至反而强烈比照出了人的孤寂,这才有了陈奕迅一系列的伤感情歌——Lonely Christmas 的副歌高潮处,陈奕迅用他娴熟的中高音转换和虚无缥缈到仿佛飘浮在空中的假音,唱的何止是男女之情,亦是所有感情的缺失,以至人的空虚迷茫。

冷,是刺骨的冷。香港从不落雪,歌词里却说"头上那飘雪想要栖息我肩膊上,到最后也别去么",营造出更深一层的凄清印象。而在本曲的普通话版《圣诞结》中,开头第一句就直白地袒露胸臆:"我住的城市从不下雪,记忆却堆满冷的感觉。"这种孤冷寂寥的声音,不仅是Lonely Christmas,陈奕迅的其他作品如《孤独患者》《浮夸》,乃至前代人张国荣的《寂寞夜晚》《最冷一天》,同代人许美静的《倾城》、杨千嬅的《自由行》《再见二丁目》,后代人林二汶的《北京道落雪了》等作品之中,都可见端倪,或许确是在香港广为弥漫的都市情结。

许多个在港的夜晚,我独自趴在冷气十足的图书馆电脑前,耳中循环着这样荒凉无奈的声音,构成了很多年后对港漂生活的记忆碎片之一。或许是心境上受到影响,"港漂"系列小说也沾染了凄冷烟气,科幻作家飞氘评价其"画风冷郁",华文作家黎紫书则说"读了让人心有戚戚焉"。

如果仅是孤寂冷凄,那还罢了。

人人都爱描述平安夜的热闹,如果有谁在次日出街,就会看见这座城市的真相:灯饰被效率极高地迅速摘落、替换,满街待处理的垃圾,人造圣诞树也摔倒在地,七彩的礼物歪七扭八地被人踩进泥土里——绚烂之后的灰烬,就是如此了。前一晚越是热闹,越衬托出次日的荒芜。

听过 Lonely Christmas 才恍然大悟,原来繁闹的真相在歌中已经唱出:"凝视那灯饰,只有今晚最光最亮。"而到了明日,"灯饰必须拆下,换到欢呼声不过一刹"。这难道便是毁灭的美学倾向?

原来港人一直是清醒的,清醒于高楼的先进与发达,也清醒于高楼的隐患与危机,甚至是"盛极必衰"的历史规律。早在三百年前的昆曲《桃花扇》中就这样传唱:"眼看他起高楼,眼看他宴宾客,眼看他楼塌了。"

这个发现叫我震惊,在小说中写下"像坐在一艘正将倾颓的大船,船上的人如天灾到来前的小兽般惊慌,却只能做尽一切无力的挣扎"的感慨之语。更深一步讲,从广义的角度来看,哪个时代、哪个城市不是如此呢?——"所有的 metropolis(大都市)长得都差不多。"孤独源于都市的普遍低温,高楼是森立的怪物,多数人只能一辈子站在楼底,脖子拧断也望不见顶。

于是到歌曲的尾声,历经"醉酒呕吐""头痛""合唱的诗歌"等,主人公终于在"人浪中想真心告白",却被对方当作"听听笑话"一般对待,抑或者,对方其实是用这种方式敷衍带过,避免直面拒绝的尴尬?总之,歌中人终究看透了灯饰必须拆下,繁华必将倾塌,再盛大的欢呼声都不过一刹那。

临结束前的一刻,编曲响起了《铃儿响叮当》的经典旋律——洗去前面一直在抱怨的节日俗套,此刻仿佛圣音天上来,为一直在苦海挣扎的歌中人带来抚慰。

而我听到此处,仿佛已是曲中人,激发出了灵感,也为《港漂记忆拼图》系列小说找到一个收场:圣诞之夜,身处香港的青年人或告白失败,或孤身一人,或试图在睡梦里得到喘息,或放纵于奢靡中逃避孤寂,唯有维港的海边剧场还演着寂寞的最后一幕戏。

在小说的科幻设定中,填海造陆导致地质结构的液态化,陆地受到侵蚀,整个城市的声音汇聚成统一频率,加剧了液态化的共振效应,最终在歌手唱出最后一个高音的刹那,地壳发生严重沉陷,霎时间海平面上移,身边的一切都轰然崩塌,整个城市掉进了海底宫室,只剩太平山山尖留在地表——虽然高楼浸入水底,但仿佛"铃儿响叮当"那救赎般的清音弥漫在海水之中,人们疲惫的心灵得到慰藉……

香港,这个爆炸式的大都会,常能激发艺术创作者对赛博朋克的想象,从《银翼杀手》到《攻壳机动队》等科幻电影,皆以此地取景——混杂的建筑风格、狭窄拥挤的街道、多语种夹杂纷飞、恢宏的商业广场和摩天大楼上悬挂的密集灯牌……无不体现出其未来感与传统性交杂、金碧辉煌与市井污垢相容、朝生暮死和披荆斩棘并存的种种特质,因此一度被认为是"当代资本主义世界城市发展先驱",一路走来伤痛累累仍前赴后继。

《〈攻壳机动队〉的分析》一书中，电影的美工竹内敦志说："现代城市充溢着广告牌、霓虹灯和标志……旧街道与高楼林立的新街道之间对比鲜明……原本非常不同的两者之间正处于一个侵入另一个的情形之下。也许这就是所谓现代化带来的紧张或者压力！在这种形势下，两个个体保持着奇怪的相邻关系。大概这就是未来的样子。"

时代的齿轮总是多情又无情，多情的是会留下印记，无情的是依旧一往无前。淌过孤寂和幻灭，香港的前路在何方？

黄金年代逝去之后，因种种原因沉寂已久，时至2021年，粤语文化重拾梳妆、改头换面，以"大湾区"的新面貌再次掀起一波热度，从流行文化中的综艺节目《披荆斩棘的哥哥》《大湾仔的夜》、大湾区音乐嘉年华，到有官方背景的"湾区升明月"中秋晚会、大湾区文学发展峰会、粤港澳大湾区（广州）文化周等，香港艺人重新受到追捧，粤语老歌被一遍遍翻出改编、传唱，就连"湾仔"的生活态度、语言口音、饮食趣味都被热议。

2022年，《声生不息》又在内地唤起港乐怀旧情结，歌单里的《无条件》《单车》等被观众调侃"陈奕迅没来又好像来了"。然而这股热潮能够持续多久？这将带来港乐新的春天吗？像 Lonely Christmas 结尾那样的希望与重生之音，会从当中萌发吗？

历史将给我们答案。

# 一路驼铃声

◎ 董夏青青

《驼铃》

演唱者：刀郎

作词：王立平

作曲：王立平

发行年代：2004年1月

## 作者简介

董夏青青，解放军某部创作室创作员。小说、散文见于《人民文学》《十月》《解放军文艺》等刊物。曾获"紫金·人民文学之星"文学奖、"解放军报长征文艺奖"、百花文学奖等奖项。著有小说集《科恰里特山下》、中篇小说《冻土观测段》等。

自从 2009 年到新疆军区工作,每每赶上战友退伍,刀郎这版幽忧旷远的《驼铃》都要反反复复听上好几遍。刚毕业时年纪轻,阅历浅,当在边防连看到一些战友在离开军营时,涕泪横流地唱着这首歌一步三回头还觉得好笑:在这个鬼地方吃这么些苦头,难道要走了还不高兴?十几年后,我不再觉得解下军装上的领花时,他们唱起这首《驼铃》时的热泪、嘶吼有什么可笑之处。似乎这些年间的生活,就是为了让我懂得这个总在不断复现的时刻。

为什么会是这样的生活让人揪心地不舍?

如今我能想到的是,也许因为包括我自己,记忆中一切可靠的、确认自身存在与价值的标志物,大概正是那些吃过的"苦头",和在那些"苦头"里攒下的老茧和疤痕。

在和一些战士们聊天、翻读他们的训练与生活日记时,我发现让很多人津津乐道的,大多是遭过的一些"罪"。比方说,一名战士兴致勃勃地讲起他印象中最深刻的一顿饭——

那天他们外出执行任务,坐在车内颠簸摇晃了将近二十个小时后,山涧碎石将他们乘坐的车辆轮胎割破了。在等待更换轮胎期间,这名战士在大厢板和战友们找出背包里的罐头用力打开。月色映照下,这名战士看到罐头中的肉已被冻成了半凝固的胶状物,一勺下去,肥厚色白的油脂也随着肉一同黏住勺柄,被捎带出来。这名战士说,当时他一口吞下,还颇有点品咂冰激凌的味道。

还有一位话务兵女孩,在 2020 年夏天和战友们一同赶到海拔五千多米的前哨点慰问。当时一共去了五个人,而前哨所在的地窝子空间狭小。开饭时,地窝子里支起了饭桌,桌上摆好了给五人准备的泡面,而当这位话务兵女孩推门出去,发现门外的雪地里,几名战士正手捧面碗,蹲在地上迎着寒风吸溜热汤。她转身走回去,和战友们一合计,抬起桌子、搬上凳子走出了地窝子。在雪地里,众人围站在桌前,端着泡面,让纷纷扬扬的雪花痛快地消融在手边腾腾涌动的热气中。

又比如一名班长,他曾对我说起一个因执行任务要在达坂上扎帐篷宿营的夜晚——

那天夜里三四点,他下了哨回到班里,钻进睡袋正要入睡时,邻旁伸过来一只手将他一把抓住,吓得他一个激灵。定睛一看,发现是睡在他身旁的一个新兵,此时张着嘴,嘴唇乌黑干裂,嘶哑断续地朝他说:"渴……班长,我想喝水……"

于是他起身爬出睡袋,在帐篷里挨个找战士们的水壶,晃了晃发现都没水。他一时心急,抱着水壶冲到帐篷外边想要找水。可环顾四周,除了月色映照的群山雪野,到处白晃晃一片、寂静一片,上哪能找到水呢?心里正冒火时,寒冽的山风骤起,吹得他一个趔趄,一脚滑进了身旁的雪窝子。从地上爬起来时,他方才感觉到摔倒时沾在手上的雪融化了。"雪不就是水嘛!"他大喊一声,赶快拧开水壶,抓起雪往壶嘴里塞。过会儿手指冻得麻木,不那么灵活了,他就拿掌心舀,往壶嘴里又是拍又是摁。等感觉水壶有了些重量时,他将之一把揣进怀里,起身回了帐篷。蹲在帐篷门口,他感觉肋骨一侧由刺骨的冰凉渐渐冻木,随后无甚感觉。当再掏出水壶时,水壶里终于有了一丝清亮的水声。他赶忙摸到新兵床边,扶他起身,给他喂水。一口、两口、三口……新兵还在睡着,却喝得痛快。等到天亮时,他水壶中的水又结成了冰,拿在手中晃一晃,上轻下重。

讲故事的这名班长在入伍前，曾在老家过着养尊处优的生活，喝水这种再简单不过的小事怎么会成为一个问题？但在那个时刻，新兵想喝水就是他必须解决的大问题。而那名梦中渴醒了的新兵，当他有一天要退伍离开军营，听见耳畔响起"战友啊战友，亲爱的弟兄，当心夜半北风寒，一路多保重……"的歌声之时，是否会想起那个晚上，他曾被一个一度完全陌生的人所悉心照顾与保护。

前两年在边防一线采访时，我认识了一名排长。在一次事后登上新闻的对峙冲突中，这名排长的一条胳膊和一条腿被打断了，头破了一直流血，徘徊在失去意识的边缘。没过多久，他的一名班长也受伤了，凑巧躺倒在他旁边，等那名班长爬起来，就和排长相依相靠，俩人商量着假如援兵还不到，过会儿人打光了怎么办。排长说，当时他们俩在极短的时间内用尽力气往右侧的悬崖边挪了挪，他对班长说："待会儿如果咱的人顶不住了，你就先把我推下去，然后想办法突围。"班长当时就说："你放心，真到那一步了，我先把你推下去，我再下去，咱俩宁死不当俘虏。"

后来援兵到了，清理战场时，排长被人绑在两个拼起来的盾牌上，抬进了医疗帐篷，之后由直升机运送下山。在山下养伤期间，排长获得了一台华为电脑作为奖励，为此他兴奋了好久。排长说："奖励我一块板砖都贼香，这是我的荣誉。"

可荣誉背后，不光是他的伤病，还有他亲人的担忧。很长一段时间，他和家人都没有联系。执行任务时山里没信号，他的手机在行动那天被摔碎了，他也不想让家人听到他有气无力的声音。但联系不上孩子，排长的父母焦急无比，到后来他听说，母亲急得整晚失眠，然后邻居就给他们家介绍了一位算命先生,算命先生说,您儿子在西北方向,受了皮肉之苦但还在喘气。"这句话,让母亲抓住了救命的稻草。

一直躲着不和父母打视频电话的排长终于休假回家,在机场,母亲一看见他走过来就蹲下大哭。排长说,可能我和战友们朝夕相对,也不觉得自己晒得多黑、身上的伤疤多吓人,可是回到家一照镜子,就被镜子里的自己吓了一跳。但经历的种种,除了战友,他们对身边的亲人一个字也不能提及。

排长的爷爷是钢铁厂的老厂长,爹妈都是生意人,家里人说只要他脱掉军装回家就奖励一套房和一辆跑车。可他始终努力将静静听上一遍《驼铃》这首歌的日子一再推延。事实上,对他来说,活着很重要,而"这么"活着更为重要。独属于他的关于一口水、一顿饭、一道疤等满是"干货"的记忆,让他更珍惜亲近美好、平和的世界的机会,同时也生发出清晰的"自我"的概念,有了对抗与拒绝的意识和能力。

这时候,如果我还像当初那般怀有疑问,有的战友兴许会觉得——"古人作事无巨细,寂寞豪华皆有意。书生轻议冢中人,冢中笑尔书生气!"确实,纵使如歌中唱到的一般"山叠嶂,水纵横",但这些年轻的军人们渴求的正是这独一份"顶风逆水雄心在"的壮志。在我们共同的记忆中,也只有在"路漫漫、雾蒙蒙"的崎岖山径上亲眼见识过"夜半北风寒"的萧瑟,才能定下"待到春风传佳讯,我们再相逢"这般如此的决心。

十五 二十五 三十五

◎ 毕亮

《多傻》

演唱者：刘若英

作词：李宗盛

作曲：柴草玲

发行年代：2004 年 2 月

作者简介

毕亮，1985 年生于安徽桐城。2004 年到新疆至今，现居伊犁。中国作协会员，新疆作协理事。作品散见于《散文》《散文海外版》等刊物。曾获第四届"紫金·人民文学之星"散文奖。出版有《如看草花：读汪曾祺》《饮茶看花就是生活》等散文随笔集 4 部。

21世纪初的两三年里，在皖中桐城一个乡镇普通高中校园的某个男生宿舍内，随身听外放出的音乐流走在走廊中："很爱很爱你，只有让你拥有爱情，我才安心……"音乐声中，我们同学几人各人做着各人的事情，吃午饭，躺在铺位上看书，一目十行地看着租来即将到期的小说，也有人跟着音乐的节奏哼唱。

即便是毫无意识，听得多了，也知道了天天灌耳音的歌是《很爱很爱你》。伴随着这样的音乐，宿舍里有同学开始了初恋，于是跟着音乐吟唱的声音更大了，手中翻着的也是当期五颜六色的有关明星歌手的八卦杂志，上下铺的墙上也贴上了从书摊上买来的杂志里的明星艺术照。谢霆锋、任贤齐、周杰伦、F4……那个初恋的同学，铺席中间墙上贴着一张刘若英。

也是在这样的氛围，午间、黄昏的校园广播里也有了《很爱很爱你》或其他什么歌声。

磁带越积越多，耳濡目染所知道的歌星随之多了起来。听得多的还是刘若英的这首《很爱很爱你》，或许如歌名所唱的，像是宣誓，又像是含而不露，青春的美好或许就在于此。这是后来某一瞬间的体会。

在歌声中，我们有一群后知后觉的人，整日里捧着武侠小说看得昏天暗地。离学校不远有好几家书店，卖教辅，更出租小说，武侠的、言情的。武侠小说多的是金庸、古龙、梁羽生、卧龙生之作，言情的不外乎琼瑶、亦舒等人的。这些小说中偶尔间杂着几本三毛、汪国真、余秋雨的作品集，好几年后才知道，这些多是盗版书。

金庸的"飞雪连天射白鹿，笑书神侠倚碧鸳"，古龙的"小李飞刀系列""楚留香系列""陆小凤系列""七种武器系列"等，都是这么一本本地看过来的。学生时代看小说,多追寻故事,感染于"侠之大者为国为民"的侠义精神,对书中人物也是爱憎分明。或许源于对故事或语言的迷恋,在诸多武侠小说中,我对金庸、梁羽生之作就比较偏爱,看的也多是他们。金庸的十多本自不必说;梁羽生的小说,也都在租书店的书架间搜寻出来,哪怕是残本,也都找来看,当然也常耿耿于怀故事的残缺。在音乐声中,在耿耿于怀中,一本本地快速翻阅了,一盘盘磁带也就如此听过。

某个夏日的正午,我像往常一样,到校门口书店租书,并买了一本当期的《读者》。翻目录,有一篇刘若英的《今年桂花不飘香》。走在回宿舍的路上,我就把这篇文章看完了,回到宿舍躺在床上又看了一遍。刘若英的文章转载自她的散文集,后来我通过贝塔斯曼书友会专门买了这本书通读。此时再看贴在墙上的刘若英的艺术照,不禁感叹这个歌星"真有文化",竟然还是个作家。作家,在我心中是神圣的。在下午的课上,又将文章抄在了摘抄本上。于是,专门找起她的歌来听,并且很留意歌词,感觉都是好的诗句。那时,我正开始学着写一点分行的短句。

二十多年后我还能记得清楚,是因为看武侠小说和听刘若英等人的音乐,是我最初的文学启蒙。那年,我十五岁。梁羽生等小说家笔下男女多青年,他们青春做伴走江湖,仗剑下天山。在看小说时,我大概也不会料到之后的许多年自己会生活在梁羽生笔下的天山脚下。那时在小城桐城的乡下看《七剑下天山》,天山是一个遥远的概念,仅是小说故事的发生地,殊不知后来会和我的生活紧密连在一起。

近二十年前,我初到新疆,如今依然生活在梁羽生多次写到的天山脚下。在西域之地行走,也会偶尔想起曾经故事里的侠客,想起音乐里的故事，他们依旧还在故事里。后来上了大学，在校园的网吧里，我继续将多年前未完的故事接续下去。白衣飘飘的张丹枫、敢爱敢恨的白发魔女、草原女英雄飞红巾……是我心中长久的英雄人物，耳机里听着的音乐依旧是当年的那些歌手的作品。老歌新曲，一首首地听下来，刘若英是聆听频率最高的几个人之一，另外还有李宗盛、阿桑……此时，听音乐从磁带过度到了 MP3。买的第一个 MP3，内存 256MB，当晚在网吧包夜，舍友打游戏，我看小说、下载歌曲。

《多傻》刚出来没多久，我第一次听到是在一个深夜。午夜的收音机里，传出了一个熟悉的声音，音乐播完后听主持人介绍才知道歌名叫《多傻》。

新疆的深夜，一个人躺在宿舍里翻一本叶芝的诗选，耳边的收音机传来了熟悉的旋律，这样的深夜一样让人难忘。近二十年后，我还记得当时放下书，愣躺着。是真的愣住，放下手头正在做的事，专心听了起来。音乐终了，我给还在网吧打游戏的同学打电话，让他帮着下载这首歌。当夜，我又用他的 MP3，循环播放了好几遍。

不觉间已经在新疆待了快二十年，我也从十几岁的少年长到了三十多岁渐入中年，现在手机里的音乐，最多的还是刘若英的歌。和当年相比，感触真是大有不同。刘若英传唱度高的歌曲不算少，但肯定没有这首《多傻》，如果套用叶芝《当你老了》的诗句，我真是独爱这一首《多傻》啊，没有缘由，"多傻，但又很真实呀"！

有一回听广播，主持人说起每个人心中都有一个李宗盛，又接着说，不到一定的年龄听不懂李宗盛。这话对，也不对。只能说，年岁渐长，听李宗盛会更懂他，会更有感觉。尤其当青春不再，再听李宗盛，会有多少人泪流满面? 以我的经验, 听刘若英又何尝不是? 我觉得, 许多人心中也都有一首刘若英的歌, 或许这首歌就是"学生时代爱听的歌"。

2021 年, 看一位同龄的黑龙江小说家在朋友圈里说到他的文学启蒙, 提及了当年上学时在《读者》上看到的刘若英的《今年桂花不飘香》, 继而爱上听她的音乐, 如今远离故乡的他还在听着刘若英, 并以文学为业。我想起了我的十五岁, 并就这个话题和他一番畅聊, 顿有知己无处不在之感。

三十岁生日那天, 我写下了一篇酝酿许久的文章, 是在循环播放《多傻》中一气呵成的。其中有句子: "我在白杨城里长到了三十岁。我长到了三十岁, 一个多年未回过乡的人, 应该回去看一看, 那些不在的人, 会在风里留下气味。"刘若英和她的歌抑或其他的歌手、歌曲, 伴随着一代人走过青年, 走向中年……如歌中所唱, "生活不应该那么容易妥协的呀"……

我是三十五岁以后才有机会去了一趟乌镇西栅, 住在枕水人家的晚上, 耳边听的不是刘若英《似水年华》中的音乐, 而是一遍又一遍的《多傻》, 床头放着宾馆准备的木心的作品。第二天一早, 天刚蒙蒙亮, 我漫步在西栅, 身边少了白日的喧嚣, 也少有行人。漫无目的地行走, 耳机里循环播放的是《多傻》。此时, MP3 已被淘汰多年, 听音乐直接用起了手机; 而当年的第一个 MP3, 放在我家中的书架上, 和几枚从苏州带回的菱角一起, 成了书房"文玩"。

三十五岁以后我开始隔三岔五地跑步, 跑步音乐的首选是《多傻》。它虽不是适合跑步听的歌, 但听在耳朵里让我有一种往前跑的动力, 这就足够了。

# 一曲《情怨》情未了

◎ 蒹葭

《情怨》

演唱者：刘欢

作词：刘欢

作曲：刘欢

发行年代：2004 年 8 月

作者简介

　　蒹葭，原名崔迎春，中国作协会员，荆州市作协副主席。文字散见于《文艺报》《文汇报》《作品》《清明》《天津文学》《散文》《广州文艺》《四川文学》《草原》《星火》等报刊。著有《蒹葭说红楼》《红楼漫谈》《空翅》《养一朵雪花》等。

友人曾绘了幅油画《天水之间》，蓝白色调，大半截小船驶于朦胧云海。一名女子背影萧索，独立船头。旁边白云朵朵，但那不是云，而是朵朵缥缈盛开的白莲。水天一色，云似花朵般撒落。

此画脱胎于刘欢演唱的歌曲《情怨》。怨，幽怨，非怨恨、抱怨。怨的情无处安放，却一心向往，便是这般。梦中人，只是一个远远的背影，而思念，也只是朵朵白莲。女子行于白莲深处，另一个王国，遥不可及的云水间。

一首歌，成为母体，魔幻成另一种艺术，这便是它的高度，也是高超处。

当爱不能成为一颗珍珠，捂热心头时，往往碎裂成冰，生成一朵朵相思的莲花。因其洁白，愈加美好。

情怨是怨，也是慈悲，难以琢磨的纯情之物。人世间的情感，很多时，只是一袭背景——我们精神世界延伸出的孤单与落寞。

音乐影响了绘画艺术，得以再创作，便是好作品，有所思，有所忆，尚有回旋余地。亦可知《情怨》是首画面感十足、余味无穷的歌曲。

刘欢颇具大将风度，声线独特，舞台便是其中心。千层碧波，层层排铺，风起云涌，一浪高过一浪；或远水澄清，风平浪静，雨止云开，刘欢都像根不倒的柱子，压得住阵脚。

不用疑其品位，自《北京人在纽约》的浪漫情怀，把时空的厚重及天涯海角的孤单演绎得淋漓尽致，一直到风格迥异、单纯脱尘、史诗般极具金石质感的《我和你》，那一声爱，穿透深海，惊破多少人的梦魇。杳冥深邃，空灵静怡。友爱的双手，瓦解掉各肤色种族间的界限，天籁般回荡在醇美的夜空。

听众的心,被他天鹅绒般深情的鼻音拉动,屏气凝神,爱之峡谷,芳草萋萋。我和你,便是歌曲的本质,无限靠近,靠近他人,也是靠近自己。爱之神话,跨洲越洋。

真正喜欢刘欢的歌曲,还是因为《情怨》。怨是爱,是不舍。人世间的事,因无法获得,而向往;因遗憾,而充满忧伤。那样的伤口,是时间凋落的玫瑰,心头难以愈合的疤。

不记得第一次听《情怨》在何时何地,何种境遇,也许无意间,便被牵动了。但绝非来自电视连续剧《胡雪岩》的片尾。一首好歌,人们常忘记它的出处,它也一定会脱离狭小的自身——一部电视剧的含量,或某个人跌宕起伏的一生。这是其共性,属于所有听众,每个心境下延伸出的故事。

年轻时在企业做播音,往往一手卡带,一手黑胶唱片。无论是传统音乐,还是流行歌曲,都是手中常物。它们之间并不犯冲,往往填补着彼此空白和满足不同听众的耳朵。故传统和流行之间有种隐秘的关系,且常常相得益彰。流行,风靡某个时间段,于当时拥趸无数;而传统,乃流行之物流传下来,像个勇士或拉力赛选手,可以穿透时间的厚壁,除去自身魅力,尚兼具永恒的情感力量,进而超越无数时代的审美,方能成全下来,大浪淘沙,验证自己的黄金属性。

任何音乐的起步,皆从流行开始,哪怕在极小范畴呈出的热潮。经典的流行,乃传统之母,而传统又影响着流行,在一次次回眸中,寻找新的定位。平庸的流行,也只是流行,这是分野所在。

《情怨》属传统戏曲和流行音乐嫁接出的孩子,京味幽幽,又融合了诸多现代因素。没老掉牙的陈腐,也没时代巅峰的虚狂,稳重大气,在一腔一调中,哀婉缠绵,千回百转,集古典美、时尚美、遗憾美为一体。

翻新古董,便是翻新文化。创新,艺术不死的方式,《情怨》便是尝试的结果。既满足怀旧人的幽思古情,又使时代先锋们驻足长叹,惊诧于京剧这种金丝楠木般的古老剧种,依旧可以焕发出永恒珍贵的微笑。

艺术,灵魂解渴之物。而音乐的天姿又是那么神秘,水晶般碎落于听者心头,或绸缎般围裹着浓重夜色,替听者说出心中的隐秘与哀伤。

也许在遮光很好的房间,你屈膝一隅;或在静谧的咖啡厅,瞅着窗外,转动的勺子轻碰杯沿;或坐在飞机的舷窗边,戴着耳机,看着窗外起伏的云海,听着听着,便潸然落泪了。你在一首歌里遇见了落魄的自己,也许刚经历一场失恋、一次失业,或与家人有了抵牾,前途渺茫,流落街头。而歌者,替代你的喉咙嘴巴。你把头埋下,两个人影重合在一起,那道声线穿过幽冥的时空,一遍遍喃喃地安慰着你。

"相逢何必曾相识",这便是音乐的本质。于寂寂春日,或萧萧秋景,不需要刻意,不需要深刻,不需要太多的语言介入。或许只是一个调调、几句简单的歌词,便是沧海桑田,成为我们的精神夜晚。

它是那么美好,像我们的情人,吻着黑夜带泪的翅膀,迷失在这孤单的光芒里。

听者是孤独的,唱者也是孤独的,翻越无数冰山,或推开一片海洋,用他宽广的声带,抵达你的渡口。

音乐,一个人的自语,音乐人站在高光的舞台,也是四大皆空的。刘欢演唱《情怨》时,一袭灰色半透明丝质中式上衣,底边绘了半壁简意山水,手拿话筒,束起的头发,夹杂着斑斑白发,他老了,沧桑了,但又何妨。在民间二胡的苍凉伴奏下,起声……

"每一次无眠,你都浮现。"此句说的是相思。"你驾你的小船,云里雾间。"意在遥远。两句话,诠释了心灵的近和空间的远,咫尺天涯的关系。由于远,更贴近心灵,于此矛盾,辗转反侧。是不是幸福之人,便可以不相思?非也,相思是种意念,对美好情愫洁白坦荡的缅怀。

"每一次危难,你都相援。你无私的体贴,暖我心田。"此乃回忆,也是真爱写实。只有真爱才配得起相思,才会让人念念不忘。苟且,只不过是昙花一现的情欲之果。

"多少年情不断,多么想抱你怀间。过眼的红颜风吹云散,唯有你的双眼映我心间。相爱人最怕有情无缘,常相思却不能常相依恋。"这几句阐述的是遗憾。

"多少年情不断,我多想抱你怀间。"歌者往返咏叹,不断加快节奏,表达着自己的愿望和无奈。所以叫怨,怨乃淡淡的哀愁,甚至痴情。古代即有《春怨》《长门怨》《闺怨》的词牌。"海上生明月,天涯共此时。情人怨遥夜,竟夕起相思。"与本歌有异曲同工之妙,或本歌由此化来,也未可知。只是直白了点,但在京剧韵味的掩护下,哀伤悱恻。艺术的本质便是忧伤,任何圆满的结局都是破坏剂。生活便是这般纠结,欲罢不能。

"放眼环天水蓝,你就在天水之间,这绵绵情怨竟又重现。"调子拔高,歌意升华,回到原始苍茫的天水间。"真是一念起,万水千山。"很多事,只是想一想,包括对心上人、有情人的眷顾。若冲破阻力,真的实现,便不叫怨。生命需要大段大段的留白,刘欢用其稳重的内涵,于舞台尽情诠释着现实与梦想的距离,艺术语言的言外意、画外意。

世间之物因不得而珍贵,而愁肠百结。京剧,本身是种隐忍艺术。

所以刘欢唱时,起调是沉重的,冲破层层阻力,那一声"每"是低回艰涩,千锤百炼,千言万语汇作的,于内心的峡谷转了几圈,才压抑而出。直至情感的链条,夹杂着心底的惆怅徐徐喷涌,飘向云海。有情无缘,歌词外延不断扩大,己之情,给予高空,那里并无具体的人。爱,在云水间,我们爱的是自己,自身的一腔热忱。

人,有做梦的权利,亦如大提琴曲《往事缠绵》,展现的灵韵,直指同一主旨。

《情怨》是种遗憾——情感的维纳斯折翼俗世,因残而美,方回味无穷,千般滋味涌上心头。

1996年播出的电视剧《胡雪岩》,距今已二十六年,每一次《情怨》响起时,依旧掌声雷动。人们痴迷消魂,无法自拔。《情怨》让传统重新流行起来,无论科技社会如何变化,情乃永恒,恍若新生,何况又是那么的美。小沈阳、于魁智翻唱过,于我看来,小沈阳摇头踱步,尽管音域动人,然而扮的成分居多;于魁智虽稳重,却欠了深情。刘欢稳健,略带伤痛,一个"怨"字了得,配着京胡的幽咽,久久回响,让人难以释怀。

刘欢的艺术造诣,日臻成熟。《情怨》深沉雅美,低敛大气又不失灵秀。虽有怨,依旧有唐代崔峒的诗"无人空夕阳"的禅意美。一曲而终,人大抵是平静的,这便好。

## 岁月悠长 你在我身旁

◎ 江波

《旅行》

演唱者：许巍

作词：许巍

作曲：许巍

发行年代：2004年12月

作者简介

江波，科幻作家，中国科普作家协会理事，中国科幻研究中心特聘专家。银河奖、京东文学奖、全球华语科幻星云奖金奖得主。电影《缉魂》原著作者，另著有"银河之心"三部曲、《机器之门》、《机器之魂》等。

　　我一直是个对流行音乐不感冒的人，很迟钝，不会追逐潮流。然而潮流之所以是潮流，自有汹涌澎湃的力量，所过之处，也难免波及如我一般的路人。所以偶尔我也会听到一些流行音乐，其中总有些作品，让我的心弦也跟着振荡起来。

　　从前听过的歌，一些今日想起来还印象深刻。Beyond 的作品磅礴大气，如山岳般巍峨；动力火车的情歌撕心裂肺，像碎玻璃一样扎心；许巍的歌带你浪迹天涯，逍遥游离在九天之外；郑智化的歌仿佛一丝人间清醒，让你直面灯红酒绿之下看不见的阴影……举例其实是件不好的事，因为挂一漏万，许多优秀的歌手和作品没有被提到，同样，歌手也并不是只有一种气质，不同的歌会带来不同的感受。但我还是举了这几个，以免这印象深刻的说法太过于空泛。

　　尽管优秀的歌手很多，但对每个具体的人，总会有那么一两个，唱的歌能直抵心灵深处。于我而言，这个歌手是许巍。

　　我的车载音乐总是在循环播放许巍的歌。许巍的歌带着一种出尘的气质，有人说这是因为许巍是个浪子，反叛世俗，我倒觉得这谈不上反叛，它是进取中的后退，是入世之余的出世，是五彩掩盖下的灰色，是康庄大道旁的小径。中国人的精神世界，向来有入世和出世两面，一面是儒家，一面是道家，可进可退，也就没有那么极端，非怎样不可。许巍的歌如一个精神的后花园，是摆脱一切喧嚣之后的片刻宁静，如果套用中国人的精神两分来说，是飘逸出尘的道家一路。

　　他的歌意境饱满，深得中国诗歌的精髓。我不知道许巍是否有什么师承，如果没有，那么他就是有诗人的天分，搁在古代，说不定就是陶渊明李商隐一类的人物。

比如有一首歌《旅行》：

阵阵晚风吹动着松涛

吹响这风铃声如天籁

站在这城市的寂静处

让一切喧嚣走远


只有青山藏在白云间

蝴蝶自由穿行在清涧

看那晚霞盛开在天边

有一群向西归鸟


谁画出这天地

又画下我和你

让我们的世界绚丽多彩

谁让我们哭泣

又给我们惊喜

让我们就这样相爱相遇

总是要说再见

相聚又分离

总是走在漫长的路上


这是现代的歌词，不像古代的诗歌那么整齐。如果我们用诗歌的形式简单地修整一下,大约可以改成下边的样子,当然我对于诗歌创作没有什么造诣,格律和平仄等是顾不上了,也就图个顺口。

《旅行》

晚风动松涛,
风铃传天籁。
寂静人独立,
陌陌远市声。


青山藏云间,
蝴蝶穿清涧。
日暮云霞暖,
倦鸟自西归。


谁画天与地,
又画我和你。
造化毓神秀,
灿然多姿彩。
相逢复相知,
悲喜复交集。
聚散难如意,
怅然长路行。

　　这样格式化之后,读来是不是有些古诗的韵味?前半部分写景,烘托气氛,后半部分写人,渲染心境。这也是诗歌常见的手法。许巍的歌,绝大多数都是自己写词作曲,从根本上来说,他就是诗人。只不过,古代诗歌的作者一般不是自己唱,现代社会,合二为一了。

　　说起来,诗歌这种文学形态,原本就应该是唱和的。现在的西南少数民族地区,我们还可以看见许多一唱一和的对歌。这种对歌的歌词单拿出来,就是诗。或许格律没有那么讲究,但应当和诗的原始形态相近。

　　《诗经》和《离骚》,是中国古诗的源头。《诗经》中所收集的诗,尤其是"风",就可以看作是当时各地的流行歌曲。和代表宫廷音乐文人作品的"雅"和"颂"相比,"风"更为多样,更具文学和史学的价值。《离骚》则是屈原的浪漫主义作品,和楚地的曲调相匹配。根据相关的历史和传说,我们甚至可以想象,诗人哼唱着这首诗漫步汨罗江畔时的苦闷和彷徨。诗言志,可能并不是像我们今天读诗一样,依靠语调语气的变化来表达,更可能是依托曲调,是唱出来的。脱离了音乐的诗,虽然依靠自身的音节韵律,仍旧可以拥有独立的审美价值,但相比那些和音乐高度结合的诗,表达的情感浓度终究是降了一个层次。

　　从文学的角度看,从诗发展到词,再发展到曲,字数越来越多,格式要求也变得越来越松,甚至到了现代诗,连韵律的要求也放弃了,走到一种近似于白话的地步。不可否认,在这个过程中,我们仍旧见到了许多杰出的诗人,能够写出一些饱含诗意的句子。但失去了曲调,又失去了格律,人人皆可写诗,诗意却距离普罗大众越来越远。人人都会背几首唐诗宋词,又有几个人能背出几首现代诗呢? 这可能是一种悲哀。

好在流行歌曲仍旧为大众保留了当今的诗意家园。流行歌曲和诗的本源是最接近的,它唱喜怒哀乐,爱恨情仇,也唱书生意气,家国情怀,表达的内容和当年的诗如出一辙,其中的佼佼者自然也能媲美从前的诗人。不知道是不是一种巧合,流行音乐和最古老的诗在形式上都借助音乐表达,在内容上都杂芜多姿。或许这也算是一种文艺复兴,古老的诗魂寄托在流行音乐上复兴。

人,在大地上诗意地栖息,这是一个美好的祝愿。现代社会如车轮般高速运转的经济,创造了大量的物质财富,也刺激了消费的欲望。在创造财富、享受物质的快节奏中,紧张和焦虑成了主旋律,而诗意则距离人们越来越远,在这种情况下,那些饱含诗意的流行歌曲,就成了人们暂避现实,回归精神家园的捷径。在技术手段发达的今天,仅有文本的诗难于被传诵,流行歌曲却有着广阔的市场。在流行歌手中有许巍这样的诗人,我们或许应该对此感到庆幸。歌手中的诗人当然不是只有一个,只不过许巍恰好是我遇到的那个。他所代表的那些人,才华横溢,敏感多思。他们或许并没有刻意追求诗的传承,然而在有意无意之间,给大众打造出了一个诗意的精神家园。

一想到这样的情形在几千年前也发生过,我就意识到虽然时光流转,沧海桑田,人的本性却从没有变过。

人在,诗就在。岁月悠长,在你我身旁。

岁月悠长,我想她会一直在,直到地老天荒。

造一座草原 一个梦

◎ 叶玉琳

《天边》

演唱者：布仁巴雅尔

作词：吉尔格楞

作曲：乌兰托嘎

发行年代：2005年2月

作者简介

叶玉琳，一级文学创作，福建省宁德市文联主席。曾获中国民间文艺山花奖金奖以及福建省百花文艺奖、优秀文学作品奖。著有诗集《大地的女儿》《海边书》等4部。诗作入选《中华人民共和国50年文学名作文库》《中华诗歌百年精华》等选集。

每个人心中或许都深藏着一座看不见的诗意草原,它代表着灵魂的自由宽广和无所羁绊。如果要找一首沐浴内心永驻灵魂的草原情歌,我一定首推布仁巴雅尔原唱的《天边》。每次聆听着它,都像走进一段摆脱城市烦嚣的天际之旅。

它的歌词如此简单,却又充满深情——

> 天边有一对双星
>
> 那是我梦中的眼睛
>
> 山中有一片晨雾
>
> 那是你昨夜的柔情
>
> 我要登上登上山顶
>
> 去寻觅雾中的身影
>
> 我要跨上跨上骏马
>
> 去追逐遥远的星星　星星
>
> …………

一曲《天边》,唱出了最美的呼伦贝尔大草原风情。出于对歌曲的喜爱,很多歌者都在不同的舞台演唱过这首歌,但唯独布仁巴雅尔是用全部的真情和思想去歌唱,细腻地表现了一个身在异乡的蒙古族男人对草原的眷恋之情。听他的歌,我们仿佛来到了草原,看到了草原的辽阔,感受到了草原的博大。优雅、内敛、深情、悠远、清澈、苍凉……在他的歌声里,所有的形容词都是苍白的,都是多余的。在我心里,他是真正的天籁缔造者,跟随着他具有无限穿透力的声音,他纯净得没有任何杂质的气息,我们能找到对于草原全部的情感归宿。

从小在草原深处长大的布仁巴雅尔,在北京工作了近二十年,但他对草原依然有着深切情感,一直在关注草原生态环境保护的问题,这些都体现在他的歌声中。而今斯人已逝,经典永恒。

在我看来,布仁巴雅尔的《天边》和狄金森的诗歌《造一个草原》有异曲同工之妙。这是一首非常短小精悍的诗歌,短小精悍得有如中国古代一首意境优美、意蕴深刻的绝句——

> 造一个草原,
>
> 要一株苜蓿加一只蜜蜂,
>
> 一株苜蓿,
>
> 一只蜜蜂,
>
> 再加一个梦。
>
> 要是蜜蜂少,
>
> 光靠梦也成。

诗中,天堂般的草原静静铺展,流淌着神秘的气息。它和《天边》一样,一洗铅华,不事雕饰,显得无比质朴与清新,几乎没有技巧可言,似乎信手拈来,完全是内心情感的真实流露,却又做到了言有尽而意无穷,令人浮想联翩。诚如歌中所唱,当我们用"梦中的眼睛"去追寻,那昨夜的柔情,雾中的身影,定会编织出心中的绿荫。这是草原带给我们的美丽憧憬,更是作品中毋庸置疑的美带给我们的心灵享受。

造一个草原绝非只是诗人的一个白日梦。然而,无论是中国蒙古族当代优秀歌者布仁巴雅尔,还是被誉为公元前 7 世纪古希腊自萨福以来西方最杰出的女诗人狄金森,他们在作品中想暗示世人的是,即使遭遇晨雾遮挡,理想不幸夭折,爱人暂时失散,光靠梦也成。在这里,诗人和歌唱家仅仅凭借着草原、苜蓿、蜜蜂、蓝天、高山、大树、梦等几个简单的、琐细的、偶然的、略显零乱的意象,就把琐碎的生活现象联系起来,把藏在生命深处的奥秘和爱的深情揭示出来。

在有苜蓿和蜜蜂的草原,"我愿与你策马同行, 奔驰在草原的深处;我愿与你展翅飞翔,遨游在蓝天的穹谷"。多么美,多么好!一个"梦"字,如同伟大的诗和歌,跨越了民族,超越了生死,忘记了时间,把人们对人生对未来的乐观与执着的态度表现得一览无余,让人在倾听和阅读之余,不得不保持心境的平和和意志的坚定,让生命向上的力量得到焕发。一个"梦"字,道尽了人间的种种可能,爱的种种可能。

我曾经丢下诗歌,带着失魂落魄的梦,在万物肃穆的季节来到呼伦贝尔大草原。那一夜,没有风,一个僧侣,一匹马,走着走着,就消失在摇晃的雪山下。那一刻,山上清空云朵,山下清空牛羊,就像人间没有了秘密,艺术没有了隐喻,8 月的呼伦湖,不知辽阔给谁看。我问天空中飘来飘去的神, 抚摸过雄鹰翅膀的人呢?风干过奶皮子的帐篷呢?像一个犯错的孩子,我央求僧侣,高傲的头颅说,让命定的落下,落下吧。我听到湖水在行进,苜蓿沙沙醒来,我愧疚于渺小的自我,愧疚于仁慈的怜悯的诗神⋯⋯

我惊讶于这个世界中的万事万物,其实都是遥相呼应、相互联系的,一只蝴蝶轻轻地扇动翼翅,也能引起大洋西岸的一场巨大海啸。遥远的美国意象派的"女保姆"、新诗奠基人狄金森因为信奉"光靠梦也成"这一人生理念，才会心甘情愿地弃绝社交，从二十五岁开始就忍受一生的寂寞与孤独，始终足不出户，蜗居在马萨诸塞州康涅狄格河流域的一个普通小镇——艾默斯特一个律师家的庭院里，一个又一个夜晚，她"一直在爱"，并且"永远爱下去"，她的爱就是她的草原、她的梦、她的诗。她与她的梦单独相对，她要她的诗成为她的牧师、法官、世界和上帝的灵魂交流的隐秘证语，成为一种"神圣的安慰"，成为"一种不同的繁衍方式"。

的确，要造一个草原，从科学的角度，一株苜蓿加一只蜜蜂在天时地利的情况下也是完全有可能的：苜蓿生长，蜜蜂传粉，苜蓿繁衍，再生长，再传粉，再繁衍……虽然我们无法成为狄金森，但许多时候我都在想，也许就是因为始终怀抱着一个不愿示人的草原梦，或者叫诗歌梦，才会像一只蜜蜂，在光华灼灼的苜蓿地里，不停地鼓舞着自己勇敢向前，爱生活，爱诗歌，爱春天，爱大地上的一切，"直到青苔爬上了我们的嘴唇——盖住了——我们的名字"，直到造出一片诗的草原，在那里，重新抒写昨夜的柔情和博大的胸襟——

　　无边的草原，我看见——

　　一些人仰望蓝天，

　　一些人婉转入海；

　　只有一个人，准备倒在他的脚下，

　　那些丢失的，都是从未得到的，

　　比春天更好的消息，

　　我不要用泪水，也不对谁轻易说出。

# 藏着《三体》秘密的歌

◎ 段子期

《不死之身》

演唱者：林俊杰

作词：林秋离　张思尔

作曲：林俊杰

发行年代：2006 年 2 月

✎ 作者简介

段子期，青年科幻作家、编剧、音乐作词人，中国科普作协会员、重庆市作协会员，现任高校教师。百花文学奖·科幻文学奖、全球华语科幻星云奖得主。小说代表作《重庆提喻法》《加油站夜遇苏格拉底》《永恒辩》，音乐代表作《荧惑》。

什么歌适合在末日来临的前一刻听？我的答案是《不死之身》。

很少有音乐能在短短四分钟内传递如此繁复的情绪，世界末日来临的悲伤、绝望，对爱人的留恋，对命运的挣扎与反抗，一切重启后又对新世界充满无限希望……

《不死之身》是一首超越了音乐本身的歌，它渴望透过音乐讲一个关乎宇宙轮回的故事，去呈现一个英雄主义的切面，充满天真的幻想、不屈的意志，那些中国式的爱与牺牲、守望与救赎，在流动的盛宴中被传唱着。距离这首歌发行正好过去十五年时间，都说流行文化是十五年一个轮回，近几年国风音乐回潮，似乎正验证着这个说法。如今的中国风流行乐保持着惯常的悦耳输出，却再也不见像《不死之身》如此高概念和多维度的表达。

在林俊杰众多脍炙人口的歌曲中，《不死之身》的知名度并不算高，可能只有铁粉才会循环播放。不比传唱度极高的《江南》，或是加入了摇滚风的《曹操》，还有方文山作词的《醉赤壁》，同为中国风流行乐的《不死之身》更加偏重氛围营造和个人化的表达，给到听众的情感共鸣可能不及那些经典曲目，加上它编曲的复杂，以及歌词的末日感和哲学性，令它在小范围内被封神却无法像其他歌曲一样传遍大街小巷。

这首歌不红，唯一可能的解释就是，它出现得太早，当年的第一批听众未必能真实感受到它想要传递的内核。光从音乐本身来说，《不死之身》的确也是创作技巧最难的中国风流行歌曲。

歌曲开头先用笛声和丝竹烘托出一种凄美的氛围，接着加几个钢琴音迅速进入主歌，近乎念白的唱腔娓娓道来，"阳光放弃这最后一秒,让世界被黑暗笼罩,惩罚着人们的骄傲",瞬间将我们带入一种末世降临的气氛之中。然后, 老到的和声拼贴和戏剧化张力继续铺展,令人感觉组成整个故事的并非文字,而是一个个跃动的音符。

整首歌一共四段笛声间奏,每一段都精彩绝伦,情感层次一步步往上攀升。第一段间奏,笛声急促而明快,吹响了绝美的副歌旋律。接着,钢琴、弦琴、打击乐器缓缓为主音打底铺垫。第二段间奏则在主歌开始后戛然而止,直到副歌前再次开始,算是一个精彩的过渡。第三段间奏将最后一个尾音升到最高,情绪也攀至巅峰,接下来的唱词"撑着悲伤不回头,却感觉此刻你停不了的泪流,唯有爱才能永垂不朽,唯有你我才能找回我",在不断加快的乐曲的烘托下,展现出荡气回肠的传奇气质。歌曲在后半部分铺垫了林俊杰本人的快节奏和声,像是有一个故事的经历者在耳边絮絮诉说着。最后一段,笛声渐弱,如流水停歇,最终回归于一个起点,回到一种在宏大和磅礴包围下的宁静与孤独。

编曲的起承转合与故事的起承转合丝丝入扣,浑然一体。

《不死之身》是早期 R&B 和中国风相融的流行乐的代表,有人说它是标准的中国式情歌,有人说把歌名改成《不死的温柔》会更火,但这些说辞都在无意中消磨了这首歌的维度。说它是一首被严重低估的流行歌并不过分,它不单单依靠优美的旋律、层次鲜明的间奏和编曲封神,它的音乐性和故事性如水乳般交融,才是它在往后多年时常被提起的原因。

《不死之身》收录在林俊杰的第四张专辑《曹操》中,同年出街的爆款流行歌有《千里之外》《小情歌》《大城小爱》《隐形的翅膀》等,2006

年没有发生什么大事,港台流行乐依然占据着我们的听歌榜,来自新加坡的音乐才子林俊杰很快在乐坛崭露头角,拿奖无数。而那时的我们喜欢穿着宽松的校服搭配一条牛仔裤,兜里躺着一个内存不大的MP3,上学和放学的路上耳朵里必须塞着一对耳机,在笔记本的侧面抄写当下最流行的几句歌词,跟同学辩论四位 R&B 小天王到底哪个更帅,以此证明自己是一个有"爱豆"(偶像)可追的酷潮中学生。

彼时,我并不懂得《不死之身》到底好听在哪,只知道跟着哼唱:"地球毁灭了以后,我仍爱你爱得不知天高地厚……"现在回想起来,更加会对当年的自己产生一种认同感,对某些美好事物的欣赏,不在于年龄阶段,只是随着时间往前,对它理解程度的深浅。

《不死之身》在当年可能是一次浪漫至死的表白,到了现在则是一场上升到关于人类未来图景的幻想。歌曲中的末世感、惊奇感,和广博到宇宙尺度的情感,时隔十几年再听,竟有种蓦然回首的感觉,好像这才算是在对的时间遇见了对的音乐。除了音乐的动听之外,它仿佛还能给听众带来一种神性与诗性相结合的科幻体验,在聆听它的过程中,我们会不由自主地成为那个"我",跟随着笛声、唱词、旋律进入他所营造的那个世界之中。

让我们试着从《不死之身》叙述者"我"的视角,来经历这一场宇宙的重造。

> 阳光放弃这最后一秒
>
> 让世界被黑暗笼罩
>
> 惩罚着人们的骄傲

我忍受寒冷的煎熬

和北风狂妄的咆哮

对命运做抵抗

这是无法避免的浩劫

不论你以为你是谁

任何事物任何一切。

亲爱的、别难过

只要紧紧握着我的手

地球毁灭了以后

我仍爱你爱得不知天高地厚

为你再造一个新宇宙

不死之身不死的温柔

…………

撑着悲伤不回头

却感觉此刻你停不了的泪流

唯有爱才能永垂不朽

唯有你我才能找回我

 

  生存与毁灭、死亡与新生、重启、轮回、循环，万事万物各从其命，各行其是。不死之身是人类的终极渴望，是对宇宙尽头的无限遐想，是灵魂的不死，是精神的不死。"我"代替所有人从生命源头发出天问，问宇宙之大何以为家，问命运何为、自由意志何为，问爱问情是否能让人类成为唯一。故事中的"你"，是爱的承载体，是关于地球最初和最后的记忆，是觉醒的根源和契机，是人之所以成为人的关键……

因为它本身提供的角度无限深远，某些人才能从这首歌中听到一些弦外之音。

如果不存在过度解读，那创作这首歌的人，他在唱什么？可能在唱一些自己暂时都无法言诠、无法释怀的事物。

语言不是永恒，总是用来描述永恒和表达对永恒的追求。同样，歌词也不是永恒的，它能将永恒化为音乐。有些故事更适合被唱出来，就像这首歌，它所讲述的"命运"一旦被提纯，灵魂才是身体里的隐居者，只是它习惯一言不发，而艺术家在一首歌的时间内在我们周围摆好了镜子，让我们与自己相认。

这首歌发表了很多年以后，有人发现，这是一首属于云天明的"主题曲"。云天明是科幻小说《三体》中的一个悲剧人物，他患上绝症，在生命的最后时间与自己的初恋女神重逢，但身为科学家的她，却要求他死后奉献自己的身体用于一次残酷的实验，他答应了。他在冰冷的宇宙中飘荡，最终被外星文明俘获，但他却因此而复活，获得了不死之身。在地球遭遇降维打击而毁灭之后，云天明在另一个星球上制造了一个小宇宙，让她在里面安全度过了一段漫长的时光。

《三体》的出版年份是 2008 年，早早与这首歌遥相呼应，但时隔多年才被人们发现，像极了冥冥之中有着隐秘联系的两件事物，或巧合，或必然，让两种感受合一，如同两颗在群星间各自闪耀的星辰，被在地上仰望的人发现其互相辉映的光芒。

林俊杰的科幻情结从出道早期就有了，包括《编号 89757》《一千年以后》《西界》，到后来的《黑武士》《黑暗骑士》《新地球》《圣所》，这些歌曲都是他的夹带私货,探讨人机关系、人性善恶、信仰危机、地球未来、宗教哲学等,曲风新鲜、立意大胆,其中很多首都没被广为传唱,但并不重要,也许在多年后,会有更多懂得的人被这些光芒照耀。

关于音乐,我们虽是聆听者,却又并非真正的听众,我们不过是借光、是托福、是同喜同悲。《不死之身》所有极尽绚丽的编配,都只为惊起某些冥冥之中的力量,引我们缓缓抬起头仰望,哪怕只有短短四分钟的时间。

从《富士山下》到《迷雾森林》

◎ 顾备

《富士山下》

演唱者：陈奕迅

作词：林夕

作曲：泽日生

发行年代：2006 年 11 月

✒ 作者简介

顾备，科幻翻译兼作者，中国科普作家协会理事，上海浦东新区科幻协会会长兼创始人。曾获全球华语科幻星云奖银奖。译有《进入盛夏之门》《基地与帝国》《沙丘》等，著有《喵豆与叶子》《现场》《觉醒》《迷雾森林》《阳夏纪元》等。

第一次听到《富士山下》是在 2008 年，只不过，当时我还不懂这首歌真正的内涵，因为那需要足够的沧桑和智慧才能体会。直到 2018 年，在创作《迷雾森林》的过程中，当尝试梳理小说主人公的感情时，我才终于听懂了这首歌。

创作《迷雾森林》源于一起偶然事件。2018 年年初，《科幻立方》找我约稿，而那天我正好在看关于青木原树海的介绍，就想着写一篇关于爱情、生命和死亡的科幻小说。青木原树海位于日本富士山山脚，是个景色怡人的天然林场，但这里最出名的却不是景致之美，它是除了金门大桥外世界排名第二的"自杀圣地"，故有"自杀森林"之称。刚开始写这篇小说的时候，我只是在思考，女主为什么要自杀，找理由，再推翻，再找理由，再推翻。我尝试着去梳理未婚先孕的女主和死去未婚夫的情感逻辑，为了寻找灵感，便开始循环播放《富士山下》。

如若你非我不嫁

彼此终必火化

一生一世等一天需要代价

谁都只得那双手

靠拥抱亦难任你拥有

要拥有必先懂失去怎接受

曾沿着雪路浪游

为何为好事泪流

谁能凭爱意要富士山私有

…………

听着听着,突然有那么一瞬,仿佛打开了一道闸门,尘封的回忆如洪水般涌出,压得我喘不过气,让我如同置身于黑暗的深潭水底。一阵又一阵的心痛,我莫名其妙地泪流满面。原来,我还是没能忘记他。

2008 年,他是我的同事,年纪比我小很多。我是项目经理,他是隔壁组的高级软件工程师,俗称"码农"或者"程序猿"。当然,我也是从基层"码农"成长起来的,毕竟九年的饭也没白吃。所以,虽然我们并不是一个项目组,甚至不是一个技术路线,但这并不能阻止好为人师的我在一个刚毕业没多久的新人面前显摆。数据结构?应用架构?实在不行就来说说数据中心 IBM 大型机的三维建模,咱可是把头伸进去看维修工程师修理机械手臂的人,普通程序员就算会大型机编程,也没机会亲眼看怎么修那个跟房子一样大的机器吧。

于是,我们每天一起吹牛(对不起,是我吹牛,他听我吹牛),一起吃饭,后来就一起唱歌、一起喝酒,再后来,他开始跟我聊天,网聊。人的感情就是这样,一点一点培养起来,直到放不下。

我离过一次婚,自那之后从来没想过还能再找到一个爱我的人。女人,越努力,越能干,就越没人爱,最后收获无数赞赏却依然孤单。我一直是这么理解的,也是这么一路走来,从来没埋怨过,甚至没想过改变。而他,却如同一个小小的火苗,小心翼翼地在我身边悉心呵护,什么都不说,陪着我的喜怒哀乐,温暖着我。

一开始我是拒绝的,但又有谁能坚持到底非要把寒夜里那一点点温暖的光推走呢?工作关系,加班是常态,我们常常在深夜分享歌单,一起听一首歌,感受对方的心情,感受彼此的温暖。就这样,我们瞒着所有人,成了地下情侣。

那一年的时间里,我们几乎天天见面。白天,我会喝好多好多水,因为去茶水间会路过他的座位。去的时候留个背影,回来的时候端着水,笑意盈盈,幸福会忍不住浮上眼角眉梢。他会抬起头,微笑着,满眼的宠溺和爱恋。然后,我们会交换一个眼神,心满意足地擦肩而过。晚上,我们会约好时间一起下班,脚前脚后去超市买菜。想吃什么就拿什么,也不说话,我只需把菜扔进他手里的筐就行了,只要不是刻意跟踪我俩,没人知道我们是一起的。挑好菜,他去埋单,我只管先溜号在外面等着,再脚前脚后地回到他在公司附近租的独户小房间里。回到家,他继续加班,我就去做饭,等他干完活儿,饭菜也就做好了。其实我的手艺一般,红烧肉、清蒸鱼、排骨汤,翻来覆去就那几样,可他每次都吃得那么开心,极大地误导了我对自己厨艺的认知。吃完饭,他会送我回家,我们沿着马路,偷偷拉着手,心里美滋滋的。在一起的日子里,我俩从来没吵过架,从来没生过气,如果有完美伴侣,那一定是他。

然而,好景不长,毕竟我的年龄比他大,又是离过婚的人,而他是前途无量的青年才俊,又是一个大家族的长子长孙。他父母知道了我们的事之后,以断绝关系威胁他放弃,整个家族都在指责他不孝,让家门受辱。大过年的,他甚至被家人关了起来,七大姑八大姨都在劝(骂)他,说男人不能吃软饭,是不是看中我的钱了,不然为啥要找个离了婚的老女人。那时候,他并没有妥协,他希望我能够支持他,与他携手对抗家庭的压力,然而,我却懦弱地退却了。我害怕,害怕没有亲人的祝福就得不到幸福,害怕我没法给他一个未来,害怕我们走不到头对不起他的付出。

我哭着告诉他，对不起，我没法跟他继续走下去，因为我承担不起这个责任，我无法想象他父母来求我离开他的样子，我请他回到原点。

我始终记得，他看着我，眼中满是绝望。他太了解我了，知道我一旦打定主意，是不可能改变的。我低下头，咬紧牙关，任泪水汹涌，却不敢看他。他紧紧抱着我，什么都没说，可我能听到他的心跳，沉重而激荡，久久。那一刻，他把我抱得那么紧，仿佛是怕一松手，我就会消失不见，而我在那一刻却也真的想要消失不见。

许久，他抚着我的头发，把我埋在他怀里的脸捧出来，认真地说："好，如果你坚决要跟我分手，我希望能再多陪你六个月。"这完全违背我平时斩钉截铁的个性，磨磨叽叽的分手不如快刀斩乱麻，我拒绝了。这时，他又说："我太了解你了，分手对你的打击也很大，你肯定会偷偷躲起来舔伤口，这我受不了，我心疼。我爱你，我希望能陪着你熬过最难熬的那一段。所有失恋的痛苦，习惯以后就只剩下对过去的回忆，而我希望你记住，这个世界上，总有一个人是爱你的。无论身在何处，万水千山，他会一直关心你，爱护你，甚至因为爱你，愿意服从你的意志而离开你。"

就这样，我们在一起又过了六个月。六个月以后，他离开了这座城市，放弃了外企的高薪和职业发展的巨大潜力，辞职回到老家。当他告诉我准备改行去他亲戚的工厂里打工的时候，我意识到，他是在惩罚他自己，也是在惩罚我，因为我知道他的理想是成为一个优秀的咨询顾问和系统架构师。而他，因为我，把一切都放弃了，甚至放弃了他自己。他说，如果他和我在同一座城市里，永远无法放弃。那一刻，我只能沉默以对。

最后离别的时候,他看着我的眼,认真地告诉我:"下一次,如果你遇到一个爱你的人,请一定不要放手。"那一天,我还不知道什么叫放手。

十年之后,在我写着小说听着《富士山下》的时候,我突然体会到什么叫放手。放弃可以是自暴自弃,是被动的,没有太多的选择;而放手却需要勇气,因为有很多选择,他只是选择了我的选择。

> 人活到几岁算短
>
> 失恋只有更短
>
> 归家需要几里路谁能预算
>
> 忘掉我跟你恩怨
>
> 樱花开了几转
>
> 东京之旅一早比一世遥远

如果爱,总希望对方幸福,若痛苦,宁愿被遗忘,只希望心爱的人,下一站幸福。

回忆起这一切的我,忍不住拨打了他的电话。他的手机十年没有换号码,他说,怕我找不到他。电话里他的声音听上去熟悉而陌生,明显带着紧张。他告诉我,回去以后,他服从家里的安排去相亲,然后结了婚,生了孩子,家庭幸福。因为在亲戚的工厂里不适应,所以他很快换了工作,但小地方也没有程序员的工作机会,所以进了银行做贷款业务,也算工作稳定。他还说,欢迎我去他的老家玩,那是一个二线城市,风景优美,美食众多(他知道我是一个吃货)。

那一天，恰逢寒潮来袭，难得地下起了暴风雪，是南方罕见的鹅毛大雪。我踏上火车，跟同事一起去那座小城出差。他也在那座城。同事打趣说，约了今天出门见面的都是真爱。

下午，我办好事给他发了消息，说好他送我去火车站。他来接我的时候，同事还说，这哥们儿挺帅的，要不一起吃个饭。我笑着说，别发春梦了，人家结婚了。到了火车站，同事去取票，他跟我并肩站在进站口。我抬头，看到他的鬓角已经有了白发，才不过三十五岁，眼角就有了沧桑。他一如既往地微笑着，温柔地看着我，又自然而然地抬手拂去了我头发上沾染的几片雪花。一切都跟十年前一样，又那么不一样。

"你还好吧。"他说，"你还是那么漂亮，不，比以前更漂亮了。"

"嗯，都挺好的。"我低下头。

"我一直在关注你的公众号和朋友圈，只是没有点赞而已，因为我不想打扰你。"他有些犹豫，"你……有男友了？"

"嗯，算是吧。"我模棱两可地回答，气氛有些尴尬。

"那些照片是他拍的吧，把你拍得很美。"他突兀地换了话题，让我有些接不上话。

我一时没想起来是哪些照片，但也只能点点头，先默认再说。

他的手从我鬓间慢慢滑过我的脸庞，当我以为他会像过去一样摩挲我的脸颊时，他却突然退后一步，伸手拎起了放在地上的行李。

是我同事回来了。

"记得有空来玩！"他笑着说。

同事从他手里接过行李，急吼吼地催我进站。门口没几个人，我在进门的那一瞬间，回头看了他一眼。他站在纷飞的雪花里，双肩和头顶落了薄薄一层雪。

进站以后，我收到一条短信："下一站幸福。"

我打开随身携带的电脑，看着车窗外一掠而过的漫天大雪，偷偷抹去眼角的泪痕，写下了《迷雾森林》里最末尾的那首诗。送给女主，送给他，也送给我自己：

> 爱要先学会放手，
>
> 再不舍也终要离去，
>
> 抛下所有的遗憾和痛苦，
>
> 只留下无尽的爱，
>
> 相惜相守。
>
> 爱与被爱都需要觉悟，
>
> 依恋是信任而不是束缚，
>
> 爱的责任是付出和守护，
>
> 被爱的责任是笑容和幸福。
>
> 逝去的终将逝去，
>
> 痛苦不应是永久的背负，
>
> 温暖幸福和希望，
>
> 才是爱和生命的祝福。
>
> 雾气淡淡散去，
>
> 眷恋依旧不会停息，
>
> 阳光暖暖洒满大地，
>
> 你我终会在遥远的未来相聚。

《异乡人》

演唱者：李健

作词：李健

作曲：李健

发行年代：2007 年 4 月

# 且将他乡作故乡

◎ 王芸

作者简介

王芸，中国作协会员，南昌市文学艺术院专业作家。小说、散文见于《人民文学》《中国作家》等。曾获湖北文学奖、林语堂文学奖等。著有长篇小说《对花》《江风烈》，小说集《与孔雀说话》《羽毛》，散文集《此生》《穿越历史的楚风》等。

密闭的车厢,仿佛一个移动的容器,载着黄昏时分归家的人。空气稠闷,充满浓浓的湿意、金属的腥咸味和密集人群散发出的杂混气息。我坐在车厢后部,窗边。

黄昏的光影里,总有种似乎什么都难抓握住的感伤。车窗上流淌的纷乱雨线,将街景切割、变形,拥叠的车流、人流显得混乱。车有时猛烈地耸动一下,有时发出长长一声叹息,有时在光影里快意奔跑,也有时,长时间停驻原地,空气的稠闷更加钝重……我戴着耳机,手机在循环播放李健的《异乡人》。已经听熟的旋律,清透的歌声,让周遭的一切退为模糊、遥远的背景。如诉的吟唱,有清澈得直击心扉的力量。

披星戴月地奔波

只为一扇窗

当你迷失在路上

能够看见那灯光

不知不觉把他乡当作了故乡

只是偶尔难过时

不经意遥望远方

曾经的乡音悄悄地隐藏

说不出的诺言一直放心上

…………

路灯倏地亮了,暖黄的光线带着斑驳淡影落在脸上。在凝定的表情背后,已有河流漫溢成灾。好在拥挤的车厢里都是疲惫归家的人,没有谁注意望向窗外的那双眼睛满溢的伤感。

人群中，一定有像我一样远离故乡的异乡人。如果彼此相认，我愿意将一只耳机分给他，让他也享受一份清音的抚慰。

那一年想必是 2013 年，李健的专辑《拾光》推出，我来到异乡生活已逾三年。南昌这座城以它自然温和的善意接纳了我，更重要地，在这里，有我愿意归去的一扇窗，和站在窗前等我归去的那个人。

故乡和每一个生命之间，是贴肌贴肤、贴心贴肺的依存关系。故乡的水土、气候、世事流变等，这片土地上的人事、风物、习俗、文化等，在漫长的日月流转中，以显性与隐性的方式进入血液、骨骼，参与对一个人生活习惯、行为习惯、表达方式、处世方式的雕刻，也参与对心性、气质风度、精神面貌、思维观念的塑造。离开生活多年的故乡，撕裂的不只是生活表层的肌肤，还牵扯着深埋精神肌理中的血管、神经，甚至是让一个人能挺立于世、行走于人间的骨骼。

李健是"异乡人"，他离开故乡哈尔滨那座有着冰寒气质的城市，来到喧腾的北京。二十年日月轮转，当他抵达《异乡人》时，不禁在歌词里放进了多年来积存在内里的五味杂陈的情感。他用简约内敛的语句、如倾如诉的旋律、自然如溪水流淌的吟唱，将他的百感交集化盐入水般放入歌声中。这首歌，不知在暗夜里抚慰了多少异乡人的心。一个人心中涌出的思乡情，在无数异乡人心中引起"回响"。有时，歌声漫过经年未愈的伤口，带来盐水渍过一般的惊痛。待疼痛退潮，如经受一番洗涤，抵至清明之境，比以往任何时刻更坚信自己的选择：所有的割舍都值得，所有的坚持都值得。

中国现代化、城镇化的进程大步向前，无数人离开自己的故乡，去到别人的故乡，"异乡人"的队伍越来越庞大。其实，我们的祖辈与父辈，在历史的漫漫长路上从未停下迁徙的脚步，战火的逼迫，生存的需要，或者内心的渴望，驱策着他们走向陌生之地，落土，生根，又开枝散叶……故乡是流动不居的，而我们都是"异乡人"。

最早版本的《异乡人》，收录于2007年的专辑《想念你》，这是李健写给故乡的一封情书，千言万语化在数行简洁的歌词中。纷杂的鸟鸣，口琴声响起，牵引出如在风中飘浮的缕缕忧思，李健温暖如阳光的声音响起。2013年我循环播放的版本，与初版有所不同，开头一段让人屏息的吉他前奏，细细去听，有粗重的喘息声。那是生命之音，来自吉他演奏家李爱，患癌的他硬撑着录完音。想来他也是一位"异乡人"，这喘息之音里，隐伏着他发自肺腑的怀乡情与思乡泪。李健没有将录音洗净，保留下原声，因之，这一版《异乡人》听之令人心战。

我一直喜欢有诗歌内质的歌曲。"音乐诗人"李健创作的歌，清一色地在诗歌自有的穿透力之外，加上旋律的抒情咏叹，和浸透个人气质的演绎，总是让我单曲循环，听而不厌。

命定的终点，时间的流逝，这样一种宿命加覆于一切生命之上。穷尽一生，人都在以自己的方式对抗时间的流逝，对抗生活的庸常与无常。绝大多数人选择顺流而下，一些人逆流而上，还有一些人仿佛天生具有定力，锚定在原地，看似无力无为，殊不知，仅仅是抗住时间流逝的冲刷之力、时代潮流的裹挟之力，就需要莫大的勇气和力量。李健无疑是后者。

小时的他受父亲影响喜欢京剧，以稚嫩的嗓音演绎花脸，发出穿云裂帛的醇厚之音，倒了嗓子，自此坠入沉默。对外表达路径的受阻，导致了生命意识的内转与自视。因为年少孤独，李健自己与自己说话，靠幻想打发寂寥的时光。而所有的艺术，不都是幻觉的映现？1986 年，在李健的百般央求下，母亲将一把吉他送到了他的手中。十二岁的李健轻轻拨动琴弦，那一声清音，开启了他的音乐之旅和自我行走之路。

在清华大学，当同样学习电子工程专业的高晓松，选择退学追寻音乐之梦，李健则站在原地，一面忍受乏味的课业，一面手抚吉他，低声吟唱。

2002 年，当水木年华组合执意向前，跟上彼时流行的快节奏音乐潮流时，李健却不顾念组合的强劲态势，决然退出。他有自己鲜明的音乐理念，不想违逆内心随波逐流。"一个歌手应该做自己最喜欢的音乐，而不是做市场最需要的音乐。我不迎合大众，也不迎合潮流，我只想安安静静地做自己，懂的人自然懂，不懂的人无须懂……"

回到北京胡同过起寻常人生活的李健，在清寂中安然度日，读他想读的书（之中想必有加缪的《异乡人》），写他想写的歌，不疾不徐，不烦不躁，不忧不惧。直到 2010 年春晚，王菲演唱他的歌曲《传奇》，使他一夜爆红。他却未趁势而上，得意忘形，而是提醒大众："我不完美，更没想当任何人的偶像，成为偶像是非常危险的……"简单的一句话，透着智者的清醒。

当别人一再地咏叹青春——这一引起广泛共鸣的主题，李健却未刻意书写；当别人忙着商演赚钱，李健却选择了出国旅游，淡出热捧的视线……在一个潮汐汹涌、浪头一个接一个异常猛烈的时代，他大隐于世，深谙道家窥破却不勘破、淡然而处的智。这智来自天性，来自他读过的书，来自他走过的路，成为他的歌之根茎与脉流。

2017 年 3 月 5 日,李健手拿一本加缪的《异乡人》出现在《我是歌手》现场。此《异乡人》非彼《异乡人》,但加缪的文字,他借由西西弗斯形象诠释的生命哲学,体察到荒诞的本质,却依然意识到生命的价值与尊严,并用自己的方式对抗荒诞。"真正的救赎,并不是厮杀后的胜利,而是能在苦难之中找到生的力量和心的安宁。"他于冷静中隐伏的温情,想必与李健有着精神上的契合——以淡然自处、心有所系的方式,对抗生之庸常、无常与荒诞。

　　　　近在眼前的繁华

　　　　多少人着迷

　　　　当你走近才发现

　　　　远过故乡的距离

　　　　不知不觉把他乡

　　　　当作了故乡

　　　　故乡却已成他乡

　　　　偶尔你才敢回望

　　　　曾经的坎坷

　　　　现在不用讲

　　　　异乡人有着相同的惆怅

　　　　…………

　　　　就在这时候

　　　　眼泪已经流

　　　　那扇窗依然明亮为我守候

看过了多少海市蜃楼

让我回到小小的门口

给我温暖陪伴我左右

…………

　　拂开多元丰富的配乐，依然是李健清越的声音，如诉的吟唱，直唱进许多人的心头、肺腑，掀起涌动的热浪……现场版的《异乡人》加入了一段新写的歌词，远与近，坎坷与惆怅，过眼繁华与朴素皈依，之中隐伏的情感更显沉着纯挚，那是多年异乡生活的沉淀与馈赠，是一个智者的怀想与沉思，牵引着无数"异乡人"回到故乡，回到最初那扇小小的门口……

## 《秋天别来》

《秋天别来》

演唱者：伍思凯

作词：姚谦

作曲：伍思凯

发行年代：2007 年 8 月

《秋天别来》1999

◎ 吕魁

### 作者简介

吕魁，2005 年至今在《人民文学》《十月》等文学期刊发表中短篇小说，多篇作品被《小说选刊》《小说月报》等转载。曾获第二届"紫金·人民文学之星"中篇小说佳作等奖项。著有中短篇小说集《所有的阳光扑向雪》《朝九晚不归》《莫塔》等。

那是 20 世纪的最后一年，我在家乡山西南部的一个小城里读高中。我的家乡是典型的北方三线城市，经济不算发达，但也不至于落后，我记得那一年小城里已有了国际连锁品牌快餐店，随处可见正在建设中的高架桥及住宅楼盘。在我所就读的高中校门外不远处的街道上，网吧、音像店、台球室、奶茶店、鸡排店鳞次栉比，也不知道是谁取的名，反正历届学生都称那条街为"堕落街"。一到傍晚下课，落日夕阳下，穿着蓝白两色校服的高中生三三两两地布满整条街，多少甜蜜的初恋和真挚的友谊都在这条窄窄的小街上发生，初夏晚风吹来，空气中都弥漫开荷尔蒙的气味。

我隔三岔五就会去位于那条街尾的一家名叫"乐迷大世界"的音像店，那也是我们这个小城为数不多卖正版磁带、CD 的音像店。店主亮哥是北京人，在苏州读大学期间和我们本地女孩相知相爱，结婚成家后，随女方一同回到小城，因喜爱流行音乐，便做起了音像带生意，满足自身爱好的同时，又能养家糊口，日子过得自在且惬意。那时我刚满十六岁，正处于青春叛逆期，不知怎么喜欢上了摇滚乐，一有点零花钱就跑去亮哥的音像店淘打口带，听的歌也以欧美音乐为主，而伍思凯是我为数不多喜爱的华语创作歌手。

我的同龄人喜欢的歌手多为主流歌手，像刘德华、张学友、周华健、任贤齐，稍冷门的，也不过是听 Beyond、黑豹、唐朝乐队。我身边几乎没有同学听说过伍思凯，偶尔碰到一两个知道的，也只听过他的成名作《特别的爱给特别的你》。我记得大约是我十三岁，在一档午夜电台的音乐节目中，偶然听到伍思凯当年发行的专辑《心动了》的同名歌曲，他独特的唱功，以及偏古典又不失律动的旋律，一下就打动了我，也让我记住了这首歌演唱者的名字。

那些年正值伍思凯创作的井喷期，他陆续发行了《心动了》《你爱谁》《舞月光》三张质量极高的音乐专辑。那年代信息滞后，通常港台歌手发表一张新专辑要两三个月，夸张的甚至半年，才会流行到我所在的小城。好在有亮哥开的那家音像店。某种意义上讲，包括我在内，我所在的这个小城的"70后""80后"后歌迷最初的流行文化启蒙，都源自这家音像店。

时至今日，二十三年过去，我依稀还记得，那天周五晚自习结束，读高中也就一个来月的我还沉浸在求学生涯又升了一级，离长大成人又进一步的喜悦感中。最主要的是，兜里揣着将近四百块的零花钱，那是我考上市重点高中爸妈一次性给我的五百块奖励。我一个暑假都没怎么舍得花，就等着9月开学去亮哥的音像店购买我心心念念的打口磁带。那年头，对一个月只有几十块零花钱的我来说，四百块算得上一笔巨款。若干年后，我赚取了人生第一桶金，拿着一张存有六位数人民币的银行卡去车行提车，都没有那个晚上我走进音像店时底气足。我先是将我早就想买却舍不得购买的 The Beatles 乐队的套装专辑收入囊中，又选了七八盘所谓的"尖货"，总共也就结了不到两百块。

亮哥在收银台内给我找零，原本已不打算再挑选的我，不经意间被店内录音机旁的一盘磁带封面吸引，那是一个看上去和我年纪相仿的少女，似乎很随意地站在山坡上，头发凌乱地自然披散开，面无表情。这张封面在当时的华语乐坛可以说是剑走偏锋，女歌手既没有精致的妆容，也没有能吸引人眼球的独特造型，有的只是稚气未脱，婴儿肥的脸庞和清澈的双眸，这对正处于青春期的我来说，反而更具吸引力。亮哥将找的零钱递给我,他察觉出我的好奇,在一旁给我介绍说:"这是昨天刚到的新货,是一个刚出道的台湾女歌手,我媳妇拆了一盘自个听,有几首歌还挺好听的,你有兴趣吗?我放给你听。"

我嘴上逞强说怎么可能喜欢这种小女生才听的歌,耳朵却被喇叭里传出的前奏吸引,一个干净的女声随着钢琴的伴奏缓缓唱道:

> 知道你很快有了新恋情
>
> 我有点嫉妒有些安心
>
> 关上一扇门转身就能
>
> 推开另一扇门走进去
>
> 那就是你

20世纪90年代的华语流行乐坛,作品主题绝大多数都围绕着男女之爱,唱来唱去无非是我爱你,你不爱我;你爱我,对不起,我不能爱你;我们彼此相爱,但无奈命运无法让你我在一起。从抒情方式来分,有彭玲的《囚鸟》、张宇的《月亮惹的祸》、郑中基的《你的眼睛背叛了你的心》、张惠妹的《听海》等苦情歌,也有张震岳的《爱的初体验》、苏慧伦的《鸭子》、梁咏琪的《口香糖》一类的自然洒脱、敢爱敢恨的小情歌。而这个叫侯湘婷的女歌手,在简单的钢琴旋律的伴奏下,如同写日记自述般,柔声细语地唱出这几句:

> 其实我也开始想要调整自己
>
> 只是谁能帮帮我闭上眼睛不看见你

我也想忘了你

在秋天来临之前不再想你

整首歌歌词直白，没有一个形容词，更没有晦涩难懂的暗喻，就连旋律都是略有点耳熟的钢琴曲，一遍听下来，浅唱低吟间，唱出一个少女在夏末秋初时失恋，心中却难放下前任的感伤之情。在那个"大情歌"流行的 1999 年，这首作品可以说是清新脱俗，好比大餐后的甜点，炎热夏日的一杯清补凉。

我好奇这首歌的创作者是谁，便翻出那张专辑的歌词本，定睛一看，作词姚谦，作曲伍思凯。我哑然失笑，难怪旋律一响起，我就觉得清新悦耳，还有一点似曾相识感，原来是我喜爱的歌手伍思凯作的曲。于是我当下就有买这张专辑的冲动，但又一时碍于自己树立的热血摇滚小青年不屑于听小女生歌的人设，怕被乐友看到笑话，犹豫再三，像是买违禁品般匆忙付了钱，赶忙将那盘磁带塞进裤兜，慌慌张张离开了亮哥的音像店。

《你爱我吗？》是歌手侯湘婷的处女专辑，也是她歌手生涯中为数不多的作品之一。台湾地区的娱乐媒体将这类歌手统称为"一片歌手"，顾名思义，就是只出过一张或只有一张唱片卖座的歌手。与侯湘婷几乎同期出道的梁静茹、孙燕姿、蔡依林等女歌手，日后都成为华语乐坛现象级歌星，但侯湘婷却没有唱出来，个中原因，不得而知。

不过平心而论，《你爱我吗？》作为一个歌坛新人的处女作，制作堪称精良，除了伍思凯作曲的《秋天别来》外，该张专辑中还有《冷战》以及翻唱任贤齐的《我是一只鱼》。侯湘婷该张专辑的造型一袭纯白色棉布长裙搭配帆布鞋,长发自然垂直过肩成了那年秋季直至翌年春天高中文艺女生竞相效仿的对象,成为校园内外的一道风景。

2007年8月,伍思凯在自己出版的创作自选辑中翻唱了自己作曲的《秋天别来》。同一首歌,一样的歌词和旋律,由不同年龄、不同人生阅历的歌手演唱,所呈现出的意境截然不同。如果说侯湘婷所表达的是一个不谙世事的纯情女生对猝不及防的美好恋情如雪水融化、气球升空般逝去的遗憾和不舍,那伍思凯的演唱则是成熟男人失去所爱后的洒脱与不羁。"在下一个秋天来临,如去年同样月圆之际,谁会陪你?"侯湘婷唱出来,是小女生不舍前任,表面祝福,内心想再续前缘的自怜自艾;而伍思凯唱出来,没有半点不舍,有的只是大方不失坦荡,对分手的恋人诚挚的期盼与真心祝福。

2019年,我去西安出差,在机场书店购得《秋天别来》词作者姚谦的散文集《我们都是有歌的人》,书中收录了姚谦作为词作者,对写过的四十余首流行歌曲的创作谈,其中提到《秋天别来》的一篇名叫《你当然有权利变心》。文中写道:"《秋天别来》的旋律不似通常的流行音乐,伍思凯巧妙地使用了巴赫《十二平均律曲集》中的《C大调前奏曲》,这是所有学习音乐,尤其是学习钢琴的人都很熟悉的曲目。了解到这首旋律是巴赫作品的前奏曲,序曲的概念当即给了我很大启发。我想,我可以从序的角度来写这首歌词,就像为长篇小说写序一样。《秋天别来》可能会是一个复杂曲折的感情故事,但我只为它写一个序。序是一部完整作品的引子,独立于大的结构之外,不受正文约束,作为一个入口,让读者抢先窥探故事梗概。但这个入口要精准,一破题就要带出整个故事的主轴,想到这里,我写下'知道你很快有了新恋情',头一句歌词唱出,让听众知道,哦,这是一个爱情已经结束的故事。"

进入新世纪,伍思凯出唱片的频次见少,2003 年,我在北京读大学二年级,他发行了专辑《爱的钢琴手》,那之后他专注在音乐舞台剧领域,鲜有作品再发表。但这并不妨碍他是我喜爱的华语男歌手之一。同学联谊,或友人相聚 KTV 时,我都会点唱伍思凯的《舞月光》《爱的牧羊人》《寂寞公路》等歌曲,曾引得不止一个人找我询问,这么好听的冷门歌曲演唱者是谁。不过《秋天别来》演唱难度颇高,我私下试过几次,唱得支离破碎,索性做个听众,单纯欣赏,大饱耳福,也是乐事一件。

# 有张『画』想和你聊聊天

◎ 小高鬼

《画》

演唱者: 赵雷

作词: 赵雷

作曲: 赵雷

发行年代: 2011 年 8 月

## 作者简介

　　小高鬼，科幻作家、动画编剧，中国作协会员，中国科普作协会员，陕西青年作协理事，铜川市作协副主席。曾获华语科幻星云奖、大白鲸幻想儿童文学奖、中国校园文学奖等奖项，中国少年科幻探秘小说领军人物，出版儿童文学作品30余部。

为寂寞的夜空画上一个月亮

把我画在那月亮的下面歌唱

为冷清的房子画上一扇大窗

再画上一张床

画一个姑娘陪着我

再画个花边的被窝

画上灶炉与柴火

我们一起生来一起活

…………

　　第一次听赵雷的《画》,感动之余认定了他会火。几年之后,赵雷真火了,却是因为《成都》,而我车里直到现在单曲循环最多的歌还是《画》。

　　我与《画》是有缘的。我不追剧,不去 KTV,不看综艺节目,家里的电视机只是用来证明客厅的陈设还算齐全,它的屏幕只在春晚那一夜才亮起来。身为作者的我每天面对的是电脑屏幕,那一夜,我写的什么故事已然记不清,但一定是不顺利,否则我不会心血来潮走到客厅,找到遥控器,坐在沙发上,打开电视机,虚度我的写作时间。开机就是《中国好歌曲》的画面,我没有换台,不一会儿,背着吉他、穿着牛仔衣的民谣歌手赵雷登上舞台,以极为平静的气质开始演唱他的原创歌曲《画》。

　　浑厚有力的嗓音与优美动听的旋律相结合,赵雷深情的演唱听得现场观众如痴如醉,听得我忍不住心里一阵恻恻地痛。写歌的人用心用脑,唱歌的人有情有义,听歌的人入耳入心,没有故事的人写不出璞玉之妙的歌词,没有对过往绝望、对未来渴望的人唱不出心里流泪的歌。

赵雷有一支孤独的画笔,"画上有你能用手触到的彩虹,画中有我决定不灭的星空,画上弯曲无尽平坦的小路……"画下宁静与祥和的田园生活,他不恋过往,不迎未来,只愿当下,如此安好。我也有一支孤独的笔,写故事,绘人生,描未来,日复一日,年复一年,平平无奇。

同在 2014 年,正是我的创作瓶颈期,往前两年没有书出版,往后两年不知能否坚持下去,创作的方向不明晰,朝朝暮暮地想,朝三暮四地写,写了奇幻文学、网络文学,写过现实题材、历史题材,还在尝试少儿侦探、少儿科幻,望着一山高一山,哪座山才是我的青山?那山,有一群"鸟儿围着我",有"绿岭和青坡",有我能用手触到的彩虹。

不怕音乐太好听,就怕歌词入了心,本是听了曲中意,奈何做了曲中人。浪漫而有画面感的歌词,清新又质朴,惊艳到了我,也惊艳到了导师刘欢,他说这是《中国好歌曲》到当时为止他见到的最漂亮的一首歌词,赞美"我没有擦去争吵的橡皮,只有一支画着孤独的笔"是神来之笔。

有对比、有参与才能做出如此高度的评价,而我没有对比,更没有参与,我却认为刘欢说了我当时要说的话。《画》的歌词比诗美,如画美,百听不厌是因为心中有画,这幅画难道不就是生活在城中人的心之所向吗?我或者我们想要物质上的满足,想要精神上的丰盈,想要聚光灯下的掌声,想要文学之路上的突破,想要画出自己的未来,想要我的生活不是梦……那段时间,我的想法太多,想象力却匮乏到了极致。屏幕前的我,天黑有灯,下雨有伞,母亲安详,四季有衣,有家人相伴,有四岁的儿子拿着画笔在墙壁上画着我们家,绘着"用手可以触摸到的彩虹",如此美好的生活,我却身心疲惫,也在焦虑。画者、歌者、作者——我们可能是三个人、两个人,或者任何一个人,在这个城市、那个城市，或者在彼此的城市中手擎画笔，既有对美好生活和自我价值的希冀，同时也不得不承受现实的冷漠与残酷，是继续坚守心中的画作，还是弃笔认命？

赵雷在 2011 年就已创作出如此惊艳的《画》，如果不是坚守心中的画作，又怎能让我听之而不离不弃，心中一凛呢？那一夜，我在网上寻《画》、听《画》，不久在喜欢的作家大冰的书里看到赵雷。他曾是个无忧无虑的北京胡同里的少年，过着自己想过的生活，飘飘荡荡，不着边际。那个时候的大冰是山东卫视当红主持人、民谣音乐人，也是资深背包客，在拉萨开了一家名叫"浮游"的小酒吧。有一天，酒吧里来了一个背着吉他的男孩，问大冰自己能否在他的酒吧里唱歌，就唱两个月，唱完就砸了吉他，回老家当兵，不再追求梦想。这个男孩就是赵雷。大冰听后，便让他先唱一首。赵雷开嗓即震惊全场，大冰告诉他，"不需要唱两个月，如果你愿意，就留在这里驻场，酒吧分你一半"。大冰的举动让赵雷看到了希望，打消了回家当兵的念头，同时也让大冰对中国民谣更有信心。大冰在自己书中说"赵雷不火，天理难容"。后来，浮游酒吧倒闭了，大冰的书火了，坚持民谣不倒的赵雷也火了。赵雷遇见了大冰，我遇见了《画》。

《画》的前几句都在描绘对美好的向往，而"我没有擦去争吵的橡皮，只有一支画着孤独的笔"唱醒了听歌者，这一反转，又是神来之笔。想要不得的现实，伤感无奈的人生，烟火气息的生活，代入感极强的同频共振，我和赵雷是同一类人。那年的赵雷因创作遇到瓶颈而备感压抑，歌词起句"为寂寞的夜空画上一个月亮"，勾勒的就是创作这首歌的情景。赵雷成名后坦言，当时生活清贫，创作的精神压力很大，满脑子幻想,就这样想出了这首歌。

赵雷是那个时代追求理想和梦想的清醒者,他知道自己有什么——一支孤独的画笔——民谣吉他;他懂得自己为什么——为寂寞的夜空画上一个月亮——坚持初心,不忘来路。所以,他一路唱到了《成都》,唱红了大江南北,但他还是过着《画》里的生活,他依旧有浮游酒吧里的烟火气,而无娱乐圈里的纸醉香。在这个浮躁的时代,他的出现与走红给予年轻人以榜样的力量,正向的价值追求。2015 年,走过颠颠迷茫的瓶颈期,我的"画"锋一转,便也"行到水穷处,坐看云起时",科幻文学创作的执念伴我向美而行,行到如今。

至今,我与《画》的缘分未尽。喜欢的歌定是要学唱,还要唱好唱出原汁原味,而我却在这么多年里,听了又听百听不厌,唱了又唱百唱不会。此种感觉其实很美,直击内心的歌还是要让原唱留在心底,萦绕在耳边,以免被我很真诚地唱毁了。这样也好,可以一直听《画》,一直唱《画》,一直在心里悄悄地藏着一幅美丽的"画"。如果不是《真水与火焰——作家的流行音乐履历》之约,怕是没人知道我竟有《画》缘。

时过境迁,《画》在我心。流行音乐正被 BGM(背景音乐)改变、被网红翻唱、被短视频推向更广阔的空间。形式的创新、内容的升级潜移默化地影响着人们的心绪,深邃长久地改变了人们的认知。我常想,是因为中国民谣唱中国故事而流行,还是中国故事本就让人共鸣而经久传唱?

写此文时,夜空中的月亮特别圆,方才想起月是故乡明,今天是中秋。画里画外的你在他乡还好吗?你的夜空还寂寞吗?你知道吗,月色撩人,人间值得,听歌的孩子不忧郁,有张《画》,想和你聊聊天……

# 越过山丘

◎ 沈念

**《山丘》**

演唱者：李宗盛

作词：李宗盛

作曲：李宗盛

发行年代：2013年7月

✎ 作者简介

　　沈念，中国作协会员，湖南省作协副主席，中国人民大学文学硕士。曾获十月文学奖、华语青年作家奖、三毛散文奖、万松浦文学奖等。著有中短篇小说集《灯火夜驰》《夜鸭停止呼叫》，散文集《世间以深为海》《时间里的事物》等。

"我是一个失败的人!"

酒吧冷清,乐声低沉。坐在对面的他,脸色灰黄,没有刮净的胡楂低低矮矮,像沙漠上新长的一丛未成片的棘林。很难想象,半年前见到的他,春风得意,每一根皱纹都是跳跃的,都是能笑着发出声响的。

那时的他是人们眼中的成功者。成功者的故事,有时是别人帮着书写的。关于他的经历,我也多是从朋友嘴中获知。从在县城做农资肥料挖到第一桶金,到转向农产品的制作、配送,直至后来涉足餐饮、娱乐、房地产,他的圈子越来越大,又在某位高人的撺掇下,抽取资金投向中小微企业贷款。风生水起的时候,他每天呼朋唤友,桌上招待人的都是名烟名酒,座上宾皆是官员、名流、漂亮女性。赚快钱的感觉太好了,以至有很多人暗中把辛苦积攒的钱送到他手上,想要获得更多的财富。他制造了一种误以为一劳永逸的幻觉,大家竖着大拇指,讨好着他,在推杯换盏间说着"豪言壮语":有钱一起赚,越有钱越能赚到钱。

我与他初识时,做记者的年头不长,他也还是一个会脱掉鞋袜去田地里感受"人勤春来早"的企业家。后来相当长一段时间不联系,在一个饭局上再次相见时,他就被称为当地手上现金最多的隐形富豪。但也有人悄悄提醒我,他这个行业,不出问题就是钱生钱,一出问题就是爆雷,炸得粉身碎骨、片甲不留。

这样的话是不会有人与他直说的,我也没有。我想他那么聪明的人,应该想到凡事总是有两个极端的。一个人在形形色色的人生中认定自己的坚持,是可以做到却又最难做到的。那天夜里他约我,我以为他是想讲创业的经历,讲人生中翻越的一个个"山丘"。这是我们很早就在酒局上有过的约定，但见面后他告诉我的是，资金链断裂，有的项目投资难以为继，民间集资的那一块垮塌了，如果有人要收回本金，就必定是个爆炸新闻。

"你下一步准备怎么办？"看着这个身陷泥淖的人，我并不想引爆新闻，我关心的是一个人和他身后的许多人，关心的是明天太阳升起时的事情。

他瞟向不知何时坐在高脚椅上的歌手，说："我给你点一首歌吧？"

我从他的神情中看到的是一种突然降临的衰老，似乎对命定之事没有丝毫的抗拒之力。片刻后，我听到一段低回的旋律，像是在说话，但声音却很熟悉。是华语乐坛"大哥"李宗盛的歌，由他一人作词、作曲并演唱的《山丘》。


想说却还没说的

还很多

攒着是因为想写成歌

让人轻轻地唱着

淡淡地记着

就算终于忘了

也值了

说不定我一生涓滴意念

侥幸汇成河

然后我俩各自一端

望着大河弯弯

终于敢放胆

嬉皮笑脸面对

人生的难

也许我们从未成熟

还没能晓得　就快要老了

我是看着他的泪，走到了眼眶的"悬崖"边，然后被他抹去。面对一个成年男人深夜落泪，一个危险边缘者的无奈与痛楚，我当时心中有种特别的难过，这种难过掺杂着众多难以言述的情绪。成功者的光环早已消失，也看不到一点困兽犹斗的气息，我理解他真是走到山穷水尽处了。

命运的左右

不自量力地还手

直至死方休

为何记不得

上一次是谁给的拥抱

在什么时候

旋律尚未结束，歌手喃喃自语，当我睁开眼，对面的他已经不辞而别，夜色吞噬了他和他的时代。那是我们见过的最后一面。后来很多次，我在听到《山丘》这首歌时，就会想到这位朋友，想到没有在他离开时给他一个拥抱。也许那也是给自己的一个拥抱。

　　我把这段经历当故事讲给现在的朋友听，有时我们坐在酒吧，又仿若回到了那个夜晚。音乐是给有着不同情绪的人的慰藉。那属于无数夜晚中的一个，是因为一首歌，也是因为一个人的跌宕人生，变得有了颜色与气味，变得有了记忆与声响。又因为那个夜晚和《山丘》，我没想到，华语乐坛的一位顶尖级的音乐人，在我心中珍藏的理由是人生无处不在的哀伤。这种哀伤也曾成为很多人的生命底色。

　　少年时候，听流行音乐喜欢的风格是欢快、跳跃、深情的。那时听得最多的是香港四大天王（刘德华、张学友、黎明、郭富城），台湾的小虎队（吴奇隆、陈志朋、苏有朋），攒下零花钱去买磁带（后来去大学附近买国外摇滚乐的打口带），顺带买张大招贴画挂在床头。那时有台随身听的同学，身边必定围着一群"发烧友"，那个耳机的海绵耳套摩擦多了，变得又薄又松。有次去同学家，他神秘地把我带到卧室，按下播放键，是周慧敏唱的《舞女》，又示意我走近。他手一扬，把灰旧的蚊帐掀开，里面挂着满墙的女明星照，全是他搜集的周慧敏一个人的照片。这也算是"70后"一代人的青春记忆吧。

　　参加工作之初，我在一家厂矿学校当老师，与车间工人都住在青工楼，每天傍晚，下班的年轻工人各自在屋里做饭炒菜，总喜欢把桌上的录音机打开，各种风格的音乐，轰轰烈烈，伴随着那些呛人的油烟，飘荡在青工楼的上空。孤单的夜晚，有时会结伴去工厂附近的一家录像厅看《霸王别姬》，直到片尾曲播完，人才恍恍惚惚走出来。次日去楼上同事宿舍，他那里有一盘李宗盛的专辑，正在播放同一首曲子。同事说，这是李宗盛和林忆莲合唱的《当爱已成往事》，李宗盛是绝对绕不过去的一个音乐人。那是我第一次印象深刻地记住李宗盛的名字。借来磁带反复地听,很长一段时间,听着他声音中带着磁性的沙哑,听着旋律中的种种伤怀与感慨,虽然并不太能懂得乐曲中的深意。年少是不懂李宗盛的,人到中年之后,再去听李宗盛,才真正领悟到:"每个人心中都有一个李宗盛。"

2014年,我也在相当长的一段时间陷入焦虑和选择之中——将离开一座生活了二十多年的城市,前往另一个不熟悉的地方开始新的工作与生活,未来还有家庭的迁徙、孩子的教育、事业的新出发……现实烦恼仿佛是横亘在我面前的山丘,是需要更多艰辛和努力才能去翻越的。既充满好奇和挑战,又担忧翻越过后看不到自己想要的风景。这种焦虑也许还来自那个已经跑路的朋友,那段日子外界传闻纷纭,集资者呼天抢地,他的合伙人、亲密的朋友都避远了,家人也在四处躲藏追债的人。有人说,他这辈子不要想翻身了。他曾经越过了那么多的山丘,此时这一座的险峻陡峭,真永远也翻不过去?

听了很多年的李宗盛,他的每首歌也都是有来历的。这是一个用心创作,也是用真实的痛来表达世间之痛的人。李宗盛的歌,像白日焰火,在我们头顶的天空留下一个美丽而短暂的烙印。而《山丘》成为我心中珍藏的金曲之一,不仅是源自对李宗盛词曲的理解,也是对生命的体察,更是对一个朋友身上变故的领悟。年岁慢慢增长,生活中吃过的苦头和看到的甜头渐多,对音乐的理解也会发生变化。单就《山丘》而言,这首歌的旋律李宗盛早在2003年就放在了心里,据说那年他初抵上海,要开始一段新的生活,此前与林忆莲的婚变,爱虽早已成往事,却必然还在心头。此后他花了十年,直到2013年才真正完成《山丘》歌词的创作,这是一个人不断被同一段旋律缠绕的十年,是以音乐来搭建人生小屋的一首歌,也是"我与我周旋久,宁作我"的豁达坚决。人生无论经历多少成功与失败,回首往事总会有未完成的心愿。李宗盛写过许多首给自己的歌,但这是最特别的一首,是在面对、经历现实的难之后的人生总结,也是写给许多有着不同境遇与相同感情底色的人的歌。越过山丘,无人等候也罢,才发现白了头也罢,都是人生必经之事。就像从空中投向海水中的巨石,海面上的深洞,像科幻作家弗兰克·赫伯特笔下的沙虫,张开一张巨大的嘴,吞噬世间所有的喧嚣与寂寞、荣辱与得失。

这些年过去,当然我再也没有听到那个逃离故乡的朋友的消息。他像一滴水消失在更多的水中。这滴即使是混浊的水,也在时间中被消解而变得透明。让我一直觉得是个谜的是,那位朋友为什么会选择《山丘》作为离开的背景音乐。直到后来人生中的那些经历让我也会慢慢向一首歌靠近——走心的音乐,是切中人生某个阶段或是贯穿一生的某些不变的命题的,也就是在那种"透明"中让我们看着、想着、领受着人间的喜怒与哀乐、悲欢与离合,以及诸多遗憾和失去。

# 给曾经的英俊少年

◎ 肖复兴

《手扶拖拉机斯基》

演唱者：张蔷

作词：彭磊

作曲：彭磊

发行年代：2013年12月

作者简介

肖复兴，曾任《小说选刊》副总编、《人民文学》杂志社副主编。已出版长篇小说、中短篇小说集、报告文学集、散文随笔集和理论集两百余部。曾获全国及北京、上海地区优秀文学奖，中国好书奖，冰心散文奖，老舍散文奖，朱自清散文奖等奖项。

　　张蔷这个歌手的名字，如今的年轻人已经不大熟悉了。尽管 1986 年她曾经上过美国大名鼎鼎的《时代》周刊，唱片总销售量叹为观止地高达三千万张，恐怕在中国流行乐坛上是绝无仅有的奇迹，没有听说有哪位流行歌手超过她。

　　在 20 世纪 80 年代，我爱听她的歌。那时候，她出了好多盘磁带。那个年月，还没有流行 CD，更谈不上抖音或手机下载音乐。那时候，她十七岁，刚刚出道，磁带盒的封面上，一个圆圆脸膛的小姑娘，很可爱很清纯的样子。那时候，我的儿子刚上小学，才到懂得听歌的年龄。我们一起在音像店琳琅满目的磁带面前，记得很清楚，是在和平里——看得我们眼花缭乱，不知挑哪一盘好。儿子指着她，问我怎么样，我问儿子："就买这盘了吗？"儿子果断回答："就买这盘。"于是，盲人摸象一般买下了它。拿回家放在录音机里一听，不错，我和儿子都很喜欢。

　　她唱的是那种迪斯科节奏和风味的轻摇滚，明快、清爽，听着挺新鲜，感觉挺年轻的。不过，她更多是翻唱别人的歌。《野百合也有春天》《潇洒地走》《月亮迪斯科》《拍手迪斯科》《你那会心的一笑》《轰隆隆的雷雨声》……她那略带沙哑却青春明澈的歌声，经常在我家的音响里惊天动地地轰鸣，儿子更是常常一边写着作业，一边跟着音响里的音乐高声唱，好像和张蔷比赛谁的嗓门更亢奋嘹亮。

　　　没有七彩的灯

　　　没有醉人的酒

　　　我们在月光下

　　　跳一曲迪斯科

把你的手儿拍一拍

快点跟我来呀

把你的眼泪擦一擦

笑容露出来呀

把你的头儿甩一甩

忘掉那失败呀

记得唱得最多的,是《月光迪斯科》和《拍手迪斯科》(那时候迪斯科风很流行)不管歌词深呀浅呀的,不管听得懂听不懂,唱得很是尽心忘情。当时,我心想,很多歌曲中,其实歌词是不那么重要的,重要的是音乐的旋律,那是歌曲的魂。张蔷那时候的歌,吻合了那个百废待兴朝气蓬勃的时代,也吻合了哪怕是小孩子蠢蠢欲动或跃跃欲试的心。

我和孩子几乎买全了张蔷出的磁带,一直到现在都还感到很亲切,不少歌,到现在竟然还会哼唱,这是以后听流行歌曲从来没有过的奇迹。

有一阵子,我正在给百花文艺出版社写作关于中学生的长篇小说《青春梦幻曲》,忍不住让小说里的主人公也喜欢上张蔷的歌,不止一个地方,在小说里让她唱起了张蔷的歌。有意思的是,有读者读完我的小说,特意去找张蔷的磁带听。

我觉得张蔷的歌特别适合孩子听,适合孩子唱。她的歌,很清纯,很青春,很开朗向上,清澈透明如同露珠儿,沁人心脾,又有那么一点亮色,即使还有那么一点淡淡的忧愁和烦恼,也是快乐的和幸福的。

和后来的小虎队相比，她多了一点忧郁和厚度；和再后来一些的花儿乐队相比，她多了一点自然和亲切。和那时与她年龄相仿的程琳相比，她多了一点亲近和天真，像是一个容易说出心里话的孩子。如果和电影明星相比，她比那时的山口百惠还要年轻，比现在的周冬雨多一点俏皮和可爱，少了一点沧桑和曲折。

后来，有很长一段时间，听不到她的歌，她销声匿迹了，有说她出国了。一直到2008年，她终于又露面了，在北京举办了"80，08，"个唱音乐会。她在唱爱情了，她希望活在爱情的旋律里。显然，她成熟多了，不再是飞翔在过去天空中一只单纯的快乐鸟。但是，她选择了许多人都唱滥的爱情，我以为并不是最好的选择，很难翻出新意。也许，这只是我一厢情愿，谁也改变不了谁的选择，况且，二十多年的光阴，足以改变一个人的一切。她的歌还一直沉淀在我的记忆里，我只是还不希望她走出来，我没有权利把她攥在手心里和记忆里，不让她长大变老。

重新听张蔷的歌，已经看山不是山，看水不是水，融入了主观的情感和印象。重新听张蔷的歌，其实是在倾听自己的记忆，只不过她歌中的青春和自己的青春叠印在了一起，她的歌声中顽固流淌着过去那些日子的光和影，落霞与孤鹜齐飞，秋水共长天一色。而在2008年听她的歌，找不到以前的感觉了，一切时过境迁，歌声显得那么缥缈，似是而非。花无百日红吧，谁也不可能风光无限，独占歌坛永久。不过，也可能张蔷是轻舟已过万重山，而我却是山形依旧枕寒流。

自2008年至今，又过去了十多年。前些天，偶然间听到张蔷唱的一首歌，名字叫《手扶拖拉机斯基》。没有想到这么多年过去了，她还在唱，她还能唱，而且唱得不是老掉牙的歌，而是让人耳目一新的新歌,不再是一脸褶子却还装作年轻的爱情,而是更为沧桑复杂的人生况味。对比年轻的摇滚歌手,她真的算是前辈了,宝刀不老,重整旗鼓,且有新意,实属不易。

关键是这首歌,她唱得也实在不错。曲风重拾迪斯科的老旋律,歌词颇具谐谑混搭乱炖的风格,杂糅着年轻人的调侃和她这样千帆过尽年龄的感慨,而非一般常听到的小情小调。记得零星的几句词:

> 在这莫斯科郊外的夜晚
> 听不到那崇高的誓言
> …………
> 加加林的火箭还在太空
> 托尔斯泰的安娜·卡特琳娜
> 卡宾斯基　柴可夫斯基
> 卡车司机　出租司机　拖拉机司机
> …………
> 曾经的英俊少年
> 他的年华已不再

由一个偶然冒出来的拖拉机司机,带出这样糖葫芦般一串串的各种斯基,让她唱得动感十足,异常年轻,根本想象不出她已经是一个五十岁开外的人了。

不知怎么搞的,她唱的这首歌,让我突然想起莫斯科的一位老朋友——1986年的夏天,我去莫斯科结识的尼克莱。他年龄和我一般大,黑海人,列宁格勒大学(现在的圣彼得堡大学)毕业,学的就是汉语专业,毕业后先在电台工作,后调到杂志社。他能说一口流利的汉语,让我们之间的交流非常顺畅,从而一见如故。他非常好客,在我离开莫斯科的前一天晚上,邀请我到他家做客。那个夏天的夜晚回来的时候,尼克莱怕我不认识路,又陪我走出他家,走在莫斯科郊外寂静的街上,走到地铁站去坐地铁,一直把我送回到我住的俄罗斯饭店。

岁月如流,人生如梦,一晃,三十多年过去了,尼克莱和我一样已经年过七旬。加加林的火箭还在太空……曾经的英俊少年,他的年华已不再……张蔷这歌唱的!从托尔斯泰、柴可夫斯基一直唱到尼克莱,我自己,还有她自己!

坠入泥土的海阔天空

◎ 和晓梅

No Fear In My Heart

演唱者: 朴树

作词: 朴树

作曲: 朴树

发行年代: 2017 年 6 月

作者简介

和晓梅, 曾获少数民族文学创作骏马奖、湄公河文学奖、冰心儿童图书奖、云南文化精品工程奖等奖项。出版中短篇小说集《女人是蜜》《呼喊到达的距离》, 长篇小说《宾玛拉焚烧的心》, 长篇儿童文学《东巴妹妹吉佩儿》《寻找时光之心》等。

这时候歌声响起。是的,是歌声,不是音乐。几乎没有任何的前奏,朴树的声音凭空降临。

你在躲避什么
你在挽留什么
你想取悦于谁呢
你曾经下跪
这冷漠的世界
何曾将你善待

你在这时停下脚步,因为你感觉到这些叩问跟你有关系,仿佛专为你设置。你带着些微的被偷窥的吃惊回头看去,灯光次第亮起,黑色银幕滚动播放着演职员表,观影的人群纷纷起身,舒缓身体。迷离光线下,那些影绰的身影让你想到隔着屏幕的皮影道具。

你对朴树的嗓音没有那么熟悉,相比较朴树,你可能更熟悉崔健、窦唯或者罗大佑。这会暴露你的年龄,但是没有关系,你对任何的暴露无动于衷,就像多年前用一根橡皮筋束起脑后的长发,你知道这就是一种暴露,暴露的不仅是你过早拥有川字纹的脑门,还有你对世界的陌生与疏离。你引来了异样的目光,诧异的、嘲讽的或者厌恶的,但你丝毫未觉,无动于衷。

如今你并没有改变发型,尽管随着头发的脱落和花白,束在你脑后的发辫又细又短,看起来就像根灰色的小手指。你穿着款式过时的藏青色西装,鼓鼓囊囊的工装裤。这样的搭配莫名其妙地带着一种灰尘感，你怀疑衣服不干净，需要不停地拂去上面粘贴着的绒毛和肉眼可见的粉尘。你偶尔为此感到羞耻，但是脚下一双时尚的马丁靴弥补了所有的不安。那是一双昂贵的黄牛皮马丁靴，鞋底的某个部位存在过度磨损，你的脚，随时都能感受到那个地方。这让你觉得安心，因为行走让你安心，那个部位始终让人保持着行走的姿势。

> 所以你厌恶危险
>
> 坠入厄运深渊
>
> 输掉一切
>
> 你两手紧紧抓着
>
> 如同身处悬崖
>
> 你小心翼翼地
>
> 因为你拥有着
>
> 那貌似人生圆满

这时候进入激越而层次丰富的乐音，你在当中辨认出贝斯沉稳的节奏，类似于鼓点的节奏让朴树的声音充溢着赤诚。现在人群已经陆续往外行走。你不喜欢散场，总是在预感到电影快要结束的时候，迅速起身离开。但你迷恋午夜场的影院，这里有着城市所有的象征。当你把肉身陷入座椅，安全而温暖地坠入黑暗时，你觉得自己身处城市的核心。

你不希望有人注意到你，于是尽可能地靠近墙壁。除了冰冷你感觉到了一阵律动的低音，正颤抖着穿过暗纹墙布，穿过你藏青色的西装，再穿过你的肌肉与骨骼，一下下，沉重地落在你的心上。

危险,你当然厌恶。但是,自从走出两扇紧闭的门,你的人生就危机四伏。这两扇门,是你自己亲手关上的,第一扇门是领导的,为了表达出一个体面单位的领导对你这种人的司空见惯,他在接过你的辞职信时只做了象征性的挽留。

第二扇门则让你万箭穿心。那时候你几乎每天都在相亲,为了母亲。她已经在轮椅上坐了十年,未来对她而言,就是对面墙壁上暗黄的斑纹,污浊而丑陋,没有任何的改变和延展,如果有的话,那就是越发的晦暗。她希望能够看着你恋爱、成家,成为这块斑纹周边唯一的一线光亮。你知道这一点,比谁都清楚。

你尝试着妥协,努力地妥协。有一个姑娘,几乎让你心动,因为她出现的时候,你看到了母亲有站立的冲动,她的手、她的眼睛、她的每一块肌肉和每一个关节都在使力,让你觉得长达十年的瘫痪就是一个假象。

但你最终还是放弃,你知道她们要的生活你给不了,你属于行走,属于荒野,属于人迹罕至,属于彻头彻尾的孤独。于是你沉默着,离开,顺手关闭了房间的门。那一刻你看到自私的魔鬼在你的体内狂欢,你被无情地掌控,沦陷成自己的敌人,你有号啕大哭的冲动,拼命撕扯头发的冲动,想跪在地上把自己驱逐和流放。结果,你只是冷静地倾听了一会儿,你听到紧闭的门后一片寂静。

多年以后你对门后的沉寂心怀感恩,你把它理解成一种默认。

能不能　彻底地放开你的手

敢不敢　这么义无反顾坠落

坠入黑暗中

坠入泥土中的海阔天空

歌声还是那么平稳,是否有人和你一样看到平稳下的深渊?他们也在听片尾曲,也回头看向屏幕,但没有停下脚步。很快,散场的影院空空荡荡,只剩下一排排座椅在昏暗的灯光下恍如列队的士兵,只剩下你在空空荡荡的影院走道上热泪盈眶。

你的眼前出现了朝圣的人群,在缓慢飞舞的雪花里,一步步向着他们心目中的世界中心,俯身前行。这当中你看到了你的母亲,你知道这是一种幻象,但你真的看到了她,当她起身,朝向天空仰起瘦削的脸庞,伸出空空的双手时,像是要用虔诚接住所有坠落的雪花。你还在队伍中看到了自己,这让你感到吃惊和羞愧,因为你觉得自己不配,你没有心中的世界中心,甚至没有方向。

有一次你在怒江大峡谷遭遇一场暴雨,看见江的另一侧,洪水席卷着泥土像一道黑色的瀑布从山顶疯狂倾泻,一头健壮的黑牛弱小得如同一片腐朽的树叶,瞬间被吞噬得无影无踪;另外一次你在白马雪山的原始森林里迷了路,低血糖导致你不得不一次次躺下休息,你仰面朝天,看见无数光的碎片,在树叶的摇曳下汇聚成死神的影子。

这两次你都问过自己是否有过梦想,如果有,这个梦想是否值得你用生命换取。现在你听着朴树的 *No Fear In My Heart*,你是后来才知道这个歌名的。你在想一个人到底要穿行过多少迷雾笼罩的征途,才可能看见黑暗中的光明?一个人到底要多少次谦卑地俯身贴近大地,才可能感受到坠入泥土中的海阔天空?一个人,要拥有多么广阔的心,才能将这坠入泥土中的海阔天空拥入怀中?

就让我　来次痛彻心扉的痛

都拿走　让我再次两手空空

只有奄奄一息过

那个真正的我

他才能够诞生

朴树的嗓音有着迷一样的质地,平滑中带着沙砾的凹凸,裹挟着令人眩晕的温暖。你陷入困惑,为什么这个你不熟悉的歌手却唱出了你的人生?后来你惊异地发现他跟你同龄,四十七岁,多么微妙的年龄,看上去依然有一副健壮的躯体,可是这副躯体所覆盖的灵魂却已千疮百孔!于是你明白,那些诗句的成形,是个愈合的过程——不为人知的伤痕,在时光的淬炼之下,经由了上天之手无数遍的抚摸,才会慢慢愈合。

朴树的父亲,北京大学地球与空间科学院博导,地球空间双星探测计划发起人之一;他的母亲,中国第一代计算机工程师,不能想象他们是怎么接受朴树勉强考上首都师范大学又毅然退学的现实。

朴树是幸运的,那些拿起又放下的踌躇,失而复得的悲喜交加,在他与生俱来的天赋面前黯然失色,他配得上自己的诗句。

你也是幸运的,尽管你贫穷潦倒,古怪而偏执,在被生活排斥之前选择了离开,但你在远离城市远离人群的时候,尚能想念万千灯火下的世间繁华。你总是感谢,自己还能有这微薄的念想。

然后你真实地获得与众不同的拥有,如荒野的宁静、星辰的斑斓、河流的陪伴,如微小生命的温柔注视以及自然界施与一个独行者全部的善意。作为回报你拍下了四万九千张照片,录制了一万两千条视频。

照片和视频的数量,还在不断增加。一开始它们仅仅是被存储起来,因为那时候你尚不觉得行走与天地万物有关系,天地万物与你有关系。

后来你意识到其间某种微妙而不可言说的联系,这是另一种人间烟火,你将无可挽救地沉迷其间——如此阔大的其间,你开始觉得,也许这就是朴树说的海阔天空——坠入泥土中的海阔天空。

于是你公开了部分照片和视频,在意识到某种动物,或者是某种珍稀植物处境危险时,你会加大公布的力度,也会整理图片和文字资料寄给当地政府。你因此意外地收获了大量的粉丝,你所关注的,就是他们加倍关注的;你愿意分享的,都被他们疯狂扩散;而你只想埋藏的,占据着更大的分量,携带着不为人知的秘密,永远坠入泥土。

当然,你同时也在遭遇没有成本的网络暴力,但是比起那个深藏不露的,在黑暗中、在泥土中熠熠发光的世界,这些暴力渺小而稚嫩。

你知道,这些都不是你的初衷,你把它看成一种幸运。

或许,心中无所畏惧,能独自拥有一个广阔世界的幸运就会真的降临!


那才是我

那个发光的

那个会飞的

那个顶天立地的

那才是我

当我一微笑所有的苦难都灰飞烟灭

## 风起雨落 诗和远方

◎ 游者

《啊杰咯》

演唱者：莫西子诗

作词：莫西子诗

作曲：莫西子诗

发行年代：2018年6月

作者简介

游者，科幻作家，山东省作协会员，山东省科普作协会员。作品多次入选"中国年度科幻小说"（漓江年选系列）。凭借代表作《至美华裳》获得第十九届百花文学奖·科幻文学奖。另著有《星空沉睡者》《污点》《最后的数沙者》等。

伴随着成长，一个人总会在生命的不同阶段，与形形色色的歌曲不期而遇。这种相遇无法预测，也不是刻意为之，充满了薛定谔的猫般的不确定性。也许突如其来的一段旋律、一句歌词就毫无征兆地击中了你，然后渐渐成为一位不可忽视的朋友，在往后的日子里任何一个伤心的、快乐的、烦躁的、沮丧的抑或是百无聊赖的时刻适时地出现，悄然伴随左右。

不同的年纪，对歌曲会有不同的偏好。有人说，是跟心境有关；也有人说，是跟阅历有关。但无论是热烈奔放的，还是娓娓道来的，都是因为其独特的气质而不同凡响。

我曾经是一个音乐编辑，每天所做的工作就是填报各种表格，听歌，然后出版。在差不多十年的时间里，我听过了太多的歌曲，填报了太多的表格，以至于听歌对我而言不是一件乐事，而仅仅是一件差事。如同长久而麻木的不应期，一般的歌曲很难引起我的兴趣。

在众多的歌者中，莫西子诗绝对算得上是极另类的一位。

我第一次听到莫西子诗的歌，并不是他本人演唱的。在 2012 年，吉克隽逸横空出世，以一段《啊杰咯》让人们感受到来自大山的旋律。即使语言并不相通，但这首歌曲直击灵魂的穿透力和空灵感，打动了每一个在场聆听的人。

彼时我们还不得以认识莫西子诗，直到几年后，在《中国好歌曲》节目中才见其真身。一副黑框眼镜，一件简单的衬衣，一个拘谨的笑容，华美而耀眼的灯光勾勒出一个瘦小而单薄的形象。

"我叫莫西子诗，彝族，来自大凉山……"他的声音不大，很平静，听不出太多激动的情绪。几分钟后，他爆发了。一首后来被冠以"血腥情歌"的《要死就死在你手里》以浓郁、磅礴的气势震惊全场。直到此刻人们才发现,这副并不伟岸的躯体内居然蕴含着激情澎湃的能量。

在全场的欢呼中,他略带羞涩地笑了。他是那个人潮之中最安静的人。

接下来,他为大家吟唱了自己的《啊杰咯》。

> 风起了　雨下了
>
> 荞叶落了　树叶黄了
>
> …………

简单的甚至可以说是简陋的歌词伴着蜿蜒曲折的旋律,流淌在空气中,一瞬间就将听者带离灯红酒绿的喧嚣,投入这个诗人歌手的空灵世界。《啊杰咯》是一首有魔力的歌,她的生命力是蔓延、生长的。只要跟着轻轻哼唱,仿佛就可以跟随她走进遥远的大凉山,迈进自己心灵的彼方。

莫西子诗和他的歌就这样被我一下子记住了。

彼时,我的生活是困顿的。三十多岁的年纪,本应该在事业上大展拳脚,却总是感到好像戴着无形的镣铐一样,施展不开。周围的同事似乎已被磨平了棱角,成为巨大的机械上咬合紧密的齿轮。平心而论,我是愿意成为体制里的一颗普通的螺钉或者螺母,然后在一张固定不变的办公桌前再坐上三十年的。可不知为何,一方面,无论我如何蜷曲身体,情愿接受磨砺,却始终硌硌棱棱、凸凹不平;另一方面,内心深处似乎又有一个微弱的声音在告诉我"火仍没有熄灭"。

我顶着雾霾出门,骑行在拥挤的人群中,填着永远也填不完的表格,容忍着各种离奇的质疑。有时候,我感到窒息。

为了让焦躁的心情平静下来,我会听旋律简单的歌,甚至只是白噪声。直到我又想起了莫西子诗。

莫西子诗是安静而隐忍的。对于歌、舞的热爱,镌刻在彝族人的血液里。他们习惯于用这些方式来表达自己,就如同呼吸与交谈一样自然。

我后来了解到更多关于《啊杰咯》背后的故事。

莫西子诗曾是一个普通的北漂,为了生计,做过许多五花八门的工作。直到 2008 年的一天,他走在大街上,突然间高声喊道:"我会写歌了!"那时他已年过三十,一直彷徨不定的莫西子诗仿佛突然"开悟"了一般,搞起了音乐。他自己摆弄乐器,试着谱写心中的歌。有的朋友嘲笑他的唱词,他干脆放飞自我,开始用自己最欣赏的现代诗和彝族母语进行创作。他的词和曲从一开始就带着一种原始的生猛。语言在他的歌里不再昂首阔步地指点人们的心中所想,而是收敛,内化,把歌回归到旋律表达的本质。

他成功了。

莫西子诗用实际行动再次证明了那个颠扑不破的真理——音乐确确实实是可以跨越文明、种族、宗教……可以直接在人与人之间架起心灵的桥梁的。

我听着他的歌,渐渐地平静了下来。我明白了,孤独有两种——一种是肉体,另一种是精神。一个人如果内心在哭泣,即使陷落人海,也会与世界格格不入。

我正是缺少了一点勇气。

求爱时,莫西子诗的信物是一把野草。是他决意去见那个中意的日本姑娘的夜晚,随手从路边薅来的,朴实无华。但就是这把野草,让姑娘说出"比玫瑰花还要艳丽"。

"啊杰咯。"我对自己说,"不要怕。"

我最终还是从那轰鸣着的巨大机器上滚落,像一个始终磨合不好的齿轮,永远地脱离了原本的地方。

我在泥土里打滚。抬起头,我看到新的齿轮补了上去。巨大的机器并不会因为失去了一个齿轮而停止前进。但我知道,我们注定要走向不同的岔路。

我重新上路,带着莫西子诗的歌。不需要更不必要去探究其中的深意,只是敞开心扉,去迎接那直抒胸臆式的表达。无论是《丢鸡》,是《知了只叫三天》,还是后来传遍大街小巷的《妈妈的歌谣》,莫西子诗的歌,直接打透心底,将人们送往不同的地方,让闻者想起不同的月光,不同的归处,还有不同的姑娘……就如他的名字一样,他是个实实在在的诗人。

在聒噪的都市里,莫西子诗努力编织出一个梦。在梦里,人们仿佛回到童年,在山野中放纵地起舞,尽情地歌唱,做最快乐的精灵。生在火塘边,死在火堆上。

火不会灭,只会熊熊燃烧。

多年后,我终于找到了属于自己的路。抬头仰视浩瀚的银河,我知道,每个人其实都是星辰的孩子。

我为每个遇到的人推荐莫西子诗。

有人说他的旋律不够美,有人怀疑他的唱腔,也有人抱怨他的词永远都让人听不明白。

他们不懂诗。